コロニアリズムの超克

韓国近代文化における脱植民地化への道程

鄭百秀
Jung Beak Soo

草風館

序　脱「植民地的主体」への追求——隠蔽と構築のポリティックス

1　メディア的装置としての植民地

二〇世紀の初頭からほぼ半世紀に亘って行われた、日本による朝鮮半島の植民地被支配の経験は、近・現代の韓国文化の展開において、ただの克服すべき、清算すべき過去の歴史ではない。それは、韓国文化の成立条件そのものである。

周知の通り、日本の植民地支配は、近代の朝鮮半島の文化形成に決定的な影響を及ぼした。経済的土台、政治的状況、社会各方面のイデオロギー、そして知的、学問的環境を作り変えるだけでなく、人々の言語文化や精神文化の様相までをも大きく変容させたのである。もちろん、植民地支配によってもたらされたこうしたさまざまなレベルのメディア作用（mediation）が、朝鮮半島における植民地時代の終結とともに無化されることは決してない。日本の敗戦の結果として、また東アジアを再編する連合国の利害によって、与えられた植民地からの独立は、朝鮮半島の民族共同体にとって、過去の領土的、経済的、政治的、外交的な支配状況から自由になった、画期的な出来事であったことは疑いようがない。しかし、植民地秩序の残滓は、独立以後の韓国文化のさまざまな分野にそのまま温存されている。たとえば、植民地被支配の効果によって、さまざまな特権を際限なく引き受ける階層がいる一方、ある人々はさまざまな不幸と不利益を負担しなければならない、というような矛盾が韓国社会の隅々にまで散在しているのである。それだけではない。より重要な植民地秩序の影響として、韓国文化の植民地被支配の経験への反作用的ともいえる文化実践を、また看過することはできない。後に詳論することになるが、今日の韓国文化の大きな部分は、過去の植民地の遺産を清算し、新たな国民文化を樹立しようとする共同体の集団的欲望に囚われている。その点において、植民地被支配の経験は、韓国の近・現代文化を形成させてきたシステムであり、メディア的装置なのだ。

植民本国の日本から朝鮮半島へと移植されたさまざまな文化要素は、韓国の近・現代文化の形成と変容において、具体的にどのような作用をしているのだろうか。ここでは、文化形成のメディア作用を、大まかに、物質的、制度的、そして概念的文化要素という三つのカテゴリーに分けて取り上げることにする。

まず、たとえば植民本国の日本より約三〇年遅れて敷設されるようになった鉄道の場合、それは、植民地期の朝鮮半島の人々の生活や意識を大きく転換させた、典型的な物質的要素である。日清戦争（一八九四年）後、朝鮮半島と南満州での鉄道敷設権を獲得した日本政府が、朝鮮半島の植民地的占領や開発の基幹的事業として鉄道建設を推進したのである。ちなみに、鉄道工事は逓信省鉄道局と軍部が担当し、用地は大韓帝国政府が提供した。一八九九年に仁川・永登浦間三一キロが開通したのを皮切りに、翌年には京城・仁川間が完成した。京城・釜山間四四四キロが一九〇一年に着工、日露戦争終結直後の一九〇五年一月に開通し、また同年一二月には京城・新義州間四九九キロが開通することによって、ここに朝鮮半島を縦貫し、満州、シベリアにまで連結される一幹線が完成したのである。

植民本国から移植された鉄道という物質要素は、植民地社会の人間関係、生活システム、そしてコミュニケーション状況を大きく変革するとともに、より直接的には、朝鮮半島の人々の鉄道そのものをめぐる共同体の集団的意識文化をも創出したのである。朝鮮半島の鉄道は、植民本国の方からすると、朝鮮半島の軍事的占領や経済的搾取と、中国大陸進出の陸上運送を円滑化させるために設置されたインフラストラクチャーであったことはいうまでもない。しかし、朝鮮半島を地理的に連続させ、社会全体の画一的空間を作り出したこの鉄道は、朝鮮半島の人々にとっては、近代化と植民地化への流の中で、二つの相対立する集団意識を作り出すメディア的装置に他ならなかった。すなわち、一方の朝鮮住民は、被支配と搾取の状況を乗り越え、新たな未来を切り開く近代文明の象徴として鉄道を認識したのである。「京釜鉄道歌」(一九〇八年)などの詩歌、『無情』(一九一七年)などの小説のような、民族共同体の繁栄を約束する媒体として鉄道を表現する文化表象体が、多量に生産されたのは周知のことである。しかし、他方の植民地住民にとっては、支配者の暴力と搾取を強化し、朝鮮半島の土着文化の価値を否定する契機として、鉄道が認識されたのも事実である。たとえば、二〇世紀初頭の、特に鉄道建設時期において、朝鮮民衆の反帝国主義抗日闘争の多くは、鉄道建設の妨害や鉄道破壊の形での抵抗であったのである。こうしてみると、日本が植民地領有のために開発した朝鮮半島の鉄道は、植民地住民の近代化と植民地化を巡る意識や価値観を真っ二つに引き裂くメディア的装置であったことが明らかである。

鉄道のような植民地支配の基幹的な物質要素は、植民地期の朝鮮住民の文化意識の形成に関与するだけには止まらない。それは現在の韓国文化における共同体的集団意識を分裂させる契機でもあるからである。たとえば、植民地支配の総本山的施設である朝鮮総督府の庁舎の場合、それは、周知のように、一九一四年に朝鮮王朝の宮殿の土地を一部整地し、当時としては東洋最大の建築物として建てられたものである。解放以後、アメリカの軍政によってキャピタルホール、韓国の独立政府によって中央庁と名づけられ、長い期間政府庁舎として使われた、いわば朝鮮半島の国家体制の歩みを象徴する建物である。その朝鮮総督府庁舎は、一九九六年、民族共同体の被支配の恥辱的な残滓であるといった理由で撤去され、旧宮殿の慶福宮を復元した。

一方、植民地体制のもう一つの象徴的建物であるソウル駅の場合はどうなっているのか。朝鮮総督府庁舎建設より約一〇年後の一九二五年、東京駅に次ぐ規模で建てられた京城駅は、植民地以後にはソウル駅に改名され、韓国第一規模の終・起点駅として機能している。駅舎内のホテル、レストランも、増築されるかたちで、今も利用されている。そのソウル駅が一九八一年、大韓民国の史跡二八四号に指定され、記念されている。すなわち、一方の物質要素は、その植民地被支配の暴力の意味を強調して歴史から排除しながら、また他方のものは、その過去の傷痕を隠蔽して、自分の歴史を作った記念的表象として、いわば横領（appropriation）しているのである。植民地期の秩序を支えていたさまざまな物質要素とは、このように、単なる過去の歴史の遺産ではなく、現在の意識や身体に影響を与えているもの、あるいは、韓国文化の自己分裂を表面化しつづけるメディア的装置なのである。

次に、朝鮮社会の近代化と植民地化を構造的にかつシステム的に可能にした、制度的装置におけるメディア作用について考えてみよう。もちろんこれらの装置は、さまざまな物質要素と連動して成り立つものである。すなわち、郵便、新聞、放送などの近代的情報伝達の制度の成立は、鉄道、電信、輪転印刷機などの物質的基盤が植民本国の日本から移植されることを前提にしているのである。学校、軍隊、警察、病院などのありとあらゆる植民地支配の制度的実践の諸形式が、さまざまな物質要素とともに移植され、朝鮮社会の近代的、植民地的文化を創出したのは自明なことである。はたして、こうした制度的装置は朝鮮半島の人々の身体と意識をどのように変容させていたのだろうか。ここでは、植民地経営の要であった土地管理政策を通して、制度的装置の主体変容の効果を考えてみることにする。

周知のように、日露戦争以後の日本の植民地開発政策によって、そして、日韓併合後の土地調査事業の本格的な実施によって、朝鮮半島には「植民地＝近代」的な土地システムが成立した。一物一主の排他的私有権を強制し、登記制度に画一化する植民地土地政策は、賭地（朝鮮の伝統的な借地契約）農民のような不完全所有者、門中のような集団所有者など、前近代的な制度下では土地経営に主体的に携わっていた植民地住民を土地から排除したのである。日本の植民地土地開発政策、いわゆる「拓地殖民」の政策は、具体的には東洋拓殖会社の経営方針からも分るように、大規模の土地を管理する少数の地主を養成、援助することによって、朝鮮半島の全体農地からの開発と搾取を円滑にするということであった。その結果、土着小地主と小作農民の没落、新たな親日農業資本家の台頭など、土地をめぐって植民地社会の階層構造全体が大きな変化を被ることになった。それとともに、一九二〇、三〇年代には朝鮮農民の大移動——日本に約一二〇万、満州に約一五〇万人の朝鮮半島出身の人々が移住したとされている——が行われ、今日ではコリアン・ディアスポラと呼ばれる在日朝鮮人、在中朝鮮族の原形が作られたのである。

植民地被支配とともに新たに移植された土地システムのメディア作用は、朝鮮社会の階層構造や経済生活の変容だけに止まらない。たとえば、植民地土地政策によって土地から排除された人々、あるいは彼らの子孫は、解放以後、自分たちこそその土地の所有者であることを主張するようになった。一方、植民地期の制度下で土地を新たに獲得し、長い期間、土地を経営してきた人々は、もちろんその所有権を防御するために、政治的に、司法的に闘争している。実際、土地をめぐる民事、行政の争いは跡を絶たず、土地を所有している者と土地を奪われたと思う者との間の対立や不信は極みに達している。解放後の韓国、北朝鮮社会が、植民地支配のために施されたすべての強制的制度を基本的に不当なものと認定していることを念頭に置くと、この問題がどれほど深刻なのかは明らかだ。そして、解放以後の朝鮮半島の南北分断が土地をめぐる共同体の意識の分裂をより回復不可能な状態にしたことをも見逃してはならない。全土地を国有化する改革によって、個人の土地所有を一切認めない体制をとった北朝鮮から、解放直後、植民地期に成立した土地所有関係を基本的に認めていた韓国のほうへ、植民地期に地主であった多くの人々が一気に移動したのである。今後の朝鮮半島における新たな南北関係の中で、こうした越南地主たちによる土地所有抗争は激しさを増していくであろう。つまり、植民地期の朝鮮半島に実施された「拓地殖民」の制度的装置は、現在や未来の韓国人の生の世界にも深く関与しているということである。

こうした二つの――物質的、制度的――文化要素の、韓国近代文化成立と展開におけるメディア作用の場合は、比較的に可視的な形で対象化することができる。それに比べて、概念的文化要素という第三のカテゴリーのメディア作用は、われわれ（現代の東アジアの人々）自身を取り巻いている言語、精神文化の枠組みの形成と変容にかかわるものであって、対象化することが認識論的に困難である。原理的に、われわれが置かれている知的環境そのものを、その知的環境の中で、対象化しなければならないからである。

概念的装置のメディア作用のなかでも、植民地期の文化移動という文脈において、注目しなければならないのは、近代初期の日本語の移植問題である。周知のように、明治期に行われた西洋語に対する日本語翻訳語が、短時間で多量に朝鮮半島の知的、メディア的環境の中に移植され、一般化した。翻訳、移植された概念語による朝鮮半島の人々の認識主体の成立と変容を具体化するために、ここでは「民主」と「科学」という二つの例を取り上げる(1)。

たとえば、西洋の概念 democracy に対して、宣教師たちによる漢字訳でも、明治期日本語の翻訳造語としても、「民主」という語彙が借用された。「民主」はもちろん漢字文化圏の文章表現の中に既に存在していた語彙から選択されたものである。しかし、その「民主」は、democracy によって調律される前までは、たいてい「たみのあるじ」、「人民の支配者」たる存在、すなわち君主の意に用いられていた。今日の「民主」における「民の意思によって支配される、あるいは主権が人民にある」などの意味は、近代初期の漢字圏の言語文化が democracy という西洋の観念に出会い、その概念に対する翻訳を体験することによって成立したのである。もう一つ例をあげれば、「科学」がある。「科学」もまた、明治期の日本語が、science に対して、中国語の古典の中の表現を翻訳のために借用した用語である。その「科学」という用語が science と出会う以前の、その用語の概念は、「科挙の学問」、ないしは「科挙を準備する学者」程度の意味であったはずである。それが今日の「科学」science として、すなわち「体系的で、実証可能な知」という意味として一般化したのは周知のとおりである。「人文科学」、「社会科学」、「自然科学」、「科学的」、「非科学的」など、さまざまな概念語の派生によって、主体と対象に対する人々の思考パターン全体が再編成されたのは十分推測できる。漢字文化圏の認識の枠組み、いいかえれば主体性を大きく変容させた、こうした翻訳概念語が、植民地直前の朝鮮語と朝鮮人のコミュニケーション環境にそのまま移植されたのである。さらに、普遍的な意味で人間の意識そのものの成立を支えている概念、たとえば人間、時間、空間などの明治期日本語の翻訳造語が朝鮮語化されたのも同じ時期である。

日本の幕末・明治期翻訳知識人の価値判断によって導き出された単語や合成語の翻訳造語が、ほぼ四千から六千語程度、集中的に朝鮮半島の文化状況に流入されたとされている。ほんの一世紀前に行われた、このような朝鮮半島の人々の認識の地殻変動は、ある意味では、物質的、制度的装置のメディア作用に比べ、より根本的かつ本質的であろう。注目に値する日・韓の近代比較文化の中心問題の一つなのである。しかし、現在の朝鮮語、あるいは現代の韓国文化は、それらの概念が流入・移植されることによって行われた主体変容のメディア作用に対して、あまり切実に記憶しようとはしない。朝鮮半島の人々の認識の中には、その記憶はほぼ存在しないといっても過言ではない。日本語から移植された概念語が、まるで、朝鮮語本来の概念であるかのように、あるいは西洋語から直接に朝鮮語のほうに翻訳造語化された概念であるかのように、現代の朝鮮語システムの中で流通している。いいかえれば、その概念というメディアによって朝鮮半島の人々が再鋳造され、変容させられていた、その決定的な経験を韓国文化は忘却しているのである。

2 脱「植民地的主体」への追求

(1) 植民地的主体の発現

このように、朝鮮民族共同体の「植民地被支配の経験」は、韓国近代文化の成立の前提条件であった。したがって、近代以後の朝鮮半島における文化的アイデンティティーを明らかにするためには、「植民地被支配の経験」のメディア作用による植民地的主体の成立を分析する作業をまず先行させなければならない。しかし、被害と加害、協力と抵抗、あるいは親日と反日という二項対立的視点に基づく、これまで一般化、常識化された歴史認識からは植民地的主体の成立問題を捉えることができなかった。なぜなら、根本的には、そのような歴史認識の視点自体が「植民地被支配の経験」の外部で事後的に構成されたものだからである。もちろん、植民地期文化現象は日本帝国の自己中心主義的な欲望によって行われた暴力的実践と密接に関わっているし、したがって、植民地的主体の位置がコロニアリズム、アンチコロニアリズム、それともその両方の結節点におかれていることは確かであろう。しかし、植民地的主体の位置を把握し、定めることよりも重要なのは、朝鮮半島の人々が被った主体変容のプロセスを明らかにすることである。すなわち、近代的な意味での資本主義的な、帝国主義的な、支配者の植民地主義的価値体系を内面化し、それに従属していくといった、植民地的主体の成立におけるメディア作用が、まず問題化されなければならないということである。

一般的に、植民地主義的価値体系の起源は、ヨーロッパを世界の中心として、また遠隔の植民地への文明や知識の波及者として見做してきた近代啓蒙主義に見出される。カント、ヘーゲルによって基礎付けられたヨーロッパ中心主義の思想的、認識論的理念に基づき、植民本国の文化の文明性、道徳性、合理性と、それとは対蹠的な、植民地の土着文化の野蛮性、不法性、非合理性が構築、強調される中、近代の植民地主義は展開されたのである。朝鮮文化における植民地的主体とは、基本的に、ヨーロッパ起源の近代文化の中心性、優越性と伝来の土着文化の周縁性、劣等性を同時に承認することによって成立する。いいかえれば、近代の朝鮮半島の文化は、帝国主義の植民本国日本が提示する植民地主義的価値体系を受け容れ、内面化し、それを植民地朝鮮社会のさまざまな分野のイデオロギーとして機能させる、植民地的主体によって支えられていたのである。その植民地主義的価値体系の内面化に決定的な契機を与えた文化実践こそが、前節で取り上げた物質的、制度的、そして概念的文化要素の移植によるメディア作用であることはいうまでもない。

つまり、コロニアリズムとアンチコロニアリズムの二項対立的構図の中で植民地的主体の位置を単純化すると、植民地的主体の成立と発現が隠蔽されてしまうということである。そもそも二項対立的視点自体が原理的に成立不可能なものであるという点は、植民地的主体が植民地主義的価値体系を内面化する過程で必然的に自己分裂を経験するという事実からみても自明である。韓国近代文化における植民地的主体とは、近代的資本主義、官僚行政、大衆教育などを制度化する日本の植民地支配政策に対して、一方では受容しながら他方では抵抗する中で、作り変えられ、創出された。植民地社会のさまざまな病理的現象は、基本的に、植民地的主体のこうした自己分裂に起因するものである。たとえば、朝鮮総督府が直接管理する大学を設置、運営し、民立大学設立を禁止する植民地教育政策を批判した植民地知識人が、植民地期唯一の大学である京城帝国大学（一九二四年予科、一九二六年法文学部、医学部設立）へ自分たちの子弟を入学させるために必死に努力した植民地教育文化を想像することは容易である。しかも、総督府の大学教育政策に抵抗する植民地文化言説が、直接的には入学者の日本人対朝鮮人の比率を三対一に暗黙的に定めている京城帝国大学の運営方針に対する批判を主たる内容としていたことを念頭に置くと、植民地的主体の自己意識の分裂の程度は充分に把握できる。実際、植民地末期の暴力的な言語・文化同化政策に抵抗し、朝鮮語・朝鮮文化の優れた価値を主張した植民地朝鮮の知識階層は、ほぼ全員といっていいほど、日本留学経験者であるか、日本語・日本文化を媒体にする植民地高等教育機関での修学経験者であった。こうした点からしても、植民地の朝鮮文化は、植民地支配を正当化するさまざまな植民地主義的価値を内面化して、それに従属しながら、被植民者自らの文化を主張するという、植民地的主体の発現によって支えられていたことが分る。

したがって、植民地的主体の現実的条件とは、支配者の文化を否定するためにも、あるいは、被支配者の土着文化を肯定するためにも、まず支配者側が提供する文化価値を学習しなければならないということである。支配者に対抗するルールそのものが、支配者のものだからである。李光洙の『無情』(一九一七年)は、韓国近代小説の嚆矢と評価される作品であるが、物語の最後の場面は、登場人物の朝鮮の新青年たちがそれぞれアメリカ、ドイツ、日本の近代知識を得て帰国することを描いている。この場面は、植民地住民の置かれた不平等な文化状況と、その中での植民地的主体の自己分裂的欲望を切実に代弁しているのである。植民地被支配に対する不満が強くなればなるほど、明治以後の日本の近代文化、すなわち支配者の文化への願望や模倣がより積極的に行われたということは、日本帝国主義の朝鮮併合以後の文化的展開を一瞥するだけでも、明らかである。

ここで注意しなければならないのは、支配者の文化価値を内面化し、獲得しようとした被支配者が完全な同化を成しとげることは不可能であるという点である。はたして、植民地朝鮮文化の内部において、支配者の価値の獲得に向かって歩んだことのない被支配者は存在していたのだろうか。そして、支配者の価値を完全に獲得し、被支配の条件を乗り越えた被支配者は、はたして存在したのだろうか。植民地的主体は、常に同化と差別が共存する——あるいは、被害と加害、協力と抵抗、親日と反日が共存する——閉ざされた回路の中でしか発現しえなかったのである。植民本国の文化を模倣することが、同化への意志によって行われたとするならば、植民地の伝統文化を再発見することは、同化しきれない挫折に伴う現象であろう。つまり、植民地朝鮮の文化空間には、支配者の文化価値を獲得しようとする志向性と、被支配者の土着文化に回帰しようとする志向性という、外見的には相反するかのように見えるが、内実的には共謀関係にある、二つの心理傾向が常に共存していたのである。

（2）脱植民地化への道

それでは、植民地期朝鮮文化に内在する植民地的主体の欲望の分裂を、解放後の韓国文化はどのように処理していたのだろうか。植民地的主体の矛盾を止揚、克服するためには、かつてフランツ・ファノンが『黒い皮膚・白い仮面』（一九五二年）で、ヘーゲルの『精神現象学』の概念を援用して断言したように、自らの闘争を通して「認知」された存在としての自己意識を獲得しなければならない。ヘーゲル的な意味においての即自対自的「認知」を勝ち取ったのちにこそ、植民地的主体は、真正な独立、自由、解放を獲得し、「脱」植民地的主体としての存在になるのである。このようにみるとき、植民地的主体が抱えていたさまざまな矛盾を、植民地以後の韓国文化は、その歴史的展開を通して、止揚、克服しているのだろうか。

端的にいうと、近代の韓国社会は、「脱」植民地的主体としての精神的自由を自力闘争によって勝ち取った経験をしたと、はたして自負することができるのだろうか。少なくとも、韓国文化の領域においては、その経験とは枝葉に過ぎないといわざるをえない。こうした点に関連して、韓国のキリスト教の思想家咸錫憲の次のような発言は示唆に富む。咸錫憲は、植民地の歴史が現実的に終焉を迎えた「八月一五日」の民族共同体の主観的な意味について、『聖書的立場から見た朝鮮歴史』（一九五〇年、『苦難の韓国民衆史』〈新教出版社、一九八〇年〉として日本語訳された）で、「この解放というのは、盗人のようにやってきた解放だ」と述べている。「盗人のように」という『新約聖書』の比喩によって、ここで強調されているのは、朝鮮民族が「八月一五日」という歴史的な大変動を、予測したことも準備したこともなかったということであろう。海外の、特に連合国側の情報に詳しかった知識人など、少数の特別階層以外の一般の韓国人にとって、「八月一五日」の意味というのはまさに咸錫憲のいう通りであったのではないだろうか。すなわち、日本の敗戦という事態とともに到来した朝鮮民族の「解放」は、自分たちの意志と闘争によって勝取った結果ではないということだ。終戦後の連合国の利害に基づいていた東北アジア地域の再編成の過程で、朝鮮民族の独立は、その副産物として与えられたものである。その決定的な証拠として、「南」と「北」の二つの異質的共同体に分断され、対峙している、朝鮮半島の政治状況そのものをあげることができる。

こうした文脈からすると、植民地以後の韓国文化の歴史的な展開の全体像は、真正な独立と自由を得るための闘争なしに迎えられた現実の中で、新たな共同体の「脱」植民地文化を築いていく過程として浮かび上がる。それは、いうまでもなく、「隠蔽と構築」のポリティックスによって支えられるのだ。なぜなら、自力の闘争によって精神的自由を獲得したことを、植民地以後の韓国文化が主張するためには、「植民地被支配の経験」の痕跡の抹消と新たな共同体の文化の創出を同時に追求しなければならない。例を一つあげてみる。解放直後の一九四六年に、京城帝国大学の法文学部（一九二四年設立）、医学部（一九二六年設置）、理工学部（一九四一年設置）と、この大学のその他の研究教育機関を吸収した、国立ソウル大学が設立された。この新たな民族共同体の教育文化を構築するに当たって、植民地期の旧制京城帝国大学との学問的、制度的、そして精神史的連続性は全面的に否認されることになった。つまり、「植民地被支配の経験」に関わる文化価値を、「隠蔽」のポリティックスによって否認するとともに、「構築」のポリティックスによって横領したのである。

きわめて象徴的な例をもう一つあげてみよう。周知のように、韓国文化の中では、「解放」、「光復」が「八月一五日」の終戦を指示する用語である。「解放」とは、朝鮮の人々が植民地主義の暴力の被害者であることを固定化する概念であり、「光復」は、朝鮮の社会が被支配の暗黒を乗り越え、光の時代を迎えるようになったことを意味している。共同体の主観的な、情緒的な概念であるはずの、こうした「解放」、「光復」が、客観的な、価値中立的な用語であるかのように使われているのである。国際情勢の変化によって偶然に与えられた「八月一五日」を、朝鮮民族の反帝国主義闘争によって得られた「解放」、または「光復」に転換させたのは、いうまでもなく、民族共同体の脱植民地化への集団的欲望である。植民地以後の韓国文化のナショナル・アイデンティティーを形成する始まりの段階で、すでに「隠蔽と構築」のポリティックスが機能していたということである。

植民地被支配の期間中に独立と自由を得るために闘争した記憶が乏しいからこそ、むしろ、植民地以後の韓国文化には、「親日協力」の隠蔽と「抗日抵抗」の構築への欲望がより強く働いていたのではないだろうか。こうした「隠蔽と構築」のポリティックスの論理的構造は、ファノンが分析した植民地住民の精神的病理現象と非常に類似していることを見逃すわけにはいかない。ファノンを通して、韓国文化の「隠蔽と構築」のポリティックスを理解すれば、自分の存在に対する「認知」

を、「闘争」を通じて獲得することができなかった、いいかえれば、外部の他者によっていきなり自由を与えられ、一方的に認知された者が、あたかも即自対自的で相互的な「認知」をえるために自ら「闘争」をしてきたかのように、自己と他者に向かって主張し続ける、という論理構造が明白に見えてくるのである。

しかし、「隠蔽と構築」の意志と実践によって、植民地以後の韓国文化ははたして植民地的主体の矛盾を克服することができるのだろうか。それ自体、大きな蹉跌であることはいうまでもない。植民地的主体の形成を隠蔽し、それを忘却するために新たな共同体文化を構築することは、ある意味では、実像を否定し、虚像を肯定することに当たるからである。韓国文化の「脱」植民地的主体への真の道は、むしろ、「隠蔽と構築」の意志と実践そのものが闘争を経験しなかった植民地的主体の似非「認知」への欲望にすぎない、ということを反省する地点からはじまるのではないだろうか。

本書は、「植民地被支配の経験」と「脱植民地化への追求」という二つのトピックを中心に、植民地朝鮮社会と解放以後の韓国社会の文化状況の一面を解明する、八つの論考によって構成されている。個別テクストを対象とするそれぞれの論考に貫徹されている主題は、大まかにいうと、植民地的主体性（colonial subjectivity）の形成と発現に関するものである。二〇世紀前半の植民地朝鮮社会の文化の中で、植民地的主体はどのように形成され、また、二〇世紀後半の韓国社会の文化において、それはどのように発現しているのかということを、もっとも基本的な問題として提起する。それは、いうまでもなく、「植民地経験」と「脱植民地化」の相互因果的関係を明らかにするためである。

本論の各論考は、植民地以前、植民地期、そして植民地以後の三部に分けることにした。もちろん、pre 以前と post 以後というカテゴリーは、時間的な連続と断絶をあらわすだけでなく、植民地被支配の暴力的効果が植民地期の以前と以後の韓国文化の展開にも深く刻印されていることをもあらわしている。

Ⅰ部の「翻訳と移植の交差」では、植民地的主体の形成の始まりの現象として翻訳と移植の問題を取り上げる。ある言語から別の言語へと文化テクストを置き換える「翻訳」と、ある文化システムをそれが存在しなかった環境に成立させる「移植」とは、けっして価値中立的で、技術的な文化実践ではない。二つの異なる世界が激しく闘争しあうことによって、互いの支配・被支配関係が固定化されるプロセスでもあるのだ。いわゆる「文明」側の価値観によって強制的に「野蛮」、「未開」として位置づけられるようになった植民地以前の朝鮮文化は、「翻訳」と「移植」の文化実践を通して、植民地主義的価値体系を内面化したのである。Ⅰ部の二つの論考では、西洋文化による領有、土着文化の解体などの文化植民地主義の経験を、キリスト教の翻訳と小説様式の移植という事例に焦点を当てて分析する。

Ⅱ部の「支配と被支配の屈折」では、植民地被支配の暴力に晒されている植民地的主体の言語文化的対応を問題化する。その際、加害と被害、協力と抵抗といった二項対立的な思考の中で単純化されてきた、これまでの植民地文化研究言説の視点に対する、認識論的な克服を併せて試みる。そもそも植民地主義の社会的差別、不平等状況とは、暴力の連鎖構造によって造成される。その意味において、植民地社会の構成員として生きていた人々は、誰もが抑圧者であると同時に被抑圧者でもあったのである。各論考では、植民地期の代表的な朝鮮人日本語作家、金史良の小説作品を取り上げ、植民地文化的、政治的状況への抵抗と従属を同時に前提せざるをえない、被支配者の文化実践を分析する。植民地的主体の位置、すなわち、支配と被支配の暴力が拮抗するヒエラルキーの結節点の様相を分析することによって、植民地文化を単純化しようとする二項対立的な認識が、実は植民地以後の国民国家共同体文化の言説効果に過ぎないという点を明らかにしたい。

そしてⅢ部の「国民文化という蹉跌」では、植民地以後の韓国文化が、過去の植民地の経験や効果をどのように「再解釈し、書き直している」のかという問題に焦点を当てる。従属された周辺文化から、独立された中心文化に位置を転換させる、「脱植民地化」への行歩を、植民地以後の韓国文化はどのように歩んできたのだろうか。Ⅲ部の三つの論考は、韓国文化の脱植民地化の文化実践を、基本的に、「隠蔽と構築」としてとらえている。過去の植民地の遺産を「隠蔽」し、新たな国民共同体の文化を「構築」しようとする欲望とは、実は、植民地被支配の状況の中で経験した植民地的主体の自己矛盾の延長線上で発生したものである。つまり、植民地以後の韓国文化の「脱植民地化」への企画は、それ自体植民地支配がもたらしたもっとも根深い遺産に他ならないということである。

(注)

1　近代初期の中国と日本の漢字語に翻訳、移植された概念語の文化横断的実践に関する調査研究としては、Lydia H. Liu. *Translinguistic Practice: Literature, National Culture, and Translated Modernity-China, 1900-1937*, Stanford University Press. 1995がある。翻訳造語、借用語の経緯および目録は、その付録を参照。「民主」と「科学」という概念語についてのここでの議論もリディア・リュウの調査に従って行われた。

目次

凡例

一　引用の朝鮮語資料の翻訳は、特記しない限り、著者による。

二　引用文中の旧字は、ワード・プロセッサーの入力辞書の許容範囲内で、再現を試みた。

三　ハングルの旧字は、現代字体に改めた。

四　詩、短編小説、論文などの題名は「　」、すべての単行本、詩集、小説集、長編小説、論文集、叢書、全集などの本の題名は『　』を用いて記した。

五　朝鮮人の人名は、漢字で記すことを原則にした。確認できない場合は、原語読みの仮名表記を用いた。

I

翻訳と移植の交差——植民地以前

一　キリスト教文化の受容と「ハナニム」の誕生

1　日・韓キリスト教文化の異質性

近代初期の日本語と韓国語に翻訳、移植された西洋文化の中で、その後の両共同体の文化の歴史的展開において、もっとも顕著な影響を及ぼした領域の一つがキリスト教文化であろう。本論考の目的は基本的に、日・韓のキリスト教文化を、宗教学的、あるいは信仰的次元に限定するのではなく、近代における西洋文化の衝撃的進出と、日・韓、あるいは東アジアの漢字文化圏のそれへの対応という文脈の中で考察することである。ここで浮上する重要な問題とは、日・韓のキリスト教文化がなぜ、質と量、両面において、極端に異なる展開様相をみせているのか、ということである。近代の日・韓に流入したさまざまな西洋文化のその後の展開において、キリスト教文化ほどの対照的相違を示す分野は他にないと思われるからである。

日・韓の近代文化がそもそも西洋文化の衝撃の中でそれに対応しながら切り開かれたものとするならば、その対応の仕方や展開様相において両方は非常に類似していると、まず全体的に把握される。その類似性の原因は、もちろん、近代初期の韓国の西洋文化受容が、明治期日本を経由して再受容するかたちで行われた(1)ということに見出すことができる。ここで詳論の余裕はないが、たとえば、鉄道などの物質的装置、学校、病院などの制度的装置、そして人間、時間、空間などに関する概念的装置など、明治期日本が受容、考案、創出した、近代文化の形成を可能にするもっとも基本的なメディア条件の大部分を、近代初期の韓国はそのまま（再）移植しているのである。このように、日・韓の西洋文化受容の在り方を「西洋―日本―韓国」という近代文化の歴史的連鎖の全体図として描いて、そのなかで日・韓におけるキリスト教文化の異質的な展開様相を捉えてみると、それが提起する例外的問題性はより鮮明に浮き彫りになる。

周知の通り、日本より多少遅れてキリスト教が伝播された韓国では、以来福音化が急速に進められた。二〇世紀末には全国で五万ヶ所以上の教会が活動中であり、ソウルには信徒数世界一規模の長老派（Presbyterian）教会、監理派（Methodist）教会、そして超教派的プロテスタント教会も誕生したのである。こうした質的復興、量的澎湃を、奇跡に近い宣教功績として、韓国教会の歴史を扱う研究言説は異口同音に評価している。韓国ギャラップが二〇〇四年発行した『韓国人の宗教と宗教意識』などの統計調査によると、二〇〇〇年現在プロテスタントの洗礼信者は全人口の四分の一以上を占め、カトリックの人口も七・五パーセントとされている。また、最近のカトリック系の信者の増加を報道する『朝鮮日報』記事（二〇〇六年一一月二八日）では、韓国統計庁二〇〇六年発表として、二〇〇五年統計でカトリック信者が五一六万人、プロテスタント信者が八六一万人であるとされている。いずれにせよ、キリスト教は名実ともに韓国第一の宗教であり、韓国人の生活や意識に及ぼすその文化的影響力も至大であることはいうまでもない。それに比べて、現代の日本社会におけるキリスト教文化はどの程度なのだろうか。文化庁編の『宗教年鑑』二〇〇四年版によれば、信者数約二〇〇万、日本人のわずか〇・八パーセントとされており、フランシスコ・ザビエルによる布教直後の一時期を除けば、キリスト教信者が人口の一パーセントを超えたことはないとのことである。こうした統計を参照するだけで、もちろん、信仰者の数が文化の大きさそのものを直接示すものとはいえないものの、キリスト教の質、量の両面の規模において韓国社会のそれとは対照的であり、その文化的、思想的影響力も相対的に強くないということは充分確かめられる。

日・韓の近代文化空間において、なぜこうした正反対の現象が起きたのだろうか。推測のレベルにすぎない断片的言説は散在しているものの、この問いを学問の領域でまともに取り上げた議論はいまだにないようにみえる。しかしながら、韓国社会でキリスト教が急速に増大した理由や条件については、これまで多種多様な議論がだされてきた。それらの議論を参照することで、日・韓におけるキリスト教文化の異質性についての認識を、迂回的に垣間見ることができる。いままでの議論で韓国のキリスト教文化の繁栄の要因として大概、ネヴィウス（John Livingston Nevius）の宣教政策の影響、一九世紀以来の宣教者たちの献身的活動、韓国人の宗教心性や集団無意識、そして、時代状況と歴史的環境、などが挙げられてきた。もちろんこれらの要因のいくつかを組み合わせた折衷的認識も提出されている。どの議論をとってみても、ある一面の信憑性は認められるし、したがって一考の価値はあるように聞こえる。しかし、その裏の一面からはそれらの解釈を反証する根拠をいくらでも引き出すことができるのも事実である。たとえば、ネヴィウスの宣教政策がキリスト教拡大の重要な要因であるとするならば、ネヴィウスの宣教地であった中国の山東省にはなぜ、そして、植民地統治の文化的、宗教的強要に対する反作用がその要因だとするならば、同じく日本の植民地文化、宗教政策による被支配経験のある台湾ではなぜ、それぞれキリスト教文化が深く根をおろすことはなかったのか、などの反論を用意することはそれほど難しいことではない。その点において、いままでの議論は事後的な理由付けにすぎないものである。論理的議論を装っているこうした理由付け以外にも、実は、より有害な決定論（determinism）的な主張が韓国社会の中に蔓延している。韓国のキリスト教繁栄の根拠を神の意志、神の選択に求めようとする認識がそれである。あたかも、近現代の朝鮮半島の人々がキリスト教徒になることは運命的に決定されていたかのように、神の意志によって神の民族として韓国人が選択されたという、取るに足りない妄想じみた訴えが、韓国キリスト教社会の内部認識として信仰者の間には広く受け容れられていることは否定できないのである。

こうした後始末的な理由付けの陥穽に陥ることなく、またこうした自己中心主義的な決定論の恍惚に陶酔することなく、どのようにして、日・韓のキリスト教文化の異なる展開への問いを取り上げることができるのだろうか。本論考で、両国のキリスト教文化の異質的展開の要因として注目したいのは、キリスト教文化の最も核心にあたる、ヤハウェ Yahweh、ラテン語のデウス Deus、英語の大文字の God などと西洋語で名づけられている、キリスト教の神の概念に対する日・韓の言語的対応の差である。周知の通り、現在、朝鮮語聖書ではキリスト教の神が「ハナニム」に(2)、日本語では「神（カミ）」に、それぞれ翻訳され、通用している。

2 「ハナニム」と「神（カミ）」の概念的非同一性

まず、この議論の理論的立場を確認しておきたい。すなわち、朝鮮語の「ハナニム」と日本語の「神（カミ）」とは、キリスト教の神という同一概念を二つの言葉で表現しているものではなく、それぞれには別の概念、別の意味、別の表象が入り混じっているということである。

もちろん一般には、言葉の翻訳とは、ある概念をもう一つの言語のなかで表現する行為として理解されがちである。こうした観点からすると、「ハナニム」、「神（カミ）」、または中国語の「上帝」は、ヤハウェ Yahweh、デウス Deus、大文字の God と如く、神の別の言語での表現に過ぎないものであって、それぞれの概念の差異を問うことは全く無意味になってしまう。実際に、日・韓のキリスト教文化だけでなく、異言語間にまたがっているキリスト教という宗教文化が、基本的に神の等質的、普遍的実体性を前提にして成り立っていることはいうまでもない。したがって、神の名称が如何であれ、その名称の間の概念的差異を問わないことは、キリスト教文化の暗黙的前提にあたる。なぜなら、「ハナニム」と「神（カミ）」、あるいはありとあらゆる神の名称の概念的差異を問題化することは、神の等質的、普遍的実体性そのものを危うくしかねないからである。そもそも、キリスト教の神とは認識の出発であって、認識の対象ではない、いいかえれば、自ら常に存在するものであって、他者（名前）の介入によって変容を被る存在ではない、ということは聖書の教えでもあったのではないか。出エジプト記（二〇・七）はそのことに関して、「あなたは、あなたの神、主の御名を、みだりに唱えてはならない」と明記している。いままで、日・韓のキリスト教文化の異質性の要因として、「ハナニム」と「神（カミ）」の翻訳過程やそれぞれの概念の差異という問題が、議論の対象として取り上げられることがなかったのは、つまり、こうした宗教思想上の禁忌と認識論的な蹉跌があったからであろう。

しかし、うたがう余地のないことなのだが、異言語間の概念の移動、すなわち翻訳とは、原理的に、文化と言葉を横断しながら新たな概念と表象を創出する過程にならざるをえない。翻訳という営みの最も重要な側面の一つであろう、こうした文化横断を実践する過程を考慮に入れると、朝鮮語の「ハナニム」と日本語の「神（カミ）」は、当然、それぞれ相異の概念を表象する翻訳語として浮かび上がることになるのである。

　そして、「ハナニム」と「神」が、同一の存在に対する別の表現なのか、それともそれぞれは異なる存在を指示する概念なのか、というこの議論の問題設定を、キリスト教の内部認識に照らし合わせて再構成してみることも、可能である。そのことは、宗教的立場と非宗教的立場の対立を和解させるためには、むしろ必要かもしれない。

　周知の通り、「ヨハネの福音書」は「初めに、ことばがあった。ことばは神とともにあった。ことばは神であった」（一・一）という一節からはじまる。ここで、日本語では「カシコイモノ」、「言霊」、「ことば」などと、朝鮮語では「말」、「말삼」、「말씀」などと訳されてきた「ことば」（Logos, the Word）は、はたしてどの次元の「ことば」なのだろうか。それは、日本語、朝鮮語など、現実的に、経験的に存在する個別言語――聖書的比喩を使うと、バベルの後の言葉、または地上の言葉になる――での「ことば」を意味するのか、それとも、現実的としては存在しない、したがって人間の言語生活が一度も経験したことのない、超越的普遍言語――バベル以前の言語、天上の言語――での「ことば」を意味するのだろうか。もしそれが後者を意味し、現実言語としては一度も表現されたことがなかったとするならば、「初めに」「神とともにあった」その「ことば」は、「ハナニム」と「神」だけではなく、ありとあらゆる神の名称が置かれている表現世界を超越する普遍的同一者の「ことば」を指示することになる。「ことば」は、現実的個別言語の意味世界には収まりきれないからである。その場合、「ハナニム」も「神」も、どの神の個別名称も、普遍者の神を表現する

ことができなくなる。いいかえれば、神の現実的な名のもとで超越的存在としての神を否認しなければならない、ということである。

したがって、われわれはわれわれが日常に使う言語、すなわち現実的かつ経験的に存在する個別言語を通して超越的な神を表現するしかない。同時に、「神であった」その「ことば」もわれわれの個別言語の次元での「ことば」であるしかない、ということは当然のことになる。だとするならば、言語共同体のさまざまな経験や記憶を保持しているそれぞれの個別言語での「ことば」の他者性、そして「ハナニム」と「神」の間の他者性を認めざるをえなくなるのである。この議論はいうまでもなく、朝鮮語、日本語などの個別言語を超越した普遍言語といったものは人間文化の中には存在しない、という見地に立っている。このような見地から「ヨハネの福音書」第一章第一節を読み返してみると、それは、「ハナニム」と「神」の概念的差異を問題化しようとする認識の正当性を支える陳述になるのである。

以下の議論では、第一、「ハナニム」と「神（カミ）」は、それぞれどのような経路を通してキリスト教の神の訳語に選択されるようになったのか、第二、「ハナニム」と「神（カミ）」の間には、どのような概念の差異が介在しているのだろうか、そして、第三、日・韓におけるキリスト教文化の歴史の異質的な展開に、「ハナニム」と「神（カミ）」の概念的差異はどのように関わっているのか、という点にポイントを合わせてみたい。

3　キリスト教の神と漢字文化圏との出会い

周知の通り、西洋のキリスト教文化は一六世紀以後、イエズス会（Jesuits、漢字語音訳は「耶蘇」会）の宣教師たちによって東アジアに伝播されるようになる。当時の東アジアの漢字文化圏は、ラテン語のデウスDeusと命名されていた、キリスト教の神の概念をどのように受け容れたのだろうか。漢字文化圏における神の受容の初期過程のなかで、その後のキリスト教文化の展開にもっとも大きな影響を及ぼした契機とは、「天主」という訳語の考案であろう。「天主」はラテン語のデウスDeusから一六〇〇年前後に中国語に訳され、日本と朝鮮には一七世紀にかけて伝わったと思われる。

もちろん、東アジアにキリスト教が流入する初期段階では、たとえば日本語には「大日」――大日如来という仏教観念に由来する。ヤジロウ訳とされている――などの意味訳とともに、「でうす」、「提宇子」などの音訳が行われていた。「大日」という訳語は、当時仏教観念の媒介なしにはキリスト教の受容が不可能な状況の中で考案されたものであろうし、「でうす」、「提宇子」は、仏教系語の頻繁な使用による宗教的、信仰的誤解を避けるために、デウスDeusをそのまま日本語に音訳したものであろう。キリシタン時代には主としてポルトガル系の宗教用語が数多く日本語に音訳されていた(3)。しかし、これらの初期日本語訳は、それなりの役割を果たしたことは認められるが、それほど長く続くことはなかった。「天主」程度の文化移越価値（carry-over value）を遺すことはできなかったのである。

デウスDeusの「天主」への中国語翻訳に深く関わっていたのが、『天主實義』(一六〇三年)の著者マッテオ・リッチ(Mattheo Ricci)であった。一五八二年に中国に到着し、宣教拠点の北京で一六一〇年に亡くなるまで、中国宣教に献身したリッチは、基本的に、儒教の経典「詩経」、「書経」の「天」、「天帝」がキリスト教の唯一の創造主デウスDeusと同質の概念であり、したがって、キリスト教と儒教が相容れないものではなく、調和可能な関係にある、との認識を持っていた。少なくとも彼は、キリスト教のデウスDeusと儒教的「天」の概念の交換可能性を積極的に広めることを中国宣教戦略の認識論的基礎にすえたのである。そして、「天主」という訳語の採用にあたって、リッチは、中国人が濁音dの発音ができない以上、dio(ディオ)が澄んだ音tではじまる「天主」(テイエンシユ)になったとまで報告している。こうしてみると「天主」とは、キリスト教の神の意味訳でもあり、デウスDeusの音訳でもあるという、実に意表を突く翻訳語なのである(4)。もちろんリッチの死後、「天主」という訳語の可否については一大論争が数十年にわたって展開されるようになる。つまり「天主」という訳語の考案は、東アジアのキリスト教文化の展開において、それ自体、歴史的な大事件だったのである。

この「天主」という訳語は、リッチのカテキズム(catechism)である『天主實義』とともに日本と朝鮮にわたり、さまざまな宗教的、哲学的論争を呼び起こしながら、初期のキリスト教文化を形成することになる。その意味において翻訳語「天主」の伝来は、日・韓のキリスト教文化、特にカトリック系のそれの起源そのものにあたる。現在中国では、プロテスタント教会は「天主」、「上帝」、「天」、「神」などの名称から「上帝」を受け入れたが、カトリック教会は「天主」を定着させたのである。韓国、日本でも「天主」、天主教、天主教会など、カトリック系あるいは教会の一般用語としてそのまま使われている。「天使」、「天堂」、「天国」など、「天」の概念に因む多くの宗教用語が一般文化の中に広く吸収されていることはいうまでもない。「天主」の文化移越価値の中でこの議論で注目したいのは、もちろん、後ほど取り上げることだが、「天主」が朝鮮語の「ハナニム」が翻訳される起点概念の役割を果たしたという点である。

中国語では東アジア漢字文化圏の儒教的伝統の中でキリスト教の神が「天主」、「上帝」に定着するようになったとするならば、日本語の初期段階での受容は、西洋語デウスDeusが仏教的観念と儒教的概念との間を揺れ動きながら行われていた。たとえば、初期のプロテスタント系宣教師ギュツラフ(Karl Friedrich Gützlaff)が一八三〇年代に翻訳した『約翰福音之伝』、『約翰上中下書』の場合、前者には「ゴクラク」という仏教観念が、後者には「テンノツカサ」という「天主」ないしは「上帝」に近い、主宰者としての権能を示す儒教概念が用いられている。もちろん、こうした翻訳上の不安定は、「神(カミ)」の採用によって解消、克服されるようになる。一八七〇年代のベッテルハイム(Bernard J. Bettelheim)訳、ゴーブル(Jonathan Goble)訳、ヘボン(James Curtis Hepburn)訳、そしてブラウン(Samuel Robbins Brown)訳には、立て続けに「神」ないし「かみ」とされ、日本語の「神(カミ)」は定訳になるのである。もちろん、「神(カミ)」に訳されることへの躊躇は、用語選択地点では当然みられる。たとえば、ベッテルハイムは「神」という漢字を用いずに、「カミ」としながら、しかも太字で表示したのである。海老沢有道は、god, godsと区別するために大文字Godで示す英語の表現法から倣ったと指摘している(5)。簡略ながら、このように捉えてみると、中国語の「天主」、「上帝」が儒教的伝統の中で再編成されたのに対し、日本語での「神」への定着は、初期段階の受け入れ方から確認できた既存の宗教観念への依存をむしろ排除する方向で行われた、ということが分かる。

４　「ハナニム」の誕生

それでは「ハナニム」はどのようにしてキリスト教の神を指示するようになったのだろうか。日本では神の名称が「神（カミ）」として定着していた一八七〇年代に、朝鮮語キリスト教文化では、まだ、中国語訳の「天主」がそのまま朝鮮語の読み方で通用していた。一般にロス訳と知られている朝鮮語新約聖書の中で最初に「ルカの福音書」が、ロス（John Ross）等によって翻訳、出版される一八八二年まで、ハングルで記録された聖書は「聖経直解広益」――典礼用の抜粋聖書、一七九〇年代の筆者本と推定される――がほぼ唯一のものであった。そこに神は「텬쥬」（天主）と記されているのである。

聖書の朝鮮語訳は、一九世紀後半、中国在住のスコットランド連合長老教会の宣教師たちと日本を宣教拠点にしていたアメリカの長老、監理教会の宣教師たちが、朝鮮半島への宣教を準備する中、活発化されるようになる。まず、満州で宣教活動をしていたロス、マッキンタイアー（John McIntyre）が、朝鮮人最初の洗礼信者李応賛、金鎮基、白鴻俊らとともに、一八八二年に「예수셩교누가복음뎨자행젹」（イエス聖教ルカ福音弟子行跡）を翻訳、奉天（今日の瀋陽）で出版することを皮切りに、一八八三年に「뎨자행젹」（弟子行跡）、「예수셩교요안내복음」（イエス聖教ヨハネ福音）、一八八四年に「예수셩교말코복음」（イエス聖教マルコ福音）、「예수셩교맛대복음」（イエス聖教マタイ福音）、一八八五年に「로마인서」（ローマ人書）、「코린돗젼후서」（コリント前後書）、「가라타서」（ガラ

テヤ書)、「이비소서」(エペソ書)、ついに一八八七年には「예수셩교젼셔」(イエス聖教全書)を同じく奉天で刊行することによって、新約聖書が朝鮮語に完訳されるに至った。これらの一連の朝鮮語訳は、基本的に、中国語、ギリシア語、英語の聖書を往来する中で行われた。ロスの報告書United Presbyterian Missionary Record(Jul.1.1882)は、「朝鮮人学者一人が最新中国語文理体聖書を翻訳する。私は彼が翻訳したものをギリシア語聖書と英語改訳聖書をもって字々句々対照する」(p244)と、聖書の翻訳過程を伝えている。すなわち、中国語文理体聖書を底本に、中国語と朝鮮語のバイリンガルな朝鮮人翻訳者が朝鮮語に初訳をし、それを英語とギリシア語、そして中国語が解読できるロス、マッキンタイアーが修正するかたちで、朝鮮語への翻訳が進められたのである。こうしてみると、中国語文理体聖書の媒介的役割がどれほど決定的であったのかが明らかである。この一連のロス訳新約聖書の中で、ギリシア語Theos、英語の大文字のGodは、「天主」——一八七〇年代の中国語文理体聖書には「天主」版と「上帝」版が並存していた——を媒介して、漢字の朝鮮語読み「텬쥬」ではなく、朝鮮語「ハナニム」に翻訳された。キリスト教の神が朝鮮語共同体の中で初めて「ハナニム」という名称を得たのである。

一方、日本を経由して一八八五年四月五日に朝鮮半島に同時に入国し、韓国プロテスタント教の基礎を築いたと評価されるアメリカ宣教師アンダーウッド(Horace Grant Underwood、韓国長老教会の創始者)とアペンゼラー(Henry Gerhart Appenzeller、韓国監理教会の創始者)は、李樹廷が訳した「신약마가젼복음셔언해」(新約馬可伝福音書諺解)をもって韓国宣教に臨んだ。アンダーウッドは日本滞在中、横浜で李から朝鮮語を学び、李訳の朝鮮語聖書を直接貰った、とされている(6)。一八八二年、壬午軍乱の後、日朝国交正常化の一環として派遣した使節団の随行員として来日した李樹廷は、

農学者津田仙の紹介でキリスト教に入門、その後、築地教会で信仰生活をはじめ、一八八三年露月町教会で、安川亨牧師と洗礼問答をした後、アメリカの宣教師ナックス（George W. Knox）から洗礼を受けた。李樹廷は、日本駐在アメリカ聖書公会の宣教師ルーミス（Henry Loomis）から聖書の朝鮮語翻訳の勧誘を受け、ヘボン（James Curtis Hepburn）、ブラウン（Samuel Robbins Brown）訳「新約聖書馬可伝」（一八七二年）を底本に、一八八五年に横浜で「신약마가젼복음서언해」を出版したのである。そこには、当時既に定着されていた日本語の「神」がそのまま朝鮮語訳のなかに、漢字の上に朝鮮語音読「신」が振られる形で、移されている。

このように、草創期の韓国キリスト教文化の中では、神の表記として、「天主」、「ハナニム」、「神」が並存していた。ちなみに一九世紀後半から二〇世紀初頭にかけて大量に朝鮮語に訳——あるいは朝鮮語に改詞——された賛美歌のなかには、「하나님」、「상뎨」（上帝）、「텬쥬」、「참신」（真神）、そして「여호와」（ヤハウェ）などが幅広く採択されている。しかし、名称をめぐるこうした混乱は、民衆の口語表現の中で圧倒的な影響力をもっていた「ハナニム」に統一されることによって、それほど長くは続かなかった。たとえば、一八九四年、各教派代表の宣教師によって構成された聖書翻訳者会(7)は、神の名称をめぐって、票決したことがある。投票結果は四人が「天主」を、一人が「ハナニム」を採択したが、それが効力を発揮することはなかった。韓国の民衆に直接触れながら宣教活動をしていた数多くの宣教師たち、特に長老教と監理教の宣教師たちが「ハナニム」の使用を支持していたからである。一八八二年、ロスと朝鮮半島の西北地域出身の信者たちによって神の翻訳語として選択された「ハナニム」は、主に「天主」と競争するかたちの多少の混乱を経て、一九〇六年、聖書翻訳者会訳の「新約全書」（横浜福音印刷所刊）の出版を契機に、韓国プロテスタン

ト教会では神の公式名称として認められるようになった。天主教と呼ばれるカトリック教会でも「ハナニム」とほぼ同じ意味である「ハヌニム」を採択しているのである。もちろん、カトリックでは文脈によって文語的表現として「天主」も使われている。

それでは、神の翻訳語「ハナニム」は、朝鮮語共同体構成員にどのような概念的表象として示されていたのだろうか。それを、日本語の「神」と中国語の「上帝」との差異に注目しながら述べていこう。

『韓国民族文化大百科事典』（精神文化研究院・ソウル、一九九一年）の「하늘」（天）の項目では、語源論的に三つの系列の概念、「한울」、「한얼」、そして「하나」を包摂する概念として「하날、하늘」を定義している。「한울」は「大きな領域」すなわち「宇宙の本体」、「한얼」は「大きな精神」すなわち「宇宙の意味」、そして「하나」は「唯一ないしは至高の価値」を指示するとされている。それらを複合的に体現する概念「하늘」は、韓国語共同体にとって、観念でもあり、信仰の対象でもある。「하날、하늘」に尊称接尾語「ニム」をつけた語彙である「ハナニム」、「ハヌニム」は、直接には、信仰の対象としての「하날、하늘」を指す。

朝鮮半島の人々にとって長い間、天神、太陽神、天人神など、さまざまなかたちの信仰対象になっていた「ハナニム」は、同時に、外来宗教と思想体系に対する受け皿的な概念でもあった。たとえば、儒教の「天」、仏教の「帝釈天」、道教の「上帝」などの概念を吸収しながら、「ハナニム」は、概念的、表象的変容を繰り返してきたとみられる。「ハナニム」を最高神と位置付ける民族宗教として代表的なのは、天道教（「한울님」）と大倧教（「한얼님」）である。しかし、韓国社会で民族固有の伝統宗教として認知されているこの二つ宗教が、実はある時期の文化的危機状況のなかでその危機の反作

用として、民族宗教の体系を具備、定立するようになったということについては注意をはらう必要がある。天道教の前身である東学は、西学すなわち天主教の流入に対抗して一九世紀後半に、また大倧教（檀君教）は朝鮮半島が植民地化されつつあった二〇世紀初頭に、それぞれ成立したのである。ここで一つ確かめておかなければならないのは、朝鮮半島の人々に神の福音を広めようとするキリスト教の側も、その文化的膨張に抵抗しようとした民族宗教の側も、同時に「ハナニム」を信仰の対象の名称として採択したということである。このことから、観念的には絶対存在であり、信仰的には最高神である、「ハナニム」という概念とその表象を、朝鮮半島の人々は共有していたことを十分うかがうことができる(8)。

それでは、翻訳語「ハナニム」に対し、実際に聖書の朝鮮語翻訳に携わっていた宣教師たちはどのような言語感覚をもっていたのだろうか。ロスが中心になって行った一連の朝鮮語訳新約聖書が、中国語文理体聖書を底本としたにもかかわらず、「上帝」、「天主」を取らずに最初から「ハナニム」という名称を採用したことに関しては先ほど述べた通りである。その翻訳を主導したロスは、韓国の歴史、慣習を扱った著書 *History of Corea: Ancient and Modern with Description of Manners and Customs, Language and Geography*(1879) で、絶対的存在（the Supreme Being）を指示する朝鮮語固有の名称「ハナニム」は、「明確な意味で一般に広く使われていて、将来の聖書翻訳と伝道において、この主題（神の名称をどう翻訳するかという問題——引用者）について大分以前に中国の宣教師たちの間で起きたような不適切な論争の心配はない」(p355) と指摘している。また、韓国キリスト教成立期、正確には一九二三年まで、朝鮮語聖書翻訳と改訳を主導しながら、『天路歴程』(The Pilgrim's Progress) の朝鮮語訳（一八九五年）、*Korean Sketchs*(1898)、*Korea in*

Transition(1909) など数多くの著述を通し、西洋と近代初期の韓国を仲介した、長老会宣教師ゲールも、*Korea in Transition* で「ハナニム」は「天上、地上、そして地下に、如何なる類似的イメージも像も存在しない絶対的主宰者(the Supreme Ruler)である」(pp78-9)と概念的特徴を把握している。

もちろん、ロスとゲールのこうした陳述は、キリスト教の伝播が行われる以前の段階でもう既に韓国人がキリスト教の神の概念を所有していた、ということを意味するものではない。キリスト教の神を朝鮮語に翻訳する際の文化衝突を和らげる概念としての「ハナニム」を朝鮮語システムのなかで発見したということを意味するものであろう。当然のことであるが、翻訳の以前にはキリスト教の神とは意味論的に多少のズレがあったはずの「ハナニム」が、翻訳過程を通して韓国キリスト教文化の中でキリスト教の神を意味するようになったのである。「ハナニム」への翻訳が行われ、そしてそれが反復的に使用されるにつれ、翻訳時点までは認知されていた意味論的不一致が忘却されていくことはいうまでもない。まさにこうした文脈において「ハナニム」は、キリスト教の神と一致する――一致するかのような感覚を与える――概念として新たに誕生したということになる。

ここでもう一つ見逃してはならないのは、朝鮮語の「ハナニム」が唯一絶対者を表象することについて西洋の宣教師たちが驚嘆したことからも推察できるように、実際に朝鮮語の「ハナニム」は比較言語論的な観点から見ると、キリスト教の神を表現するさまざまな名称のなかで非常に例外的なケースにあたるということである。それは、聖書の朝鮮語翻訳の成立に関わっていた起点言語、参照言語における神の概念と「ハナニム」を比較してみると、より明らかになる。まず、神の朝鮮語翻訳においてもっとも権威ある参照概念であったギリシア語 Theos、ラテン語の Deus が、実は翻訳以前には異邦の神々を指示する用語であった。重要な起点概念、英語の God、日本語の「神」

もまた一般的、複数的神に適用される概念であることに変わりがない。そして、神々の中で最高に位置する存在という意味の中国語の「上帝」も、訳語の可否をめぐる論争が長期間繰り返されてきたことからも分かるように、キリスト教の神を指示することになるまでは度重なる概念的調整が必要であった。しかし「ハナニム」は、他言語の神の名称が文化的衝突を通して得ようとした意味要素を、もう既に獲得していたのである。キリスト教の神を翻訳する際に生じる障害が朝鮮語の「ハナニム」の場合には少なかったということは、次節で取り上げるが、韓国キリスト教文化の急速な拡大を可能にした概念的、認識論的条件であったと思われる。

こうした概念移動の状況を念頭におきながら「ハナニム」の翻訳過程を振り返ってみると、最初の段階でデウスDeusの翻訳語「天主」から再翻訳されたにもかかわらず、逆説的にも、起点概念の「天主」、参照概念のギリシア語のTheos、英語の大文字God、そして日本語の「神」に比べて、根本的なレベルにおいて、ヤハウェYahwehの必須的概念要素をより的確に具備、体現する概念として「ハナニム」が誕生したということになる。その「ハナニム」の発見によって、キリスト教の神の韓国語共同体への概念的移動が、相対的に、円滑に行われてきたのはいうまでもない。たとえば、キリスト教の神の特徴を、一般にいわれる通り、第一、唯一性（The Only）、第二、無限な全知全能性（The infinite Omnipotence）、第三、完璧性（The Perfect）、第四、自らの存在（The self-Existence）などとして理解してみると、それらの項目の概念的要素を「ハナニム」は十全に体現していることが判るのである。一方、現在の日本語と中国語システムの中でキリスト教の神を意味するようになった、「神」と「上帝」の場合、こうしたキリスト教の神の特徴、特に第一と第四の項目の概念要素を表象するためには、少なからずの困難を乗り越えなければならなかったろう。いいかえれば、「神」と「上帝」は、朝鮮語の「ハナニム」とは異なって、概念的な自己制限ないし変更を行わずには、キリスト教の神を意味することが不可能であったということである。

5　神の翻訳とキリスト教文化の位相

それでは、キリスト教の神の漢字文化圏の翻訳語「上帝」、「神」、そして「ハナニム」の概念的差異と、東アジアにおけるキリスト教文化の展開様相の相違は、どのように関わっているのだろうか。

まず、「上帝」の場合、それは翻訳以前の段階で、キリスト教とは根本的に異なる儒教的、道教的な思想伝統の中で構成されながら、キリスト教の神と同様の深奥な、あるいはキリスト教の神をも吸収する上位のレベルの、宗教的、哲学的概念として体系化されていたということができる。そのために、キリスト教の神を「上帝」に翻訳、受容する際には、文化間の衝突と妥協の過程を必然的に経験せざるを得なかったのである。中国のキリスト教文化の成立から、すなわち神の「上帝」への翻訳以後の状況から、結果的に、翻訳時点での「上帝」をめぐる文化衝突現象を捉えると、それは、長い歴史を通して築かれてきた、「上帝」に対する共同体の伝統的な認識を否定、制限、妥協する契機として理解されるのである。

日本の「神」の場合はどうであろうか。「神」の指示対象は、文脈に応じて、人格的神から自然的神に至るまで、規定することのできないほどの広範囲に配分されている。意味としては、体系的な宗教的、哲学的概念と単純な民俗的、原始宗教的概念を同時に包括するようにみえる。こうした「神」が、キリスト教の神の受け皿的な概念として用いられた場合、その曖昧性を免れることができないことは充分予測される。「神」がキリスト教の神を表象するためには、一般的な概念の神と特殊的な概念の神を区別するかたちで、一種の自己規定的な制限を加えなければならないからである。ここで見逃してはならないことは、一般的な概念の神と特殊的な概念の神が相互矛盾的な、自己撞着的な関係にあるという点である。たとえば、「八百万の神」という表現が示すように、一般的な神の概念として、大小の、上下の複数の神が想像されるのだが、これはキリスト教の神（only God）に対するもっとも顕著が概念的抵抗として作用する要素なのである。すなわち、日本語の「神」という用語においては、汎神論（pantheism）と唯神論（monotheism）という互いに相容れない二つの信念が、真っ向からぶつかりあっているということである。この場合、日本語システムの中で「神」を表現することは、ホモニム（homonym）にしか成立しない。つまり、「神」の意味を認めるためには、同時に神の意味を否認しなければならないということになるからである。こうした概念上の自己矛盾は、ただの論理のレベルの問題ではなく、実際の歴史的現実の中で日本語共同体が経験した信仰的、宗教的な葛藤としても現れていたのである。このことに関しては、たとえば、二〇世紀前半の相当の期間中、いわゆる国民総動員戦争体制の日本社会が経験した、キリスト教徒への神社参拝勧誘やそれに対する教会の神社参拝反対――あるいは参拝決議――運動を思い起こすことだけで充分であろう。

中国語と日本語でキリスト教の神を指す「上帝」と「神」が孕んでいる、こうした概念移行上の障害は、キリスト教の文化の受容と展開においていったいどのように作用していたのだろうか。端的にいうと、中国語と日本語の共同体構成員がキリスト教の神を認め、それを受け容れる――宗教的な表現を借りれば、霊的に改宗する――ことは、共同体の伝統的な認識や信念を毀損することを前提せざるをえないということである。

一方、翻訳段階での「ハナニム」は、朝鮮語共同体構成員にとってどのような概念であったのだろうか。それを、天道教、大倧教、そして民間信仰の伝統のなかに沈殿している意味要素から把握してみると、宗教、信仰的には唯一神の概念を単純、明快に保持しながらも、哲学的、認識論的な次元においては多少混沌たる星雲状態にあったことが分る。したがって、キリスト教の神を翻訳する過程で「ハナニム」に起きた概念的変化は、宗教、信仰的には伝統的な唯一神の概念を受容、継承しながら、同時に哲学的、認識論的には意味世界の曖昧性を超克、止揚する方向に体系化されたということができる。いいかえれば、最初の翻訳段階で行われた、キリスト教の神を知らなかった韓国民衆の信仰意識と、朝鮮語を知らなかった西洋の宣教師たちの神学的、解釈学的認識との出会いが、「ハナニム」の概念的高揚を可能にしたのである。結局、韓国のキリスト教文化では、キリスト教の神の概念を「ハナニム」として受容することによって、キリスト教の神を宗教的、信仰的に選択する朝鮮語共同体構成員の霊的改宗と共同体の伝統に対する敬虔な忠誠の表現との間におかれている不便な緊張を緩和することができたということである。「ハナニム」に備えられていた、こうした高いレベルの概念移行的、文化横断的能力こそ、中国と日本のキリスト教文化での「上帝」や「神」には備えられなかった価値ではないだろうか。

近代以前まで中国を中心にして同じ漢字文化圏の文化的、認識的基盤を構築してきた東アジアの日・中・韓は、近代西洋文化の流入に対しても、漢字の概念受容能力を存分に活用しながら非常に類似した方式で対応していたということができる。特に韓国の西洋文化受容の場合、議論の冒頭でも少し触れた通り、近代文化の成立そのものを可能にさせる装置ともいうべき人文科学的、社会科学的、自然科学的概念は、ほぼすべてといっていいほど、近代初期の日本語が考案、創出した翻訳語——もちろんその中には中国経由の西洋文化概念も多少は含まれているが——をそのまま借用している。しかし、日・中・韓は、西洋文化を代表するキリスト教を受容するにあたって、その文化の核心であり、基礎であるヤハウェ Yahweh、デウス Deus、大文字の God という西洋語の神の概念には、それぞれ、「上帝」、「神」、「ハナニム」という相互に交換不可能な翻訳語を対応させている。そしてこれらの概念的選択は、それぞれの言語圏におけるキリスト教文化の展開方向に決定的なかたちでかかわっているのである。

周知の通り、今日の東アジアのキリスト教文化は、全体的にみて、日本と中国ではそれほどの物質的、精神文化的な影響力を保持していないのに比べ、韓国社会ではその影響力が極端に肥大化している状況である。相互理解や意思疎通の障害の原因にもなるこうした不均衡な文化状況を理解するためには、まず、キリスト文化を受容する段階で、それぞれの言語圏において交換不可能な概念の選択が行われていたという事実についての考察を避けて通ることはできないのである。いいかえれば、一九世紀後半に中国と日本を経由してキリスト教が流入する事態のなかで、選択と再選択を繰り返しながら作り出された朝鮮語特有の翻訳語「ハナニム」は、その後、キリスト教文化を韓国社会の中で拡大、深化させた、最も確かなメディアでもあったのである。

(注)

1　日本経由の再受容という文化現象は、韓国近代文化形成の重要な特徴の一つである。それは、いままでの韓国文化論の近代文化成立に関する認識が、「移植」論と、その否定として提示された「伝統継承」論をめぐって構成されていることからも推察できる。

2　北朝鮮の朝鮮基督教徒連盟が公認した新旧約聖書（一九八三―四年）は、韓国プロテスタント・カトリック共同翻訳（一九七七年）によって採択された「ハヌニム」をそのまま採用している。

3　聖書の日本語訳の系譜に関しては、海老沢有道『日本の聖書――聖書和訳の歴史』日本基督教団出版局、一九八一年参照。

4　中国語で最初に「天主」が訳される過程については、平川祐弘『マッテオ・リッチ伝一』平凡社東洋文庫、一九六九年、七三―五頁参照。

5　『日本の聖書――聖書和訳の歴史』一三〇頁。

6　朴容奎『韓国基督教会史1』生命のことば社：ソウル、二〇〇四年、三一八―二六頁参照。

7　一八八七年、日本語聖書翻訳の先駆者ヘボンの助言を得て、ソウル駐在の宣教師たちが発足した翻訳委員会（Translating Committee）が、一八九三年には聖書翻訳者会（The Board of Official Translators）に再編された。委員は、アンダーウッド、ゲール(J.S. Gale)(アメリカ長老会)、アペンゼラー、スクラントン(William B. Scranton)(アメリカ監理会)、トローロプ(M.N. Trollope)（イギリス聖公会）の五人であった。

8　こうした概念的、認識論的な条件は、キリスト教系の新興宗教（統一教会、龍問山祈祷院、伝道館、摂理など）が多数出現し、猛威を振るう現代の韓国社会の特殊な現象を理解する手掛かりになるかもしれない。

二　近代初期韓国作家の言語横断的実践——近代小説という表現制度の移植

今日韓国語で普通に書かれ、読まれる「小説」というジャンルには、ヨーロッパ言語起原の刻印が多重に押されている。また、そのヨーロッパ的「小説」要素の大部分は、近代日本語との交渉を通して韓国語の物語文学のなかに流入されたものである。こうした韓国の近代「小説」の全体的な影響関係に関しては、日・韓比較文学、特に小説言説研究分野の多くの論者が認めているところである。しかし、近代「小説」の要素が流入し、移植された具体的な過程、そしてそれによって韓国語の物語文学にもたらされた具体的な変容、という問題については充分論究されているとはいえない。

韓国語の近代「小説」と前近代の「非小説」様式を区別する要素は、文脈に応じて多様に見出すことができるだろう。それらの要素の中には、句読点、引用符号、疑問符など、文章の近代的な表記を可能にさせた形式的な要素も、文章構造そのものの変化を必然的に随伴したより本質的な要素も、含まれている。ここでの近代「小説」の本質的要素とはもちろん、かつてロラン・バルトが『零度のエクリチュール』（一九五三年）で、小説文体の努力の「終着」点に例えた第三人称と、物語世界に秩序を与える記号と捉えた単純過去という表現である(1)。バルトによって小説のエクリチュールの核心項目として挙げられた、こうした第三人称と単純過去の組み合わせに相応する文体こそ——

単純過去と第三人称の組み合わせの文体的な効果や文学史的な意味合いについては後述する――近代「小説」のテクストに顕在するもっとも著しい表徴ではないだろうか。

近代「小説」の文体という表徴は、どのような文章構造の改変を不可避にしたのだろうか。その表徴を韓国語の物語文学はどのような過程を通して具備するようになったのだろうか。そしてその過程のなかで、日本語の小説文体、もう少し正確に言うならば、近代初期に確立された三人称代名詞と述語の語末語尾によって構成される地の文の文体は、どのようなかたちで関わっていたのだろうか。議論の前半部では、日・韓「小説」の本格的な言語横断的交流が行われるまでの過渡期的な成果として、近代的文章表記の要素が韓国語物語システムに流入される様相を問題化する。そして本稿の中心的議論である後半部では、近代初期の韓国人作家が言語横断的実践を通して、三人称と過去時制語尾の組み合わせという新たな小説文体を韓国語の物語世界で実現していく過程を明らかにしようとする。

1 文章表記の交渉――「寡婦の夢」

植民地期「近代文学史」の代表的な研究者林和は、「朝鮮文学研究の一課題――新文学史の方法論」(一九四〇年)で、「新文学史の対象は勿論朝鮮の近代文学である。何が朝鮮の近代文学なのかとすると、勿論近代精神を内容とし、西欧文学のジャンルを形式とした朝鮮語文学である(2)」、と定義した。ここで林和は、西欧文学の日本への移植と日本文学の朝鮮への移植によって、朝鮮の新文学の出発が可能になったとする、有名な〈移植文学史〉を提案したのである。林和が、〈移植〉のもっとも具体的な例証として示したのが、近代文学の新しい文章の日本からの移植である。「新文学生成期に最も重要な問題であった言文一致の文章創造において、朝鮮文学は明治文学の文章を移植してきた。この新文章の生成と発展において日本文章の影響は朝鮮における国語教育の発展とともに甚大な意味を持つものであって特別な注意を要する(3)」と説明している。林和の論文から、文章の移植の様相についてこれ以上の詳細な言及は見当たらないが、当然ここで問題として浮かび上がってくるのが、はたして誰によって、どのような経緯で、「明治文学の文章」の韓国語文学への移植が成し遂げられていたのかということである。

「明治期の日本文章からの移植」、あるいは近代初期の日本語との交渉という観点から、韓国語近代小説の成立を問題化する際、避けては通れない作家が李人稙（一八六二―一九一六年）と李光洙（一八九二―一九五〇年）である。李人稙の『血の涙』（『萬歳報』、一九〇六年）と李光洙の『無情』（『毎日申報』、一九一七年）は、周知の通り、韓国文学史では特権的に扱われている。日露戦争以後の朝鮮で新たに主導的なメディアとして急浮上した新聞に連載されたこの二つの作品は、現在の韓国小説史で、前者は「新小説」の、後者は「近代小説」の嚆矢としてそれぞれ位置付けられているのである。ここで注目しなければならないのは、韓国近代小説の成立史においてもっとも重要な二人の作家がともに、日本語小説（正確にいうと物語に近い）を日本の活字メディアに発表することから作家的出発を告げたということである。これは、以下の議論で明らかになるように、けっして偶然ではない。李人稙は都新聞に「寡婦の夢」（一九〇二年）(4)を、李光洙は『白金學報』に「愛か」（一九〇九年）を、最初作として発表したのだが、この節ではまず「寡婦の夢」を、次の節では「愛か」を取り上げることにする。

『毎日申報』（一九一六年一一月二八日）の記事には李人稙が、「明治三十三年二月旧韓国政府の官費留学生として東京に派遣され、東京政治学校（5）に入学、三十六年卒業、日露戦争の時に陸軍省韓語通訳に任命され、第一軍司令部に付属・従軍した」と紹介されている。東京政治学校での留学の時期、彼は韓国公使館の推薦で一九〇一年一一月から一九〇三年五月まで都新聞に見習として派遣され、新聞という新しいメディアを学習した。都新聞の「韓人我社に新聞事業を見習ふ」（明治三十四年十一月二十六日）という記事には李人稙が都新聞編輯局の見習記者に受け入れられた経緯や事情が記されている。彼はその見習の期間中同新聞に、当時の時代状況に対する認識を披瀝した韓国関連記事、自分の心境や所見を表した随筆（6）、そして「寡婦の夢」という創作物語を相継いで発表した。帰国後には、國民新報の主筆、帝国新聞の記者、萬歳報の主筆、大韓新聞の社長を歴任するなど、日露戦争以後日韓合併以前の大韓帝国におけるいわゆる親日本的なジャーナリズムを代表する新聞人として活躍したのである。こうしてみると李人稙は、新聞メディア言説と小説言説という両面から、近代初期の日本語と韓国語を交渉させた人物であることが明らかである。その点において言語横断的な役割をもっとも先端で担っていたということができる。

李人稙の最初作「寡婦の夢」は、韓国人作家が日本の近代的活字メディアに発表した最初の創作物語でもある。都新聞の明治三十五年一月二十八日（其上）と二十九日（其下）の六面第二段のほぼ全体を占めている、原稿用紙七、八枚程度のこの作品は、「朝鮮文學」という見出しの下に「韓人李人稙稿」と署名されて載せられている。

「寡婦の夢」は、その題名の前行で「朝鮮文學」と明記されている点からも窺えるように、基本的に朝鮮的な情緒の世界を日本の読者に紹介しようとする意図によって書かれた作品である。夫が死んで一三年も経った今も、亡き夫を忘れきれず、「限りなき愁ひ」と「窮まりなき思ひ」の中に身悶える、三二、三歳の寡婦の内面と外見が素描されている。亡夫のために貞節を守る女性の像は、いうまでもなく節婦という典型的な朝鮮の女性像の一つであろう。素服（朝鮮の喪服——論者）を身にまとった寡婦の姿が、「西の山に入り懸りし夕陽」と「半バ屋角に懸りたる月」の中の朝鮮家屋という、日本読者にとっては非常にエキゾチックな朝鮮風景の中から浮き上がるように描かれているのである。そこで形象化されている喪服婦人の「胸中愁想」とは、いうまでもなく、朝鮮社会特有の封建的男性中心主義の価値観が朝鮮の女性たちに強要した倫理的感情であろう。それはまた、植民地期以後の様々な文化研究によって朝鮮文学や芸術の淵源的情緒として言説化されてきた「恨（はん）」という内面世界につながるものでもあろう。

　物語の全体的内容や雰囲気以外にも、朝鮮的なものを日本語読者に伝達するというこの作品の意図は、より直接的なかたちでテクストの中に表れている。すなわち、日本の読者が理解し難い朝鮮特有の風習などについては地の文に設けられた括弧の中で説明されている。たとえば素服婦人の姿が語られるところに、「（朝鮮の人ハ男女に論なく其の父母の喪にハ素き服を着ること三年なり但し出で嫁ぎし女は其父母の喪にハ素を服すること一年、一年の後にハ淡青衣を着、三年の後にハ平生の通り華麗な衣を着るなり、寡婦のみハ生涯素を服すなり）[7]」と、階級や身分ごとに分化されている朝鮮人の喪服習慣が詳細に記されている。これ以外にも、朝鮮半島の具体的な地名、祖先の墳墓のある場所、朝鮮人夫婦の言葉使いなどについての情報が、地の文の括弧のなかに同じかたちで付け加えられている。

　朝鮮的な世界を描き、伝えようとした作品意図が、このようにテクストの内容と形式に深く刻まれているという点は、「寡婦の夢」の語りの大きな特徴である。いいかえれば、日本語読者のエキゾチシズム的な関心に呼応するという要因が、このテクストの成立条件の重要な一面になっているのである。これは、結果論的にみて当然であるかもしれないが、植民地期に韓国人作家が書いた日本語作品、あるいは日本語に翻訳、紹介された朝鮮文学作品に共通な性格として示された、重要なテクスト性の一つであったのである。周知の通り、朝鮮文人協会編の小説集『朝鮮國民文学集』（一九四三年）や金素雲編訳の『朝鮮詩集』（一九五四年）(8)に収められている数々の作品の在り方が、こうしたテクスト性によってまず理解される。近代初期から植民地期にかけて集中的に生産された数多くの韓国人作家の日本語作品全体を貫く特徴的な文学世界を、「寡婦の夢」がはじめて提示しているという点は確かにこの作品の文学史的な意義の一つであろう。

しかし、この議論でもっとも大事な問題性は、なにより「寡婦の夢」が体験した新たな記号、そしてそれへの追求という点から確かめなければならない。「寡婦の夢」は、明治三〇年代の日本語文章表現において、まだ文末において支配的な地位を固守していた「なり・たり」体によって語られている。つまり、同時代に確立されつつあったいわゆる「近代」の日本語小説文体が、この作品で試みられたことはなかったのである。それなら、「寡婦の夢」ではじめて体験された日本語文章表現の記号性とは、いったい何であったのだろうか。

まずこの作品が、日本語文章表現の独特の在り方である振り仮名用の活字、すなわちルビを採用しているという点。漢字の読み方や意味を漢字の傍らに併記する振り仮名の伝統が明治期に新聞活字体として定着したとされるルビというのは、当時までの韓国語の物語の、または韓国語そのものの表記システムの中では、一度も体験されたことのなかった新しい領域である。明治期の日本語表記システムの中でのルビは、周知のごとく、日本語独特な表現世界を構築していくことになる。漢字に訓や音の読み仮名を付け加える伝統的な仕方以外にも、たとえば漢字に日常的な外来語や非日常的な俗語を与えたり、一つの文章のなかの同一漢字に別の読み仮名をそれぞれ組み合わせたりするなど、様々な仕方で記号表現の豊かさを捜し求めていったのである。もちろん「寡婦の夢」でのルビの採用は、漢字に訓・音の読み仮名を付け加えるという組み合わせに限られている。その点でこの作品のルビは非常に規範的なものであって、日本語システムの中での新たな記号生産への挑戦をそこから見出すことはできないのは事実である。しかし後ほど取り上げるように、韓国語新聞という新時代を代表する活字メディアの中に日本語式ルビを取り入れるという言語横断的な実践のかたちで、「寡婦の夢」の新しい表現への挑戦は行われたという点には注目しなければならない。

ルビの使用以外にも、「寡婦の夢」の言語表現の新しい模索として、引用符号の「　」、説明文符号の（　）、そして読点の「、」など、近代的文章表記の視覚的要素の使用があげられる（ただし、「寡婦の夢」では句点「。」は使われていない）。引用符号「　」は、従来に音声的な差異によって区別された地の文と対話文とを視覚的な効果によって区別した装置である。また、説明文符号の（　）の導入は、従来には平面的だった物語の語り手の視点を、括弧の外の話者と括弧の内の作者のそれに分化させることによって、近代的な語り手の視点の成立を促進した。そして読点の「、」は、分節的な文章構造を創出するためには必要不可欠なものである。「寡婦の夢」と李人稙が都新聞に載せた他の記事の中で体験したこれらの文章表現の装置、そして日本語独特の表記体系であるルビは、それ以後彼が韓国語で発表した物語文学の表記システムの中で追求、実験されることになる。

李人稙自身が主筆を務めていた『萬歳報』に連載された『血の涙』（一九〇六年）[9]が、韓国語近代小説の成立過程の中で画期的な位置を占めていることについては多くの論者が認めている。『血の涙』の画期的な実践に関しては、これまでそれぞれの文脈や状況に応じて、多様な見解が提示されている。たとえば金相泰はそれら見解を、「導入部で設定された漠然とした時間空間と、話説・却説・且説という導入語の消滅」、「地の文と会話文の区別」、「新しい語彙の出現」、「作家個人の独創的な表現」、「口語体への移行」、「時間を逆転させる方式」、「文章の描写的機能の発達」、そして「分節的な文章構造の確立」の八つの項目に整理している(10)。しかし、こうした『血の涙』の文学史的な変化が、実は、「寡婦の夢」で体験した新しい言語表現を媒介することによって行われていた、ということは論究されていないのである。

「日清戦争(일청전쟁)의 총소리는、平壌一境(평양일경)이 떠나가는 듯 하더니(日清戦争の銃声は平壌一帯を揺り動かすも)(11)」(括弧の中のハングルが、ルビのように、漢字語の上に表記されている。ワード・プロセッサー入力の制約上変則的に記す。旧ハングル体も新ハングル体に改変した——以下同、引用者)という『血の涙』の最初の一文は、当時の朝鮮半島の文化的状況に起きた衝撃的な変化を見事に形象化したものである。いいかえれば、日清戦争に圧倒的に勝利した日本の、北東アジアへの植民地膨張主義的な価値観に便乗して、物語の舞台の地政的な環境を捉え、また物語内的出来事を展開させている点は、朝鮮半島の近代への展開の行方そのものを象徴しているのである。ところが、親日本的な視線によって捉えられた新しい時代への転換というこの作品の内容は、どのような表記システムによって表現されていたのだろうか。この作品は、基本的に漢字混じりの縦書きのハングル体で書かれている。一瞥するだけでも判るように、漢字に付け加えられたルビと読点「、」、すなわち「寡婦の夢」で体験した日本語表記の要素をそのまま採用している。そして会話文を上段から一字分空けて表記

することで、地の文と会話文の視覚的な区別を可能にしている。周知の通り、この作品で最初に実現された新しい表現の中で、読点の使用や地の文と会話文の区別は、いろいろな形で考案、改変されながら、後代の韓国近代小説の表記システムとして定着していくのである。

しかしその中で、日本語表記の仕方のもっとも直接的な移植、その意味でもっとも独創的な試みでもあった、韓国語のルビ式表記は、その後の韓国語小説の表記システムとして定着、展開されることはなかった。実際、新聞連載の一年後に単行本で出版された『血の涙』（廣學書鋪、一九〇七年）は縦書きのハングルのみで表記されている。漢字混じりの文体に韓国語のルビを採用するという表記の仕方は、李人植が主筆を務めていた『萬歳報』の独創的な編輯方針であって、論者が調査した限り、小説文体としてルビが使用されたのは『萬歳報』の連載小説『血の涙』が唯一のものである。こうしてみると、韓国語のルビの採用には李人植個人の文章表現の意識が決定的に働いていることがわかる。すなわち都新聞――当時の都新聞の記事にはほぼ全ての漢字にルビが付いている――での体験を通して学習した新たな文章表現の仕方が、言語横断的に移植されたということである。

『血の涙』では、漢字の読み方と漢字単語の韓国語の意味、いいかえれば音と訓の韓国語読みが、縦書きの漢字語の傍らに付けられるかたちで、韓国語のルビが用いられている。言語の相違はあるものの、「寡婦の夢」のルビの使用と同様に行われているのである。音と訓の読み方というルビの使用は、日本語表記システムではもっとも規範的なものであろうが、それ自体韓国語システムの中では新たな記号生産へのラディカルな挑戦にあたるものである。たとえば、「奥様（아씨）게서　子女間（자녀간）애업시　孤寂（고젹）하게、　지내시더니　御娘様（따님）이、생겻스니　얼마나、조흐시닛가[12]（奥様が子女なく孤寂にお過ごしになったが、御娘様ができ、どれほどうれしいでしょう）」という会

話文を取り上げてみよう。漢字語に付けられる韓国語ルビは、基本的に、漢字の読み方を読者に示すことによって読者の理解に便宜を与える、という意図で用いられたものであろう。その意図だけのために韓国語ルビが付けられるとするならば、たとえば引用文では、子女間（자녀간）、孤寂（고적）のように、音読みのルビのみをつけることで十分であったはずである。なぜなら韓国語システムには漢字の訓読みの習慣はもうなくなっていたからである。にもかかわらず、奥様（아씨）、御娘様（따님）のような日本製の漢字単語には、音読みではなく、韓国語に翻訳された単語がルビとして付け加えられている。韓国語の翻訳語、単語の意味などが漢字語の読みとして付けられるということは、いうまでもなく、韓国語システムの中での漢字読みに対する新たな試図であり、したがってより豊かな記号生産への追求でもあった(13)。このように、『血の涙』で行われた韓国語ルビの表記は、外見上では明治期活字メディアの表記システムのただの移植にすぎなかったかもしれないが、内実としては韓国語漢字読みシステムにおいての革新的な実践であったのである。

すなわち、読点の使用、地の文と会話文の区別、ハングルのルビの使用などは、『萬歳報』の連載小説『血の涙』が成し遂げた韓国語表記の画期的な変革である。その中でハングルのルビは、既存の韓国語表記システムの秩序を破壊するという点において、より積極的な記号生産への試みであったのである。こうした『血の涙』の新たな文体的実行は、一部は韓国語近代小説の表記システムの中の規則として定着し、また一部は中絶していくのだが、それは、文章表記体としての韓国語近代小説が経験した試行錯誤的なプロセスそのものであった。たとえば、一九一八年に実施された『毎日申報』短編小説懸賞募集——李光洙は「純文学的目的の」小説募集としてはこれが最初であると言及している——には、「時文体」（いわば近代的文章表現）で書かれることが募集規定として示されていた。その小説懸賞の選考者であった李光洙は、「時文体」の条件として「，・。・？・！」の読点や文章符号、「本文と会話」の区別、新しい文字、単語の配列の仕方などを挙げている(14)。こうした「時文体」への文体的実践が、実は「寡婦の夢」と『血の涙』の二言語創作を通してはじめられたという点は確かめなければならない。なぜなら、それ自体、近代初期の日・韓両言語による物語文学の言語横断的な交渉のもっとも重要な内容だからである。

しかし、「寡婦の夢」と『血の涙』の実践がどれほど切実に新たな記号性の産出を試みたとしても、それが、本格的な意味においての「近代」小説の表徴の実現にはつながらなかったという点も、また明確にしておかなければならない。ここでいう「近代」小説の表徴とは、句読点、引用符、ルビなどの表記体系の要素そのものではなく、文章構造の根本的な変化に伴われるものだからである。「近代」小説の文章への変化は、いうまでもなく単純過去と第三人称の実現を基軸にして行われたのである。韓国人作家がそれを最初に体験したのは、明治学院の普通部――五年制、中学課程にあたる――留学生の李光洙が一九〇九年に書いた「愛か」によってである。

2 小説文体の体験――「愛か」

明治学院の同窓会誌『白金學報』一九号（一九〇九年一二月）に載せられた、原稿用紙一六、七枚程度の「愛か」は、李光洙の第一作である。韓国近代文学史上もっとも問題的な作家の一人と評価されている彼の第一作が、日本語で書かれ、日本の活字メディアに発表されたという点だけをとってみても、注目せざるをえない作品である。しかしこれまでの研究では、「愛か」はもっぱら李光洙の文学修業期の習作という観点からしか言及されなかった。近代文学成立期の重要作家である李光洙、金東仁の初期の韓国語小説に比べ、それより先に書かれた「愛か」が等閑にされてきたのはなぜだろうか。その状況には、近代小説の成立を韓国語システムの内部の問題として捉えようとする、韓国文学研究界の単一言語中心主義のイデオロギーが深く関与している(15)のではないだろうか。以下の議論では、韓国語近代小説の成立という問題を近代初期の言語横断的な文学言説の生産状況の中で把握するという観点から「愛か」を取り上げようとする。

「愛か」では、留学の理想を追求する自分と同性愛という本能的欲望に悶えている自分との間で葛藤しつづける、文吉という朝鮮人留学生が主人公として登場している。文吉が留学先の中学の下級生を愛し、孤独に苦しみながら、最後には、鉄道自殺をはかろうとするところで、結末を迎える。この作品は基本的に、作家自身の明治学院での留学体験に基づいて構成されている。その点は、「十一の時に父母に死なれて」、「後二三年間と云ふものは、東漂西流」、「十四頃には已に大人びて來て」、「或高官の世話で東京に留学することにな」り、「東京へ出て芝なる或中学三年に入學した(16)」と紹介される作品内の文吉の経験と、作家李光洙の留学前後の実生活を比べてみると十分証明できる(17)。この議論で問い詰めなければならないのは、こうした作家自身の留学体験や欲望といった物語の素材は、どのような文体的装置によって、物語内的秩序、あるいは「小説」という形式的保証が与えられるようになったのかという問題である。

作家自身の留学時代の経験とは、もともと主観的で、実存的なものであろう。「愛か」は、どのようにしてそれを小説の世界として客観化、虚構化することができたのだろうか。そのことを可能にするためには、主人公の個人的経験や内面を話者の語りを通して地の文の中で客観的に表出させながら、同時にその話者と主人公という作中人物との間には一定の距離を持続させる、文体的装置の確保が前提にされなければならない。明治末期の日・韓両言語の小説言説生産状況の面で考えると、朝鮮半島出身の留学生作家李光洙が、その文体的装置を確保するために、個別に新たな工夫を凝らす必要はなかったとみられる。二葉亭四迷の『浮雲』(一八八八―九〇年)などを契機に成立した明治期の日本語小説は、もうすでにその新しい文体的領域を切り開いていたからである。李光洙にとっては、東京留学を通してそれを学習し、実践することで十分だったのである。明治期の日本語小説が考案した新しい文体的装置のもっとも核心たる項目とは、いうまでもなく〈彼・た〉という近代小説特有の言説形態であろう。「愛か」はその文体的装置を取り入れることによって、作者自身が留学時代に経験した意識的、無意識的な内容を小説世界として構築することができたのである。この事態を逆に捉えてみると、この〈彼・た〉の文体的装置が考案されていたからこそ、作家個人の実存的な内面世界が小説というオブジェとして提示されることができたということになる。

〈彼・た〉が明治期に考案された新しい小説文体であるという陳述が、それ以前の文章や日常生活言語の中で〈彼〉、〈た〉、またはその組み合わせの言葉が存在しなかったことを意味するのではない、ということについては少し注意をはらう必要がある。周知の通りにたとえば、〈彼〉は語り手と聞き手の対話現場から離れている物事を指す遠称として、〈た〉は過去動作の完了をあらわす「たり」という文語体語末形の口語体として、以前にも日常言語の中で用いられていた。その〈彼〉と〈た〉が、西欧語の三人称と過去形の訳語として明治期に一般化され、またその組み合わせの〈彼・た〉が、同時期の小説言説において制度的文体として定着したのである。つまり、明治期の〈彼・た〉と明治期以前のそれとは、その意味論的な配分を異にするということである。近代以後の韓国

語小説における〈그・씨다〉も、この〈彼・た〉と同様の文化的文脈の中で誕生し、同様の意味論的価値を持っているということができる。ただし〈그・씨다〉は、西欧語ではなく日本語の〈彼・た〉から翻訳されて小説言説的制度として定着したものである。もちろん、この議論で〈彼・た〉と〈그・씨다〉が日・韓両言語システムの中で一対一の通約可能な表現として把握されるのは、相互交渉によってではなく、〈彼・た〉から〈그・씨다〉への一方的な移植によって、両者の関係が成立しているからである。

以下の議論では、近代初期の日・韓小説言説の生産状況において、〈그・씨다〉がどのような試行錯誤的な過程を通して制度化されていくのかを辿っていこうとする。日・韓両言語の小説言説における〈彼・た〉(〈彼・た〉とその韓国語への移植体の〈그・씨다〉)の内実と受容を明かにするために、まず一連の問題を確認しておこう。

第一、〈彼〉という人称代名詞(18)と〈た〉という文末詞が、なぜ近代小説言説の表徴として同時的にあるいは連動的に問題化されているのか。第二、作家自身の個人的経験などを小説世界として構築するためには、なぜ〈彼・た〉という形式的要素が必要不可欠だったのか。そして第三、「愛か」が体現した〈彼・た〉という日本語の表現様式が韓国語近代小説の言説の成立とどのように関連していたのか。これまでの小説言説研究が的確に対処しているとはいえない(19)こうした一連の問題についての議論に入るために、まず「愛か」での〈彼・た〉という表現の用いられ方を取り上げてみよう。

文吉は操が自分を愛して呉れない様に感じた、如何(いか)にも彼には冷淡(れいたん)である様に感じた、彼は操を疑つても見たが、疑ひたくはないので、無理に彼は自分を愛して居るものと定めて居た。其處に苦痛は存するのである。彼は操を命とまで思つて居た。日夜操を思はん時はない、授業中すらも思はざるを得なかつた。

彼は思つた、彼は苦しんだ、（後略）(20)

激烈な愛に苦しんでいる文吉の心像が語り手によって語られている。ここで用いられている「彼は苦しんだ」という一文に、実は、近代初期に考案された小説言説の新たな文体的現象をもっとも簡明なかたちで見出すことができる。

「彼は苦しんだ」という語り手の表現は、「彼」という第三人称の代名詞と「苦しい」という文吉の内面世界を表す述語とが結合されることによって成立する。つまり、作中人物を三人称で語りつつも同時にその内面を言い表そうとする文体なのである。近代小説における地の文の言説的特権ともいわれる、他者の感情・感覚などの主観的経験を直接に表現する文体が、「明治期の小説の考案であり、特に二葉亭四迷の『浮雲』が工夫を凝らした(21)」ということは、多くの小説言説研究で定説となっている。『浮雲』の文体効果について、小森陽一は「「語り手」に文三の内面を語らせる作品のモノローグ化は、（後略）「語り手」の位置を文三の自己意識の側にのめり込ませる結果となった(22)」と把握している。つまり、「愛か」の小説世界を支えているのは、語り手が三人称の登場人物の内面を直接表現するこうした新しい地の文の文体であったのである。

そして「彼は苦しんだ」では三人称代名詞とともに「た」という文末形(23)が用いられている。今日、過去時制、人称(24)などをあらわす助動詞として扱われている「た」という文末表現が小説の地の文の文末形として制度化されたのも、同じく明治期のことである。野口武彦は、『浮雲』の出現によって「特徴的なのは、「た」使用の頻度も機能負担度も篇を追って多くなっている」と、その事態を把握している。「た」の機能に関して三谷邦明は、「虚構であることの指標」(25)と簡明に捉えている。こうした「た」をめぐる小説言説研究の認識が、単純過去のことを、語られた内容に虚構的秩序を与え、小説世界を構築する装置として捉えたロラン・バルトの認識を踏襲していることはいうまでもない。すなわち「た」という日本語小説言説は、近代小説の必要不可欠な形式的要素という普遍的性格をもっているのである。

ここでまず確認しておきたいのは、語り手が三人称「彼」の登場人物の内面を、距離化、虚構化を可能にする「た」と組み合わせて直接表現するという〈彼・た〉の文体を、韓国人作家の作品としては「愛か」がはじめて体現したということである。「愛か」での文体的実践が、韓国語物語文学の表現形式の変化とどのような関係にあるのかを明かにするためには、もちろん、「愛か」の文体とそれに先行する韓国語物語の文体とを対照しなければならない。日・韓両言語の物語文学を往来しながら行われた近代初期韓国人作家の文体的実践が、文学史的にどのような画時期的な意義や問題性を孕んでいるのかという認識を、韓国語近代小説文体の成立期のもう一人の重要作家金東仁の発言から見いだすことができる。

3 「弱き者の悲しみ」における〈彼・た〉

李光洙より八、九年後に、日本留学を経験する金東仁は、自分の初期作品、特に「弱き者の悲しみ」

（『創造』、一九一九年二月）における小説文体の問題について、次のように述べている。

(A)（前略）『創造』創刊号に掲載された私の処女作「弱き者の悲しみ」で、はじめて徹底した口語体過去詞が使用された。

また、朝鮮語にはないところのHeやSheが大きな難点であった。（中略）HeとSheを一まとめに（性的区別無しに）「彼」という語彙に対応させた。「彼」が普遍化、常識化された今日の観点からすれば、特別なことでもないだろうが、それをはじめに用いる時には莫大な躊躇、勇断、苦心があったのである。(26)

(B) 小説を書くに当たって最も先にぶつかる、したがって最も先に苦心することが用語であった。構想は日本語でするから問題ではなかったが、朝鮮語で書こうとすると、小説で最も多く使われる「ナツカシク」「―ヲ感ジタ」「―ニ違ヒナカツタ」「―ヲ覺エタ」のような言葉を、「정답게」「을 느꼈다」「틀림（혹은 다름）없었다」「느끼（혹 깨달）었다」などに、一句の言葉に、それに対応する朝鮮語の言葉を得るために、多くの時間を費やした。(27)

引用(A)で、「弱き者の悲しみ」が「た」という過去詞と「彼」という人称代名詞を韓国語小説の文体としてはじめて使用したことが、(B)では、「ナツカシク」「―ヲ感ジタ」「―ニ違ヒナカツタ」「―ヲ覺エタ」などの述語を韓国語の「정답게」「을 느꼈다」「틀림（혹은 다름）없었다」「느끼（혹 깨달）었다」に対応させたことが、それぞれ語られている。もちろん、金東仁のこうした主張をそのまま事実として認めることはできない。たとえば、過去詞ㅆ다（た）、現在詞다（る）、そ

して人称代名詞ユ（彼）の場合、先に確認した通り、「愛か」で日本語の〈彼・た〉という形で用いられており、韓国語小説では「愛か」以後の李光洙の一連の韓国語小説――金東仁の生の作品より三ないし一〇年ほど前に書かれた――と『無情』などで、韓国語小説文体として確立された。また、引用（B）で主張されている述語も、一九一〇年代の韓国語小説で充分に用いられていたのである。

しかし、金東仁のこの主張の真偽の問題は、これまでの韓国語小説言説研究では繰り返し言及されてはいるが、実は重要なことではない。金東仁の陳述で注目しなければならないのは、次の点である。第一に、「口語体過去詞」と認識されている「ㅆ다」（た）という文末形と「He や She の翻訳語」と捉えられている「ユ」（彼）という人称代名詞を、小説文体を構成する最も肝心な要素として運動的に取り上げている点、第二に、日本語での構想の後に朝鮮語に対応させた小説用語を、「ナツカシク」「―ヲ感ジタ」「―ニ違ヒナカツタ」「―ヲ覺エタ」のような言葉、すなわち、行為主体（主語や人称）の主観感情や内面世界を表す表現に特定している点、そして第三に、第一の「ユ」（彼）、「ㅆ다」（た）と第二の主観感情述語表現という、三つの文体的要素の組み合わせを、韓国語近代小説の文体確立に必要不可欠な項目として提示している点である。ここで金東仁の陳述をこのように再構成したのは、もちろん、「愛か」での――たとえば「彼は苦しんだ」での――「彼」、「苦しむ」という主観感情述語、そして「た」の組み合わせによる文体の実践を、韓国語近代小説の言説成立との関わりのなかで解明するためである。

それでは、「彼」と「た」はなぜ、どのように連動されているのか、という問題から取りあげてみよう。『一般言語学の諸問題』（一九六六年）でエミル・バンヴェニストは、動詞と人称表現との関係をこう指摘する。「動詞は、代名詞と共に人称の範疇に従う唯一の語類」にあたり、したがって、人称の区別がどのような形であれ、動詞の活用に現れるようになる。それが一般的であるが、例外的に、「動詞に人称の表現が欠如しうる言語」もある。その典型的な例として韓国語などが挙げられる。つづいて彼は、韓国語動詞に人称の表現の欠如が許される理由について言及する。「朝鮮語には完全な一そろいの人称代名詞が存在し」、「朝鮮語の動詞の主な区別は社会的なものであって、話し手と話し相手との身分に応じてその形は極端に多様化」することによって、動詞における人称区別の現れの欠如が完璧に補われるのだ、と説明している(28)。こうした説明の後に行われたバンヴェニストの韓国語動詞や文末形の分析には多少の難点が含まれてはいるが、発話状況や発話者・受話者の関係にしたがい、動詞の形態を多様に変化させる機能を備えていることが韓国語の特徴であるという全体的な理解は、適切なものとして受け入れられる。そのことはもちろん日本語にも同様にあてはまる。韓国語または日本語の動詞形態に直接的な人称の表現は存在しないにも関わらず、その文章や日常言語表現には主語や人称を表す単語が省略されることも可能であり、また省略されるほうがより自然である場合も少なくない。つまり、発話状況に応じる様々な動詞活用——代表的な例としては尊敬、謙譲の表現があげられる——の中に、あらかじめ発話者と受話者の人格性が刻印されているということである。

韓国語・日本語小説文体における主語と述語の性格、そしてその二者の関係は、もちろん、こうした原理的な認識、いいかえれば、西洋語の構造との対比から得られた韓国語・日本語の自己像に対する認識に、基づいて理解されている。すなわち、伝統的な韓国語・日本語の物語が、さまざまな動詞や形容詞の活用を最大限に生かしており、そのために主語や人称を表す単語の省略が可能であった、という事実はこれまでの多くの小説言説研究が認めている事柄なのである。たとえば、中山眞彦は、源氏物語の語りに主語や人称の省略が多いという言い方は正しくない、動詞あるいは述語活用のなかで前もって人称が表明されている、と指摘する(29)ことによって人称と述語との関係を明確に示している。韓国語物語の文章の中で主語や人称がどのようなかたちで省略されるかを確認するために、ここではパンソリ物語『春香伝』からその典型的な例を一つ引いてみよう。

> 横説竪説重言復言多くに詰難して目を上げ立っていた琴をみていわくあのすくと立っているのがサゲジルクンか答えて申すに人でなく琴です。（サゲジルクン——宴会の食べ物を盗み、持っていく者——引用者）(30)

春香が李道令に勧酒歌を捧げる直前のくだりである。前近代の韓国語物語表記では、語り手の語りと登場人物の会話が交互に連続して配置されている。すなわち、地の文と会話文が視覚的には区別されない。にもかかわらず、語り手の表現と登場人物の言葉は読者にははっきりと見分けられるようにされている。「いわく」、「答えて申すに」などの、地の文から会話文に転換させる語句がその境界付けを可能にしている。またもう一つ、注目しなければならないのは、この文章は直接的に人称や発話主体を表す表現を一つももっていないということである。しかし、地の文における行為の主語が誰なのか、また会話文における発話の主体が誰なのか、などは文章の中ではっきりと標識されている。「いわく」という語り手の発話よって導かれる会話文「……サゲジルクンか」での非丁寧な述語の使い方は、その会話文が目上の人物李道令の発話であることを示している。それは読者には、発話状況全体を考慮しなくても、動詞の語尾の変化だけで判断できるようになっている。

まったく同じように、「答えて申すに」という語り手の発話によって導かれる会話文のなかでの「……琴です」という尊敬表現の使用は、その会話文が李道令を相手とする春香の発話であることを伝えている。このように、前近代の韓国語の物語の語りは、述語の語尾表現を最大限に活用することによって、主語を表す単語の省略を可能にしていたのである。

しかし、これまで議論した通り、明治期の日本語小説とそれに影響された近代小説成立期の韓国語小説では、地の文と会話文は明確に区別され、その二つの円滑な交替、転換は不可能になった。同時に小説言説（地の文）が、いわゆる近代小説文体の「た」（ㅆ다）、「る」（다）という文末形に統一された。文末形の統一というのは、いうまでもなく語り手の価値中立性を招来する。動詞、形容詞などの語尾の多様な変化や活用は文体からはずれることによって、近代小説では、小説言説（地の文）が語り手の人格性や登場人物との関係性を表現すること自体が禁止されているのである。近代以前の日・韓両言語システムの中で「た」（ㅆ다）、「る」（다）は、主に口語体の終結語尾として使われてきたものである。それが西欧語の過去形と現在形の時制を表現する文末形として明治期に一般化され、また、日・韓両言語の近代小説の地の文もそれを制度として定着させたのである。明治期の文体改革に先駆的な役割を果たした、坪内逍遥（だ）、二葉亭四迷（だ）、山田美妙（です）が、一様に文末詞の確立を近代的文体の核心的項目として扱っていたことは周知の通りである。試行錯誤的な過程を通して、「た・る」という表現様式が近代小説の文末形の文体として制度化されたのだが、ここで問題になるのは、地の文の文体における画一化、価値中立化が地の文の述語の語尾の多様な変化を小説文体からはずすようになり、それによって述語の人称表現が不可能になったということである。こうした事態の中で、行為主体、または主語に対する表示の仕方も連動的に新たな

局面を迎えるようになる。文末形の文体の画一化がもたらした述語の人称表現の不可能性を、主語の新たな表示の仕方が補わなければならなかったからである。

「た・る」の文末形の確立と人称表現の変容とは、このように根本的な水準で結ばれていたのである。こうしてみると、金東仁が「た」という文末形と「彼」という人称代名詞の文体的実践を同時に取り上げていること自体、韓国語の近代小説文体の成立という文脈において、大変重要な認識の提示であることが明らかになる。もちろん、文末形の確立に連動して変化を被る人称表現の領域には、「彼」以外の他の人称も含まれるだろう。にもかかわらず、金東仁はなぜその中で第三人称の「彼」だけを特権化していたのだろうか。この問題にも、実は、一般的な言語表現とは異なる小説言説固有の性格に関する、金東仁の認識が深く関わっている。この問題は、小説用語を日本語で構想し、後に朝鮮語で対応させた、という彼の陳述が議論されるにつれ、自然に明らかになる。

韓国語と日本語の二言語を往来する言語状況における韓国人作家の書くという行為を、一般的で常識的に考えると、作家はものごとを自分が慣れ親しんでいた韓国語で構想し、それを二次言語として習得した日本語で表現する、というように理解されるであろう。しかし金東仁の陳述では、自分の書く行為においての〈言葉の構想から発話表現へ〉のプロセスは、こうした一般的な理解とは逆の方向に行われるとされている。韓国語を母語としている作家にとって、「日本語で構想してから韓国語の言葉に対応させる」ということは、一体どのような事態であったのだろうか。これまでの韓国語近代小説の言説成立についての研究は、この問題を皮相的に処理している。たとえば、金允植は、韓国近代文学言説の開拓者である崔南善（一四歳）、李光洙（一四歳）、朱耀翰（一二歳）、金東仁（一三歳）が、一様に一〇代前半から日本留学を経験すること、そして彼らが留学した時期の韓国語物語文学には近代小説という特殊な言説が不在することを、こうした事態の原因として指摘している。つまり、少年時代からの日本語近代小説の読書や習作体験が、彼らの初期創作においての「日本語で構想してから韓国語の言葉に対応させる」という事態を生じさせたとの認識である(31)。もちろん、近代小説成立期の重要作家の少年時代の文学体験も、韓国語小説文体に与えた日本語の影響という問題に関連づけて、充分に考慮しなければならない要因の一つであろう。しかし、金東仁の陳述が含んでいる問題性を、これまでの研究で指摘されているように、近代初期の小説言説生産状況やその状況に置かれていた作家個人の日本語体験という一般的な現象に還元することはできない。

金東仁は、三人称「彼」と過去詞「た」の文体の地の文を書くに当たって、「ナツカシク」「—ヲ感ジタ」「—ニ違ヒナカツタ」「—ヲ覺エタ」などを「韓国語の言葉に対応させる」ことに多くの努力と時間を費やした、と語っている。ここで見逃せてはいけないのは、取り上げられている述語のすべてが、行為主体(主語)の主観感情、すなわち登場人物の内面世界を表す表現である、ということである。つまり金東仁は、「日本語で構想してから韓国語の言葉に対応させる」といったとき、参照し対応させた言葉を明確に制限しているのである。これまでの韓国語近代小説の言説成立に関する研究では、金東仁のこの陳述が、〈小説言語全体をまず日本語で構想してから、それを韓国語に翻訳した〉というように理解されていたが、事実はそうではない。金東仁の陳述における〈日本語での構想と韓国語への対応〉の適用範囲は、「彼・た」と主観感情述語の組み合わせの文体に制限されているということである。この場合問われるべきなのは、「彼・た」という小説言説と登場人物の主観感情を表す述語を組み合わせる表現を、なぜ彼は「日本語で構想」しなければならなかったのか、と特定化される。

「愛か」の文章の「文吉は……様に感じた……彼は思つた……彼は苦しんだ」を、もう一度取り上げてみよう。このように一九〇九年に書かれた「愛か」では、「彼・た」と登場人物の内面世界を表す述語とを組み合わせた文章が繰り返し用いられている。周知の通り金東仁の最初小説は、「愛か」より一〇年以上も経った時点の小説言説状況の中で生産される。韓国語によって初期小説が書かれる際、なぜ、「그」(彼)、「ㅆ다」(た)と主観感情述語表現を組み合わせることが、韓国語システムの中ではできなかったのだろうか。なぜ、〈日本語での構想、韓国語での対応〉の過程を通さなければならなかったのだろうか。あるいは、なぜこのような二言語往来の試行錯誤が不可避であったのだろうか。

もともと、主観感情表現と三人称を結合する言説は、それ自体日常言語に対する小説言語の特権の一つである(32)。いいかえれば、日常言語の規則は主観感情述語と三人称の組み合わせを許さないのが普通であるということである。たとえば、引用の「彼は苦しんだ」での「苦しむ」という主観感情述語を、日常言説でのあらゆる人称と機械的に対応させてみると、「私は苦しむ」、「君は苦しむ」、「彼は苦しむ」などになるだろう。その中で、日常言説の規則を守っている表現は「私は苦しむ」しかない。「私は苦しむ」という表現が正当である、あるいは正当であると認識されるのは、「苦しむ」「私」(行為主体)とそれを話す「私」(発話主体)が一致している、あるいは一致していると認識されるからである。発話行為の主体(私)と述語の行為主体(君、彼)とが一致していない、二、三人称と主観感情述語を組み合わせる表現が、不自然であることは日常の言語習慣から判明する。「君は苦しむ」、「彼は苦しむ」などの表現が自然な日常言説になるためには、「ようだ」、「らしい」、「そうだ」などの発話主体の推量、推定、伝聞などを表す接尾語を述語に付け加えなければならない。韓国語の日常の言語規則もこうした面では日本語体系でのそれと同様である。

しかし、いわゆる近代小説という特殊な言説形態には、推量表現が不在する他者の主観感情表現を可能にする制度が確保されている。すなわち、三人称の登場人物と主観感情述語が組み合わせられた「彼は苦しんだ」という明治期に確立した小説言説は、それ自体非日常的で、特権的な小説言語なのである。ここで注意しなければならないのは、他者の主観感情に対する直接的な表現を不可能にする日常言語の規則が、小説言説に深く関与しているということについてである。「彼は苦しんだ」という小説言説は、確かに、「彼」の内面世界と発話主体（語り手）の意識が重層しているような印象を呼び起こす。このことについて、先ほども指摘したように、近代初期の小説言説研究では、「〈語り手〉の位置を文三の自己意識の側にのめり込ませる結果となった[33]」と把握し、明治期小説の新たな世界として評価している。語り手の表現が与えるこうした印象は、実は、日常言語規則の小説言説への介入から生じる効果に他ならない。このように、日常言語は三人称と主観感情述語の組み合わせに反発的であり、いいかえれば、小説言説はその抵抗を適切に利用しているということになる。

したがって、金東仁が韓国語の日常言語体系を参照することによって、三人称と主観感情表現を結合する新たな文体を創出することは、最初から不可能であったのである。金東仁は自分が「はじめて徹底した口語体過去詞」を用いたと主張している――この主張が事実に反することは先ほど議論した通りである――が、それは単に話し言葉の「았다」（「た」）を小説文体の文末詞として使用したということだけを意味しているのであって、韓国語の日常言語体系を参照して三人称と主観感情

表現を結合する小説文体を創出した、というような意味とはまったく無関係である。

また、三人称の登場人物の主観感情表現は特権的な小説言説ではあるものの、前近代の韓国語物語はそうした言説を確保していなかった。前近代の韓国語物語では、主に地の文と会（内）話文の自由自在の変換によって、登場人物の主観感情を表現する機能を充分に果たせたのである。『春香伝』の別のくだりを取り上げ、人物の主観感情を表現する仕方を確認してみよう。

李道令いわく女の身にてなぜ丈夫の肝臓を騒がすか（中略）春香伺うにわが心情聞き下され若様は良き家門の貴公子少妾は賎しき妓（後略）(34)

『春香伝』の男女主人公、春香と李道令がはじめて出会い、李道令が春香に愛を告白する有名なくだりの一部である。ここで、語り手の地の文は、登場人物たちの微妙な感情に一切触れることはない。登場人物の主観感情を表現することは語り手の直接的な役割ではなかったのである。「いわく」、「伺うに」という語り手の言葉は、地の文から会（内）話文に転換させる装置であるが、それによって導かれた会話文の中で、登場人物の感情は自分たちの言葉（声）で表現するようになっている。つまり、登場人物の感情表現は会（内）話文の直接話法(35)によってなされているのである。いいかえれば、前近代の韓国語物語の言説は、近代の小説言説とは違って、日常言語体系の規則を整然と守っていたということになる。したがって、前近代の韓国語物語に依拠しながら、近代初期の韓国小説が語り手の地の文で三人称と主観感情述語を組み立てる新たな文体を考案することは最初から不可能であった。

こうしてみると、金東仁が「弱き者の悲しみ」で、「그・했다」（「彼・た」）の文体によって登場人物の内面世界を表す新たな小説言説を試みる際、口語体の日常言語や前近代の韓国語物語の習慣は、むしろ障害であったのである。その新たな小説言説を創出するためには、どうしても明治期に確立された日本語近代小説の言説体系を参照しなければならない。それが金東仁を取り巻いていた日・韓両言語による小説言説の生産状況であったのである。実は、一九一〇年代後半の李光洙の韓国語小説で「그・했다」による新たな小説文体はある程度定着されていたものの、日本留学中の金東仁にとってそれを参考することはできなかったとみられる。「日本語で構想してから韓国語に対応させる」という小説言説生産に関する金東仁の陳述の意味はこの地点で明らかになる。すなわち、明治期に定着された「た」とHeやSheの人称代名詞「彼」は、韓国語の口語体「했다」と「그」に対応させ、その「그・했다」の文体をもって登場人物の内面世界を表現するために日本語の小説言説体系の中で「構想」したということである。

金東仁が「日本語で構想」しながら試みた新たな文体模索の過程を、李光洙はすでに「愛か」やその後の韓国語小説の実作を通じて経験したのである。あるいは、「愛か」の文体を韓国語小説の中に翻訳、移植した李光洙の文学史的な作業やその意義を、小説言説生産に関する金東仁の陳述が可視化しているともいえる。李光洙の立場からすれば、「愛か」で経験した「彼は苦しんだ」という言説に、韓国語の言葉を対応させることだけで、三人称の登場人物の内面世界を表す文体を創出することができたのである。事実としては、金東仁の最初小説より三年から一〇年ほど前に書かれた李光洙の韓国語小説で、すでに「彼・た」という小説言説はほぼ定着された。にもかかわらず、その文体的実践に李光洙はなぜ無自覚的であったのだろうか。「彼は苦しんだ」の翻訳と移植の事態を、文体に内在する本来の権力という側面から理解することもできる。もともと一度体験（もしくは発見）された文体は、作家をしてその文体の内部で、ものごとを考えさせ、書かせる装置として機能するのではないだろうか。すなわち李光洙にとっては、「彼は苦しんだ」という文体は新しいものではなく、既存のものにすぎなかったのである。たとえば、李光洙による韓国語近代小説の文体確立についての言及(36)が、「,・.・?・!」の句読点や文章符号、「本文と会話」の区別、新しい文字、単語の配列の仕方など、形式的要素だけを重視している点からも、「彼・た」の文体の問題性を李光洙は深刻には意識しなかったという事実をうかがうことができる。

韓国語近代小説成立期の最も重要な作家と評価される李光洙と金東仁が、それぞれ「彼・た」の新しい文体にどのように対処していたのかという問題は、実は、韓国語の近代小説言説の成立過程を明かにするための試金石の一つなのである。この段階で確かめておきたいのは、李光洙が日・韓両言語で創作する過程、または金東仁が「日本語で構想してから韓国語に対応させる」過程という、日本留学生が二言語を往来しながら文学言説を生産する場で、韓国語の小説文体「씄다」と「ユ」、そしてそれに登場人物の内面世界を表す述語を結合する近代小説言説が確立されたということである。「愛か」の地の文「彼は苦しんだ」が韓国語近代小説の言説確立に果たした役割とは、こうした文脈の中に位置づけられる。

4 近代小説という制度の移植

それでは、「彼・た」と主観感情表現を組み合わせたいわゆる近代小説文体は、はたして物語世界にどのような変容をもたらしたのだろうか。「彼・た」によって登場人物の内面世界を捉える地の文の文体が、「近代」小説という新しい言説であるとすれば、それによってどのような新しい表象世界が可能になったのかということは、当然問題になるはずである。

この問題について、「彼は苦しんだ」という小説言説と、先ほど取り上げた「私は苦しむ」、「私は苦しんだ」という日常表現（非小説言説）との対比から議論しはじめよう。「私は苦しむ」とは、発話主体の現在の知覚的経験を捉える文である。臨場感に溢れるこの表現は語用論的にも自然で、文法的にも正しいといえる。この表現を過去形にした「私は苦しんだ」――「た」を過去助動詞として捉えた場合――は、過ぎ去った知覚経験について、今の時点に立つ発話主体が語る文になる。過去形にすることだけで、「私は苦しむ」での臨場感は多少失われるようになる。いいかえれば、発話主体の知覚経験は発話者と受話者の発話現場から離れた過去の出来事として対象化されるということである。さらに小説言説の「彼は苦しんだ」という三人称過去形による表現に置き換えると、「苦しむ」という知覚内容は過去の事実として、またそれは発話主体の知覚経験ではなく第三者のものとして位置づけられるようになる。すなわち、「彼は苦しんだ」での表現内容は、発話地点の〈いま・ここ〉から時間的にかつ空間的にいわば二重の距離によって対象化されるのである。発話主体の知覚体験との連結性を最初から保持しない「彼は苦しんだ」という文は、実は、発話者の現在の主観によって想起的に構成されたものである。「私は苦しんだ」も、発話者の想起によって構成された点では同様であろうが、それは発話者自身の過去の知覚経験を語るという点において、発話意識と発話内容のある程度の連結性は認められる。もちろん「私は苦しんだ」での「私」は、発話地点での「この私」とは異なって、回想される過去の「あの私」であるから、「彼」と同じ意味論的な配分によって成り立っていると理解することもできる。しかし「私」として表現されている以上、「あの私」の中にも発話地点での「この私」と意識のつながりが保たれている、ということも認めなければならないのである。「彼は苦しんだ」に介入されているほどの距離はそこには介入していないということである。

ここで重要なのは、発話内容の発話現場からの距離である。その距離感覚によって、発話者の主観の中で想起的に構成された「彼は苦しんだ」という文の発話内容が、主観から切り離され、過去の対象的世界として位置されるのである。いいかえれば、その距離とは、対象化の権力なのである。発話内容を、発話者と受話者の意識に体験され、積み重ねられた時間的連鎖から切り離し、対象的世界として位置させると同時に、主観の想起によって発話地点に連れ戻された対象的世界が、あたかも事実として存在するかのような錯覚を喚起する機能をも果たしている。そのときの発話内容は、発話者の主観によって想起されたという点で〈虚構的〉であり、対象的世界として分離されたという点で〈客観的〉である。

「彼・た」の文体が表現された内容を虚構的かつ客観的世界として創出したというとき、まさにそれを可能にしたのはその文体が確保している〈距離〉に他ならないのである。ロラン・バルトは、「三人称は、単純過去と同様、小説芸術においてそのつとめ（真実性と虚偽性を二重的に保持すること――引用者）をはたし、その消費者たちに、信頼できるがたえず偽りだと公表されている安全性を提供している[37]」、近代小説の神話的な装置であるという。その陳述の中で語られているのは、いうまでもなく、「彼・た」という文体のこうした虚構的かつ客観的価値についてである。「愛か」以前の韓国語物語文学において「彼・た」の小説文体はなかった。バルトの言葉を用いれば、「近代」小説が書かれる際の参照すべき「規則のシステム」を韓国語物語の伝統はもっていなかったということである。東京留学生の二言語往復のエクリチュール状況の中で書かれた「愛か」は、すなわち、その規則の習得の場であったのである。

以上の議論で韓国語物語文学がいわゆる「近代小説」の表徴をどのような過程で具備するようになったのかという問題を、主に「寡婦の夢」（一九〇二年）と「愛か」（一九〇九年）を中心に考察してみた。この二つの作品は、韓国近代小説の成立において最も重要な作家と評価されている李人植、李光洙の第一作である。それらの作品が日本語で書かれたということ自体、韓国語の近代小説成立の性格を象徴的に示しているのである。そもそも韓国語の近代小説言説は、日・韓両言語の「小説」の言語横断的交流によって成立したものである。したがって、近代の小説文体の成立や変化などの問題を韓国語システムの内部で解明しようとするこれまでの研究の視点は克服されなければならない。日・韓の両言語が横断される近代初期の言語状況の中に、韓国人作家の文学テクストを位置させることによって、「小説」の表徴が移植される経緯や、それが可能にさせた表現、そしてそれが終息させた従来の物語世界などの文学史的な出来事に関して、はじめて正当に議論することができるのではないだろうか。

（注）

1　ロラン・バルト、渡辺淳・沢村昂一訳『零度のエクリチュール』みすず書房、一九七一年、三〇―四〇頁参照。

2　『新文学史』ハンギル社・ソウル、一九九三年、三七三頁から再引用。

3　前掲書、三七九頁から再引用。

4　「寡婦の夢」は、田尻浩幸の詳細な書誌学的研究（「李人稙の都新聞社見習時節――「朝鮮文学寡婦の夢」等新しい資料を中心に」『語文論集』高麗大国語国文学会、一九九三年、「都新聞に発表された李人稙の短編小説「寡婦の夢」と韓国関連記事」『文学思想』、一九九九年七月）によって、近代初期の日・韓文学交流の重要作という評価をはじめて得るようになった。その後、李建志によって作品の内容分析的研究（「「寡婦の夢」の世界――李人稙文学の原点――」『朝鮮学報』一七〇輯、一九九九年一月）も提出された。

5　李人稙が留学した東京政治学校に関しては、李建志「「寡婦の夢」の世界――李人稙文学の原点――」『朝鮮学報』一七〇輯、一九九九年一月、一八一―二頁参照。

6　「入社説」（一九〇一年一一月二九日）、「夢中放語」（一九〇一年一二月一八日）、「雪中惨事」（一九〇二年一月六日）、「韓国雑観」（一九〇二年三月一、二、九、二七日）、「韓国実業論」（一九〇二年一二月二〇、二一、二四日）、「韓国新聞創設趣旨書」（一九〇三年五月五日）などの、李人稙の署名のもとで載せられた記事は、田尻浩幸「都新聞に発表された李人稙の短編小説「寡婦の夢」と韓国関連記事」（『文学思想』、一九九九年七月）で紹介、分析されている。

7　『都新聞』明治三十五年一月二十八日。

8　一九四〇年以来幾度かの版を重ねて一九五四年『朝鮮詩集』（岩波文庫）に定着した。

9　一九〇六年七月二二日から一〇月一〇日まで、五〇回連載。

10　金相泰『文体の理論と解釈』セムン社：ソウル、一九八二年、一四二―八頁。

11　この引用に続く文を日本語訳だけで引用するとこうである。「その銃声が終わり、敗れた清軍の兵卒は秋風の落ち葉のように散り、日本軍は怒涛のごとく西北に向かい、その後の山野には人の死骸のみなり」『萬歳報』一九〇六年七月二二日。

12　『萬歳報』一九〇六年八月二五日。

13 多様な記号性の生産可能性を含んでいたルビという表記の仕方が、なぜ、その後の韓国語の、特に韓国語小説の表記システムに定着、展開されなかったのだろうか。こうした問いかけに言語社会学的に解明していくことが、近代初期の言語横断に関する認識を深めるためには、必要であろう。

14 「懸賞小説考選餘言」『青春』、一九一八年三月、李光洙全集第一六巻三中堂：ソウル、一九六三年、三七二頁。

15 戦後韓国文学研究における韓国語中心主義に関しては、本書Ⅲ部の「韓国近代文学における母語中心主義」を参照。

16 『白金學報』一九号、三八―九頁。

17 物語の主人公と作家自身との関係については、拙著『韓国近代の植民地体験と二重言語文学』アジア文化社：ソウル、二〇〇〇年、七二―三頁参照。

18 彼と、後にその彼の対称語として考案された彼女は、韓国語小説言説に〈그〉と〈그녀〉として移植される。

19 これまでの韓国語近代小説言説の成立に関する研究（たとえば、姜仁淑「金東仁と自然主義」『自然主義文学論』高麗苑：ソウル、一九八七年、金允植『金東仁研究』民音社：ソウル、一九八七年）は、まず金東仁、廉想渉の初期韓国語小説に注目している。それらの研究では、作家自身の主観的経験や内面が描かれる初期韓国語小説のテーマは、自己発見、自己暴露を一般的テーマにする明治期の自然主義小説からの影響として、また〈그〉という三人称の表現は、明治期に確立された小説言説の翻訳として、それぞれ短絡的な理解によって片付けられている。すなわち、小説世界を構築する形式的装置としての〈彼・た〉の性格、〈彼〉と〈た〉の相互連動的関連性、そして韓国語近代小説言説の成立過程における「愛か」の関与などの問題は、そもそも取り上げられてこなかったのである。いうまでもなく、韓国人作家が日・韓両言語を横断しながら新たな文体を実験していく近代初期の特殊な小説言説生産状況を前提しないと、これらの一連の問題は提起されなかったろう。そしてその状況の中で問題を見据えない限り、提起された問題に対する解明も不可能であろう。

20 『白金學報』一九号、四〇頁。

21 中山眞彦『物語構造論』岩波書店、一九九五年、一六六頁。
22 小森陽一『構造としての語り』新曜社、一九八八年、一二〇頁。
23 「愛か」では、「た」以外にも「たのである」という文末形が用いられている。もちろん「た」と「たのである」の間に、発話者と発話対象との関係から生じる様々な差異があるのは確かであろう。だがここでは、意味、ニュアンス、リズムなどの微妙な問題は考慮せず、「たのである」を別扱いはしないことにする。
24 たとえば、野口武彦「「た」と人称」『三人称の発見まで』(筑摩書房、一九九四年)では「た」が、時制詞であるとともに、人称詞であるとしている。
25 三谷邦明「近代小説の〈語り〉と〈言説〉」三谷邦明編『近代小説の〈語り〉と〈言説〉』有精堂、一九九六年、一五頁。
26 初出は「文壇三〇年の足跡」『新天地』、一九四八年三月―四九年八月。金東仁全集第一五巻　朝鮮日報社：ソウル、一九八八年、三一七頁。
27 金東仁全集第一五巻、三二七頁。
28 エミル・バンヴェニスト、河村正夫ほか訳「動詞における人称関係の構造」『一般言語学の諸問題』みすず書房、一九八三年、二〇三―一五頁参照。
29 中山眞彦『物語構造論』岩波書店、一九九五年、二六頁参照。
30 『南原古詞』金東旭『春香伝比較研究』三英社：ソウル、一九七九年、一四八―九頁。金東旭が収録した『南原古詞』でも、これまでの『春香伝』日本語訳でも、「、」「。」や「　」などの文章符号が任意に用いられ、地の文と会話文が視覚的に区別されるようになっている。だが、近代的な文章表現体系の不在そのものが問題視されるこの議論では、前近代の表記体系を考慮してそれを省略して翻訳した。
31 金允植『金東仁研究』民音社：ソウル、一九八七年、五八―六三頁、金春美『金東仁研究』高麗大學民族文化研究所出版部

…ソウル、一九八五年、二一―三頁、参照。

32 三谷邦明「近代小説の〈語り〉と〈言説〉」三谷邦明編『近代小説の〈語り〉と〈言説〉』有精堂、一九九六年、九―五一頁参照。

33 小森陽一『構造としての語り』新曜社、一九八八年、一二〇頁。

34 『南原古詞』、九一―二頁。

35 近代物語制度においては、登場人物の話し言葉を締め括る引用符が発明され、その機能を果たした。

36 「懸賞小説考選餘言」『青春』、一九一八年三月、李光洙全集 第一六巻三中堂・ソウル、一九六三年、三七二頁。

37 ロラン・バルト、渡辺淳・沢村昂一訳『零度のエクリチュール』みすず書房、一九七一年、三五頁。

II

支配と被支配の屈折——植民地期

一　被植民者の言語・文化的対応――金史良「草深し」

植民本国の日本の言語・文化が強要されるなかで、植民地朝鮮住民はそれにどのように対応していたのだろうか。支配者の文化に憧れ、あるいは植民地文化政策に従って、植民本国の文化への同化を求めようとしたのだろうか。それとも、支配者の文化的暴力によって追い込まれながらも、植民地の土着文化に執着しようとしたのだろうか。本論考は、こうした受容と拒否への欲望の間に、さまざまなかたちで引き裂かれていた被植民者の文化意識の一面を素描してみたい。ここで注意しなければならない点が二つある。一つは、被植民者の具体的で複雑な文化体験を、実証的に議論の対象として取り上げることは原理的に不可能であるという点である。それを植民地以後の観点から事後的に構成する際には、どうしても研究者の主観的偏見が介入してしまうことは避けられないからである。極端にいえば、植民地被支配者たちの発言や経験を想定して、植民地以後の今日のイデオロギー的主張を表明することになるのである。もっとも警戒しなければならない方法論的な破綻は、いうまでもなく、植民地以後の国民国家の利害に基づく、コロニアリズムとアンチコロニアリズムの二分的な認識に陥没することであろう。もう一つの注意点は、対象化が困難なこうした認識論的な条件にもかかわらず、植民地被支配者たちの言語・文化的対応の仕方を問題化しなければならないということである。被植民者たちの言語・文化的欲望こそが、植民地文化そのものを特色付ける核心的な要素にあたるからである。すなわちそれについて問題化することは、植民地の歴史及び文化研究において避けて通ることのできない必須項目なのである。

対象化が不可能であるにもかかわらず、その問題化が不可避である、という植民地文化研究の難点（aporia）は、服属者（subaltern）（1）の自己表現や代理表現の可能性をめぐる、ガヤトリ・スピヴァク（Gayatry Chakravorty Spivak）とベニタ・ペリー（Benita Parry）の理論的な立場を参照すれば、明確に浮かび上がる。ここでは、植民地文化に対するこの二人の理論家の相反する主張を調節する中で、議論の方向を模索することにする。

周知のように、スピヴァクは「サバルタンは語ることができない（2）」という命題をもって、被支配者の声を均質的に代弁しようとするポストコロニアルの視点を批判している。しかし、スピヴァクの「服属者の沈黙」に関する主張を、最終的で固定的な命題として採択することはできない。なぜなら、この主張に徹底することは、被支配者の立場の本質についての追求それ自体を無意味にしてしまうからである。たとえば、ペリーは「植民地主義言説についての現代理論における問題点」で、聞くことが十分にできる現地住民の声に対してすら意図的に耳を貸そうとはしないスピヴァクの読みの態度を批判している。こうしたスピヴァクの態度は結局、支配者の植民地主義言説にすべての権力を帰してしまう、彼女の「服属者の沈黙」理論によるものだ（3）と、指摘しているのである（4）。ここでは、もちろんこの二つの相反する主張の中で一方の立場を選択することではなく、両者からの示唆を次のように柔軟に調節しようとする。すなわち、まずスピヴァクの主張からは、被支配者の複雑で多様な声を、反―植民地主義言説に還元したり、代弁する者の立場に同質化したりする、安易な論理に陥らない認識を確認する。そして、ペリーの反論からは、被支配者の文化的欲望を捉える可能性を最初から認めない、その結果、彼らが実際体験した文化世界の歴史的ダイナミズムを封印してしまう、固定的で偏狭な「服属者の沈黙」理論を克服する認識を確かめておきたい。すなわち、植民地以後の観点からは原理的に捉えきれない被植民者の文化的欲望を問題化するためには、こうした相反する二つの認識をつねに調節しなおす必要があるということである。

1　植民地社会の「國語」、「國民」文化

朝鮮社会における植民地文化は、前期と後期に分けて、その様相の特徴を把握することができる。植民地前期の「國語」、「國民」文化は、主に、文化的かつ言語的に植民本国への連結回路を持っていた階層と地域で展開されていた。たとえば、日本留学を経験した植民地エリート、朝鮮半島に在住する日本人植民者などによって構成された植民地上流階層の中で形成されていた。地域的には、政治、経済組織、高等教育機関、新聞などの出版メディアが集中している京城の中心や、日本人居留地などの都市社会で維持されていたのである。ところが、一九三〇年代後半の植民地後期にいたると、その支配者の「國語」、「國民」文化は、植民地住民の日常生活の文化コミュニケーションにまで、また植民地全域にまで拡大されていくことになる。こうした文化状況の変化の直接的な要因として挙げられるのは、満州事変（一九三一年）、日中戦争（一九三七年）、そして太平洋戦争（一九四一年）につながるいわゆる一五年戦争を遂行する過程で行われた、朝鮮半島に対する植民地支配政策の転換である。一九三〇年代半ば以前の植民地文化政策と以後のそれとの質的差異は、「内鮮融和」と「内鮮一體」という政治的スローガンを対比的に区分してみると明確に浮き彫りにされる。一般

的にはほぼ同一な植民地支配政策の標語として受け容れられている、「内鮮融和」と「内鮮一體」は、実は主張の内実や強制力の程度の面においては大きな相違を見せているのである。

日中戦争が本格的に準備される一九三〇年代半ば以前の、正確には関東軍司令官出身の南次郎が朝鮮総督に赴任する一九三六年八月までの、対朝鮮植民地支配政策は、「内鮮融和」、「平行提携」などの標語によって代表されていた。「内鮮融和」、「平行提携」の額面通りのイデオロギー的主張とは、植民地社会の中で日本人と朝鮮人との差別や対立をなくし、「内鮮」の統合国家である日本帝国の建設に協力する、ということを意味する。しかし一九三〇年代後半になると、「内鮮融和」のこうした主張は、植民地住民の同化に対する強制や植民地文化への抑圧が微温的だとのことで批判されることになる。すなわち、植民地支配政策のイデオローグたちは、南次郎朝鮮総督が提出した「内鮮一體」というスローガンの徹底的な同化への主張を、全幅的に支持したのである。たとえば、緑旗連盟(5)という御用民間団体を主導した津田剛は、「内鮮一體」を主唱する立場から「内鮮融和」の内容を次のように要約している。

朝鮮が過去に於いて特殊な歴史と文化を有する民族であつて、之等の事實は消滅し得ないし又消滅する必要もない。朝鮮はアジアの獨特な精神文化と歴史を基礎としアジアが白人の侵略を排して日本を中心とするアジア人のアジアを實現するといふ東亞の現段階を認識して聖業達成の爲に朝鮮民族擧げて之に参加しやうといふのである。その爲には日本が東亞に於ける指導者的立場にあり、その政策こそアジアを興すものであることを認識して、之に共同し追從せんとするものである。(6)

ここで見逃してはいけないのは、「内鮮融和」、「平行提携」などによって代弁されていた一九三〇年代半ば以前の植民地支配のイデオロギーにおいては、少なくとも、支配者の文化システムの中に完全には吸収、同化できない、朝鮮民族特有の精神文化と独自の歴史的価値が承認されていた、という点である。この点は、「内鮮一體」というスローガンによって代弁される植民地後期の同化政策の主張内容とは決定的に相違するところである。たとえば「内鮮融和」、「平行提携」などのイデオロギーの質的内容を朝鮮社会の植民地文化の展開という文脈から捉えてみると、支配者の「國語」文化と被支配者の朝鮮語文化が共存する状況の中で植民地社会の「國民」的統合への主張が行われているというように理解される。実際に、「内鮮融和」の文化政策を背景にして、一九一九年の三・一独立運動以後に朝鮮総督府が公布した第二次朝鮮教育令（一九二二年二月）では、「國語ヲ常用スル者」と「國語ヲ常用セサル者」との民族別教育という区別的カテゴリーが作り出され、制度的には朝鮮語教育や朝鮮語を媒体とする教育が認められたのである。まさに植民地支配政策においてのこうした植民地文化の容認、いいかえれば、支配と抑圧の穏健さが、一九三〇年代後半以後の「内鮮一體」の立場からは徹底的に批判されるようになるのである。

周知の通り、日中戦争の準備期間である一九三〇年代半ばを境目にして、日本の対朝鮮植民地支配政策は、朝鮮半島の大陸兵站基地化という戦時総動員体制の確立へと大きく変る。その段階の支配政策の主張がいわゆる「内鮮一體」という標語に集約的に示されているのである。「内鮮一如ノ事實ハ歴史ガ證明スル兩者同根同祖ノ關係ニ出ヅ。輙チ内鮮融和ヨリ内鮮一體ニ進ミ更ニ之ヲ往古本然ノ姿ニ還元シテ眞ニ兩者一如ノ理想ヲ實現シ一面益々相互ノ血脈的連鎖ヲ堅カラシメンコトヲ期ス(7)」と、朝鮮総督南次郎——一九三六年八月から一九四二年五月まで在任——は、日本と朝鮮民族の「同根同祖ノ」同一性に基づく「内鮮一體」を、国家総動員体制での新たな植民地支配原理として掲げている。

こうした「内鮮一體」という政治言説の構造を解き明かすために、南次郎の主張をもう少し引用する。「私が常に力説しまする事は「内鮮一體」は相互に手を握るか融合するとかいふやうな、そんな生温いもの(「内鮮融和」の同化政策を批判的に指している——引用者)じゃない(中略)形も心も、血も、肉も悉くが一體にならなければならん。内鮮は融合に非ず、握手にあらず、心身共に眞に一體になるものでなければなりませぬ(8)」という発言からも分かるように、「内鮮一體」は、理性的判断に基づく相互の融和的関係ではなく、情緒的統合への非論理的で、無条件的な強要だったのである。ここで主張される日本民族と朝鮮民族の統合というのが朝鮮民族の皇国臣民化にあたることはいうまでもない。その点において「内鮮一體」とは、二つの民族の帝国国民への統合を主張するイデオロギーというより、朝鮮民族を支配、抑圧する日本の単一民族のイデオロギー的幻想に他ならなかったのである。そもそも、「内鮮」の「一體」という標語が他者排除の自己中心主義的な言説であらざるをえないということは、その言述構造上の性格としても把握できる。すなわち、まず、「内鮮」の同化というのは、あくまでも「鮮」の「内」への同化であって、けっしてその逆を含意することではないという点において、「内鮮」の「一體」とは、「内」と「鮮」の並置関係ではなく、上下関係を前提している。また、「鮮」の「内」への同化というのは、必然的に、「鮮」とは異なる「内」の単一性を構成し、「鮮」を「内」の外部に排除する差別の根拠を仕組むことになる。それによって「内鮮一體」という言説は、主張の表面的な意味内容とは違って、結果的には「内」と「鮮」の相互排除性、融和不可能性をより確実にしてしまうということである。

「内鮮一體」は、実際に朝鮮民族が日本民族へ完全に同化帰一することを意味していたし、それを実現するために、朝鮮民族の精神文化や独自の価値を朝鮮人自ら放棄することが要求されていた。朝鮮語の廃止、創氏改名、神社参拝、徴兵制実施など、朝鮮民族の言語と伝統文化を抹殺し、植民地住民の皇国臣民への従属を強要する、一連の植民地末期の支配政策が、まさにこの「内鮮一體」という主張のもとで行われていたのである。

「内鮮一體」という時代的イデオロギーによって創出された現実状況、すなわち、さまざまな強制と指導によって司法、行政、教育、出版などの公的コミュニケーション分野で「國語」化が全面的に行われ、植民地の日常生活領域にも「國語」、「國民」文化が拡大される、一九三〇年代後半以後の朝鮮社会の植民地文化状況の中で、植民地住民はどのように対応していたのだろうか。植民地社会においての文化的支配・被支配という現象を、決定的にまた最終的に代弁＝表象（representation）するのは、いうまでもなく、被植民者たちの文化的体験についての個々人の発話である。植民地支配の文化状況に対する朝鮮住民の対応の仕方を題材にしている当時代の作品として、ここでは、金史良の「草深し」（『文藝』、一九四〇年七月）(9)という小説を取り上げてみたい。「草深し」は、日本語が朝鮮人作家に「國語」として強要されていた植民地末期に、その「國語」で書かれ、日本文壇に発表されたものである。

金史良は、植民地出身の日本語作家として頭角を現した一九三九年秋頃、朝鮮の江原道の火田民の住居地域を訪ねたことがある。焼き畑農業をおこないながら、山中を移動して暮らしている、江原道の火田民というのは、いうまでもなく植民地住民の中でもっとも下層に属する細民たちである。

作家の江原道への旅行体験と火田民住居地域の調査を題材にした作品としては小説「草深し」とエッセイ「火田地帯を行く」（『文芸首都』、一九四一年三―五月）がある。「火田地帯を行く」で、金史良は「家兄（金時明――引用者）がここ（洪川邑、洪川郡郡庁所在地――引用者）の郡守（郡の首長――引用者）を二三年勤めてゐた頃」、「この邑へ四五度も來たことがある(10)」、とされている。金史良の旅行の主な目的は、江原道の火田地帯をフィールドワークするためであった(11)が、それが「草深し」の主人公の旅行の動機としてそのまま物語化されたのである。金史良の洪川邑への旅行は、京城から春川市、春川から洪川邑、洪川から火田民住居地域になっているが、「火田地帯を行く」では、京城から春川と春川から洪川が、「草深し」では、洪川邑――物語の中には「僻邑」とされている――から火田民住居地域が、それぞれ主な舞台となっている。こうしてみると、植民地文化の辺境地域における被支配者の立場を、支配者の言語を用いた東京在住の知識人作家の体験がどのように代弁しているのかということが、「草深し」というテクストが示す最も重要な問題の一つであることが分かる。

「草深し」は、主人公であり、視点人物である、朴仁植が朝鮮の奥地を旅行しながら遭遇する出来事と旅行過程で思い起こす過去の記憶によって構成される。朴仁植は、東京の官立大学医学部に留学している、いわば植民地出身のエリート青年である。彼は、夏休みの間、江原道の山岳地域を訪れ、朝鮮半島の奥地の住民生活を体験することになる。朴仁植の旅行は、東京から京城、京城から東に三〇里(12)離れた山村、そこからさらに山の奥の火田民村落へと辿られる。彼の旅行の最終目的は、植民地のもっとも辺境に当たる「火田民集團地區」で「山民經濟や、宗教信仰、解字程度、疾病状態等の調査」をすることであったが、後に議論するように、火田民生活との触れ合いそのものは物語から抜け落ちている。ここではまず、こうした物語の空間的背景や主人公の行動動機の設定を通して、朝鮮奥地の住民の文化的状況に対する朴仁植の経験が、「草深し」の題材になっているということを確認しておきたい。実際、物語内部の出来事として取り上げられる、朴仁植の体験とは、さまざまな植民地支配政策によって直接統制された朝鮮奥地住民の日常生活との出会いであった。「草深し」の冒頭はこうはじまる。

> 疊々と幾重にも深い山に圍まれたこんな僻邑の會堂で、舊師の鼻かみ先生を再び見ることにならうとは、朴仁植は夢にも思つてゐなかつた。郡守の叔父が一堂に狩り集められた山民達を前にして、所謂色衣奨勵の演説をやるために重々しく演壇に現はれた時、彼の後からひよこひよこ吹かれるやうに、ついて出て來た首のひよろ長い通譯係りの五十爺が、まがひもない中學時代の鼻かみ先生だつたのだ。（中略）
>
> 「ええと、ちゆまり吾人は白い着物を廃止して、色を染めだ着物を着用（つあく）せねばならんのである」と叔父は胸を張つて泰然と後手をし御自慢の辯舌をふるつてゐる。「朝鮮人が貧乏になつたのは白い着物を着用したがらである。經（げえ）濟的にも時間（がん）的にも不經濟なのである。即ち白い着物は早ぐ汚れるから金が要り、洗うのに時間（がん）ががるのである」
>
> 腰を屈めて這いつくばつているみすぼらしい山民達は口をぽかんと開けて、何を云つてゐるのだらうかと物珍しそうに眺めてゐる。叔父は一くぎり云い終わると、昂然と一同を見回し一寸口髭をしごいてみせた。すると今度は鼻かみ先生が水洟をしきりに拭ひながら朝鮮語で通譯し出す。(13)

「草深し」は、植民地朝鮮のある「僻邑の會堂」で行われた集会の光景を、物語の出来事の連鎖がはじまるところで提示したのである。「會堂」に設けられた演壇で朝鮮人郡守は「國語」の日本語で「色衣奨励の演説」をしている。植民地末期朝鮮総督府が住民生活指導の一環として、白い衣服を好んで着用した朝鮮人に色衣着用を強制した、いわゆる「色衣奨励」を物語の冒頭で取り上げていることからも、「草深し」が朝鮮住民の日常生活の中での植民地文化にどれほど強い関心を持っているかを窺うことができる。「會堂」の演壇の下には郡守の「演説」に用いられている日本語を一切知らない山村の住民達が「腰を屈めて這いつくばっている」。そして郡守の傍らで通訳係りの鼻かみ先生がその演説を朝鮮語に通訳している。「會堂」に集まった人々の言語的構成を図式化してみると、設けられた演壇を境目にして異質な言語集団が向かい合い、日本語の演説者、朝鮮語の山民達、二言語兼用の通訳者が、それぞれ言語的アイデンティティーの自己主張をしていることがわかる。留学先の東京から京城、また京城から山村の「僻邑」に着いたばかりの朴仁植の目に最初に映ったのは、「色衣奨励」という支配者の統制による異種混在の文化状況と、「國語」(日本語)と朝鮮語が同時に用いられた対話状況であった。

植民地朝鮮社会の「國語」、「國民」文化は、基本的には、大多数の朝鮮住民の日常の言語、文化生活を無視し、抑圧する統治者の〈政策〉によって、統制され、展開された。その「國民文化」化、「國語」化の状況に対して、朝鮮住民の個々人はさまざまな立場で対応したであろうが、その態度や欲望の発現を次の三つのカテゴリーに分けて捉えることができると思う。第一、支配者の文化や「國語」に積極的に同化しようとするあり方、たとえば、植民地住民の中で植民地経営・統治に直接関わっていた土着ブルジョア、エリート、啓蒙知識人などの上流階級の対応である。第二、消極的でありながらも与えられた状況に適応していくあり方、たとえば、植民地教育制度の中で初・中等教育を受け、日本語にある程度同化できていた中流市民階級の対応、そして第三、土着文化・朝鮮語の口語以外は持たず、新しい「國語」の文化状況からは排除されていくあり方、たとえば、植民地住民の中でもっとも下層階級に当たる非啓蒙、無教育の人々の対応がそれである。このように被支配者のそれぞれのカテゴリーに注目する場合、重要なのは、もちろん、あるカテゴリーの固定的な属性ではなく、各カテゴリーの相互関係によるそれぞれの立場の変化様相を把握することである。このようにしてみると、「草深し」の冒頭の「僻邑の會堂」に登場する郡守、鼻かみ先生、そして山民達の文化・言語的なアイデンティティーへの自己主張は、被支配者の三つのカテゴリーの対応方式を正確に体現していることが明白である。つまり、「草深し」という植民地末期の朝鮮人作家による日本語小説は、植民地文化政策に対する植民地住民の文化・言語的対応のあり方と、それぞれの階層の相互的権力作用を問題化することによって成り立っているのである。以下では、朝鮮社会の「國民文化」化、「國語」化という植民地文化状況においての、郡守、鼻かみ先生、そして山民達の言語・文化的な意識と欲望を、「草深し」の物語世界がどのように描いて示しているのかを分節して取り上げる。

2　郡守の「内地語」演説における差別＝同化

「草深し」の視点人物朴仁植は、郡守の「色衣奨励の演説」に使われている言語について、次のように注目している。

叔父は一郡の長として朝鮮語を用ひては威信に關ると思ひ込んでゐるので、鼻かみ先生が代つて彼の内地語を朝鮮語で通譯するといふ譯である。ここへ來て仁植は、叔父が内地語等一切知らない、若い妾に向つてさへ、いかにも得意げにそれがまた大變な内地語でまくしたてるのを何度もみてゐるので、彼が誰一人内地語を知らう筈もない山民達に向つて、態々（わざわざ）通譯者を伴ひ全く哀れな程へんちくりんな内地語の演説をやるといふ事實に對しては、別段驚きもしなかった。(14)

こうした物語状況は、まず、演説者である郡守の意識に〈「國語」文化は朝鮮語文化より優位に立っている〉という差別イデオロギーが注入されている、という前提の上に成り立っている。そしてその物語状況から、郡守の「内地語」使用が、植民地言語政策の強制によるものではなく、「國語」に同化しようとする植民地住民自らの欲望によって触発されている、ということがうかがえる。支配者の強制ではなく、被支配者の同化への欲望こそ、支配権力を生産するもっとも肝心な要因であることはいうまでもない。郡守の「國語」に対する、その同化への欲望は、互いに絡み合っている二つの動機に支えられている。

一方は、当然ながら、支配者文化への同化を成し遂げることで自分の位置を支配集団の中に確認しようとする、身分上昇の動機である。郡守は「内地語」を使用することによって、自分の言語的立場が山民達のそれに対して優位に立っているという感覚を獲得している。もちろんその優越感は、山民達が「内地語」を「一切知らない」からこそ、より強化されたはずである。

他方の動機は、「態々（わざわざ）」「内地語」を使うことによって郡守が言語的に優位を獲得できるとするならば、その言語的立場の優位性を維持しようとすることから生じている。それは、郡守に「國語」

へと同化しようとする欲望を持ちつづけさせる契機として作用する。この動機には、山民達に対する優越感とは質的に完全に異なる側面が必須項目として含まれている。そもそも同化を求めつづけることは、自分はどうしても同化しきれない異質の存在である、という自己意識を前提にしているからである。その自己意識とは、「國語」優越主義に囚われている郡守にとって、「國語」世界に対して、ある種の劣等感を生じさせた契機に他ならないということである。

すなわち、郡守の「國語」への欲望は、山民達の言語的立場に対する優越感と「國語」の世界に対する劣等感との錯綜によって成り立っていたのである。

（1）「内地語」演説者の優越感

まず、郡守の「内地語」が持つ優越感の方は、「會堂」の対話状況にどのように介在しているのだろうか。あるいは、「國語」使用者の朝鮮語使用者に対する優位意識を「草深し」はどのように具体的に描いているのだろうか。

「會堂」のコミュニケーション状況におけるもっとも顕著な特徴は、発話者の郡守が、受話者である山民達の「一切知らない」言葉を用いて、自分の意思を伝達する点にある。それは、そこに関与している人々の間でのコミュニケーションを妨げる根本的な要因にもなる。発話者が自分の話を通じさせようとする意志を持っている以上、受話者が理解する言語を用いて発話することは、あらゆるコミュニケーション最低限の条件であろう。発話者がその条件を無視した場合、発話者―受話者間の正常な相互交流が不可能になってしまうことはいうまでもない。郡守が演説をしている間、山民達が「口をぽかんと開けて、何を云つてゐるのだらうかと物珍しそうに眺めてゐる」と、語り手は、発話―受話の営みそれ自体が完全に成り立たなくなっていた「會堂」のコミュニケーション状況を捉えているのである。

もちろん、「會堂」のコミュニケーション状況は、郡守の発話が鼻かみ先生による朝鮮語への翻訳を通して、山民達に伝達されるように設定されている。しかし、「草深し」の語り手は、郡守の発話内容が山民達に伝達される過程と伝達された後の効果には全く無関心である、という点をここで見逃してはならない。「會堂」のコミュニケーション状況における発話内容の伝達は、郡守から通訳者へ、そして通訳者から山民達へ、というように行われている。「國語」の日本語を用いている郡守の発話が最終的な聴者である山民達に直接伝わることが不可能な条件の中で、郡守の発話内容を理解する一次的な聞き手は通訳者になる。その通訳者が山民達に向かって発話しない限り、山民達は、本当の意味での聞き手にはなれない。しかし「會堂」のコミュニケーション状況全体を捉えていく語り手の視線は、郡守から通訳者へ発話が伝達されることだけに向けられているのである。すなわち、通訳者から山民達への発話内容の伝達行為は、語り手の「朝鮮語で通譯し出す」という簡単な説明で処理されることによって、「草深し」の語りからはほぼ見えなくなっているということである。この点は、「草深し」の語り手が冒頭の場面で主題化しようとしたのが、郡守の発話内容が山民達に伝達されることに関連するものではなく、相互的コミュニケーションが最初から不可能である、歪められた対話状況それ自体であったことを示している。そのために「草深し」の語り手の視線は、もっぱら郡守の「内地語」使用だけに注がれている。すべての人々の間で共通な言語として朝鮮語があるにもかかわらず、発話の言語として優先的に日本語を選択することによって、本来の聞き手であるはずの山民達が相互コミュニケーションから暴力的に排除されているという対話状況を、「草深し」の冒頭は浮き彫りにしているのである。

「會堂」でのこうした歪められたコミュニケーション状況に関連して、もう一つ注目しなければならないのは、郡守の発話が「演説」という様式で行われているという点である。「演説」という発話様式の選択は、郡守の「内地語」使用をより暴力的なものにさせる効果をはたしているからである。「演説」とはもともと受話者を発話者の意思に同意させるために行われる言語行為であろう。その言語行為には、発話に参加する機会が郡守に独占的に与えられること、意思の伝達が郡守の方から山民達に一方的に向けられること、そして、変化を被る側として山民達が最初から固定されること、などの発話―受話条件が最初から前提されている。したがって、郡守と山民達とのコミュニケーション関係は、〈語る―聞く〉という一般的な発話―受話の形態というよりは、〈語る―語られる〉という主語（主体）―目的語（対象）の形態によって、支えられることになるのである。

〈語る―語られる〉の形態の上に成り立つコミュニケーションが、不平等な権力関係を促進することは当然のことである。すなわち、自分の発話への同意を要求する〈語る〉郡守と、説得される立場にある〈語られる〉山民達との間には、非常に一方的で不平等な権力作用が機能しているのである。こうした不平等な権力作用は、実は、郡守の「演説」に用いられている動詞の使い方を通して、具体的に可視化することができる。ある動作の過程や変化を表す言葉であるはずの動詞の中で、郡守の発話は、その動作の過程や変化の対象を〈語る〉発話者ではなく〈語られる〉受話者に定める、たとえば、「廃止して」、「着用せねば」などの、いわゆる他動詞を終始使うことによって行われている。それが、語り手の意図的な配置であることはいうまでもない。他動詞にはもともと、発話者の方は動作の原因を提供するだけで変化を蒙ることがないのに対して、受話者の方は動作の変化が義務づけられる、という前提が含まれている。したがって、郡守の「廃止して」、「着用せねば」などの動詞の使い方は、郡守を、あらゆる変化、責任、義務から免除された主体として、一方、山民達を、すべての変化、責任、義務を受け入れなければならない客体として、それぞれ位置させるのである。郡守の発話は、その結果、発話者―受話者の間の不平等な権力関係、すなわち、何かをさせる（支配・抑圧・排除する）郡守の立場と何かをされる（支配・抑圧・排除される）山民達の立場との対立関係をより明らかに表象することになる。こうしてみると、「草深し」の冒頭の語りが採択している郡守の動詞の使い方は、山民達をコミュニケーション状況の外部に追い出してしまう、郡守の「内地語演説」の暴力的な性格をより効果的に表していることが分かる。

(2)「内地語」演説者の劣等感

それでは、「國語」の世界に対する劣等感の方は、郡守の「演説」の中にどのようなかたちで介在しているのだろうか。その劣等感こそ、いうまでもなく、郡守に「國語」への同化を欲望しつづけさせた、もう一つの内的動機なのである。

郡守の「色衣奨勵の演説」は、確かに、文化的にかつ言語的に、山民達への支配、抑圧の行為であった。しかし、植民地言語文化政策を実施する支配者の立場からすると、それはまぎれもなく、同化された――完全には同化されなかった、あるいは同化されつつある――被抑圧者の言語行為にすぎないものである。郡守の言語行為におけるこうした被抑圧者的な性格は、郡守の「演説」の中で意味を伝える言葉をもって語られることは決してない。それは、より隠微なかたちで、しかしある意味ではより鮮明に、テクストの言語に刻印されているのである。たとえば、「ちゅまり」、「着用せ(つあく)

ねば」、「經（げえ）濟的にも時間（がん）的にも」、「時間（がん）ががる」など、郡守の演説での言語運用は、変形された日本語発音によってなされている。もちろん、清音と濁音の区別がつかない発音は、朝鮮人の日本語発話の特徴の一つだと、一般的にいわれるものである。「草深し」の語り手は、郡守の演説を会話文として提示する際に、このように変形された日本語の言語運用を意図的に強調しているのである。それによって、郡守の演説は、植民本国の国民の「國語」ではなく、かつて支配者に教化された、しかしいまだ矯正されきれなかった、植民地住民の「國語」によって、行われた言語行為であるという意味がはっきり示されるようになる。いいかえれば、郡守の「演説」の中の変形された日本語発音は、抑圧的言語行為の中にある被抑圧的な性格を表現する、効果的な素材だったのである。

　また、こうした変形された日本語発音の表示は、郡守の「内地語」演説のもつコミュニケーション範囲をも読者に連想させる。すなわち、郡守の「内地語」が通用するのは、日本語によって結ばれている帝国日本全域の国民社会ではなく、その日本「國民」への同化が強制されている朝鮮半島の住民の間だけである、ということを示しているのである。当時植民地朝鮮の人々に「國語」として強制されていた、いわゆる「内地語」を現在の観点から振り返ってみると、実際に、そのコミュニケーション範囲が植民地朝鮮半島という地理的空間の内に限られていたことが分かる。たとえば、朝鮮住民がその「内地語」を用いて、帝国日本の全体の日本語解読者と簡単に交流することは可能であったとしても、植民本国や台湾、満州などの他の植民地域へと政治、文化的なコミュニケーション通路を拡張するということはまず想像しがたい事態であった。植民地住民の植民本国への移動やさまざまな分野での社会進出など、植民地統治状況の中で朝鮮半島出身の人々が階級を上昇させた事例はいくらでもありうるが、その場合彼（女）らのコミュニケーションの道具というのは、本当の意味での「國語」ではなく、差別される「内地語」であったのである。植民地朝鮮半島の地方官吏として登場する山村の郡守が植民本国や他の植民地域の行政官吏に転職することが制度的に、慣例的に遮られていたように、郡守の演説での「内地語」は、現実的に植民地朝鮮の山村以外の地域でのコミュニケーションをもたらす言葉ではなかった。郡守の演説の中に含まれている変形された日本語発音は、植民地住民の「内地語」が持つこうした社会的な差別性を表象するものである。「美しい日本語」である「國語」の代わりに、植民地的に汚染された「内地語」を意図的に強調する「草深し」の語りは、つまり、郡守の「色衣奨勵の演説」を滑稽化すると同時に、それ自体が植民地朝鮮住民の日本語の差別的条件を的確に反映しているということである。

「國語」のもとで植民地住民を国民に統合しながら、同時に分離していく社会的・言語的差別イデオロギーが、植民地住民に「國語」の世界に対する劣等感を生じさせたとすれば、その劣等感こそ、植民地住民に「國語」への完全な同化を求めつづけさせる内的動機になったのではないか。次の会話文は、郡守が自分の「内地語演説」に対して自評するところである。

「はあ……」と仁植は返す言葉もなくしどろもどろすると、

「え、どうぢや、立派ぢやろが、え、だから君、わしの演説ちうのは上官達も認めてゐるんだよ。ちゆまりわしを雄辯家だと皆が云ひをるのだよ」それから急に首を突き出しひひひと笑つてから今度は朝鮮語で聲をひそめた。「あの狐面をしてゐた内務主任はな、演説のことだけにはわしに歯がたたんので兜を脱いてゐるよ。いくら自分が内地人で上官のわしより實權があり収入も多いちうて威張るけれど、演説するのを見ればわしの偉いところが一目瞭然と分るのぢやからな。はつははは」

と後は腹をゆすぶつて笑ふのだつた。(15)

郡守は、自分が日本人の内務主任より優れた演説家であることを、朴仁植に自慢する中で、自分の演説と植民本国から派遣された「内地人」の内務主任の演説とを、相対化し、比較している。その点において、内務主任の演説は、郡守の演説が模倣しなければならない、またはその水準を乗り越えなければならない、準拠対象として位置されている。郡守は、日本人の演説より優れた「國語」演説をする能力を身に着けたがために、朝鮮総督府の下級官僚である山村の郡守の地位にまでたどり着いたのかもしれない。また、その「國語」演説の能力こそ、総督府の植民地支配に協力する植民地住民の資格条件であったのかもしれない。そもそも、植民地住民をブルジョアと無産者、地主と小作農民、知識階層と無識階層、エリートと民衆などに分裂・対立させ、その二分化された社会構造を維持することは、植民地支配政策を円滑に遂行するために行われたもっとも基本的な手続きであった。実際に、植民地住民の生活世界を直接統制することは、植民本国から派遣された「内地人」ではなく、教化された植民地住民の方に任されていた。植民地支配に積極的に協力することによって、いわゆる〈指導する植民地住民〉という資格を獲得した土着エリートたちは、さまざまな植民地文化政策を一般住民に注入する役割をはたしていたのである。「草深し」の語りは、「國語」による「色衣奨勵の演説」を植民本国の誰よりも効果的に遂行している郡守に、まさにその〈指導する植民地住民〉という階層を代表させている。そして、郡守の自分の演説に対する自慢を通して、〈指導する植民地住民〉の言語文化的なプライドとコンプレックスの両面を表象しているのである。

こうした郡守の自慢話は、もちろん、登場人物の幼稚なキャラクターを示し、「内地語」常用の朝鮮人を風刺する、という物語効果をも発生させる。しかし、それだけのために郡守の自慢話が配置されているのではない、という点をここで見逃してはいけない。視点人物朴仁植と郡守の会話の中には、実は、被植民者が支配者の言語・文化に従属していく、権力作用のプロセス全体が含蓄されているからである。朴仁植に向かって発した郡守の二つの会話は、前者は日本語、後者は朝鮮語によって、それぞれ行ったとされている。日本語の会話では、自分の演説が「國語」の世界に完全に同化したことを日本人から認められ、それに満足し、自慢している。しかし、「聲をひそめた」朝鮮語の会話では、自分が内地人とは差別されていることへの不満をあらわしている。ここで注目しなければならないのは、この二つの会話文が意味論的に深く関わっているという点である。すなわち、日本語の会話での満足は、被支配者としてのさまざまな差別にもかかわらず完全な同化を獲得したことから生じる「満足」であり、朝鮮語の会話での不満は、支配者の価値体系に被支配者が完全な同化を獲得したにもかかわらず差別されつづけることに対する「不満」なのである。こうした被支配者の心理構造や欲望の発現過程を、もう少し詳しく分析すると、次のようになる。

第一、支配者は植民地を円滑に統治するため、植民地住民に自分たちの価値体系に同化することを強制する。物語場面で郡守は、その支配者の意志に従って、「色衣奨勵の演説」をしたのである。第二、支配者の価値体系に同化していくことは、植民地住民に与えられた社会的身分上昇の唯一の手段に当たる。郡守は自分の演説が日本人の上官達によって認められている事実を自慢しているのである。第三、被支配者の完全な同化は支配者には脅威にならざるをえない。なぜなら植民地住民の完全な同化は支配・差別の根拠を弱化するからである。郡守は、「内務主任はな、演説のことだけにはわしに歯がたたんので兜を脱いてゐる」と、内務主任の行動を予測して伝えているのである。第四、被支配者の完全な同化によって支配者に脅威を与えることは必ず別の差別を生じさせる。支配者はそれによって新たな支配の根拠を獲得するようになる。「草深し」の語りは、内務主任が「内地人で上官のわしより實權があり収入も多いちうて威張る」と、「國語」演説以外の別の差別の造成を捉えているのである。第五、その新たな差別を乗り越えるために、植民地住民はより完全な同化を欲望しつづける。たとえば、郡守は「國語」演説をより充実にしながら、上官達との宴会にも一層熱心に参加する、という物語展開――もちろん、物語のエピローグでは、郡守は免職になり、朝鮮語の世界に戻ったとされているが――を示しているのである。

「草深し」の物語全体で描かれている郡守の発話や行動は、その何れの部分をとってみても、被支配者心理の発現過程を分節したこの五つの段階に当てはまらないものは一つもない。自ら従属を欲する被支配への欲望を造成しつづけ、植民地住民に対する円滑な文化的支配を可能にさせたのが、まさにこうした「同化」と「差別」の循環であった。植民地朝鮮住民に与えられていた「國語」とは、「同化」を強要する支配者の「差別」と、その「差別」を克服しようとした被支配者の「同化」への欲求、という支配・被支配の相互共犯的な関与によって機能するものであったのである。こうしてみると、「草深し」が描いている「内地語」演説を巡る郡守の意識と行動には、植民地末期朝鮮社会における日本の文化的支配を成立させた権力作用全体が含蓄的に形象化されていることが明らかである。

これまで、主に郡守の演説を取り上げ、支配者の文化や「國語」に積極的に同化しようとする立場に引き込まれている、植民地的支配・被支配文化の特徴を分析してみた。それでは、植民地末期の朝鮮社会の文化状況の中で、「國語」、「國民文化」と朝鮮語、朝鮮文化の間を揺れ動きながら生きていた植民地住民の方は、「草深し」にどのように描かれているのかという観点から、通訳係りの鼻かみ先生を通して、物語を読みなおすことにする。

3　鼻かみ先生の行方と朝鮮語の位置

「疊々と幾重にも深い山に圍まれたこんな僻邑の會堂で、舊師の鼻かみ先生を再び見ることにならうとは、朴仁植は夢にも思つてゐなかつた」と、「草深し」の第一文は、視点人物である朴仁植が鼻かみ先生に再会したことを語っている。ここで、郡守の「色衣奨勵の演説」を朝鮮語に通訳している鼻かみ先生に会ったことを、視点人物が「夢にも思つてゐなかつた」と捉えていることには注意する必要がある。それによって、鼻かみ先生との再会という出来事には、物語展開における最初の衝撃という物語起点としての役割が与えられるからである。

また、物語のエピローグでも、鼻かみ先生について、次のように語られている。

哀れな鼻かみ先生はあの奥山の廢寺へ出掛け、どうにかして火田民達を集めたかも知れない。そして獨りいい氣になつて先ずはあの變てこな内地語で喋り、それから叉自分でそれを得意げに通譯したりする所を、後からあの二人に襲はれて死んだのでもあるまいか、などと仁植はとりとめのない悲しい考へに耽るのだつた。(16)

ここで鼻かみ先生が出掛けたと推測されている「奥山の廢寺」とは、実は朴仁植が火田民達の生活状態を調査するために山奥の火田民地区に行ったとき一晩泊まった場所である。そして、鼻かみ先生を襲ったと推測されている「あの二人」とは、「奥山の廢寺」で出会った、「朝鮮人は白衣を脱いでは救はれぬといふ教義」をもっている民間信仰集団のメンバーである。「草深し」の山奥という空間は、「國語」、「國民文化」化の文化状況にはどうしても適応できなかった植民地下層住民——この階層の人々の文化的立場に関わる問題は次節で取り上げる——が逃げ込む場所として設定されている。「國語」、「國民文化」化の内部である平地と対立する、植民地支配者の文化政策が及ばない外部的な空間であったのである。山奥の火田民達に「色衣奨勵」を指導する仕事は、郡庁の通訳係りである鼻かみ先生に任せられていたのだが、こうしてみると、鼻かみ先生の文化的立場は植民地文化の内部と外部を媒介する存在として浮かび上がる。引用の視点人物のモノローグでは、火田民達の「國語」、「國民文化」化の仕事に出掛けた鼻かみ先生が、植民地文化の外部世界に執着する人々に殺されることが想像されているのである。

すなわち、「草深し」という物語は、山村の住民達に郡守の「色衣奨勵」演説を翻訳していた鼻かみ先生との出会いからはじまり、山奥の火田民達に「色衣奨勵」を強要する途中で「襲はれて死んだ」鼻かみ先生を語り手が思い浮かべるところで終わる。このことを図示してみると、鼻かみ先生が関わっていた二つの「色衣奨勵」集会の間で物語の輪郭が素描されているということになる。もちろん、物語の構造を理解するために、引用の最後の場面で注目しなければならないのは、「先ずはあの變てこな内地語で喋り、それから又自分でそれを得意げに通譯したりする」という語り、つまり、鼻かみ先生の「色衣奨勵」演説が「内地語」発話と「通譯」の順に行われたと、語り手が連想しているところである。このように鼻かみ先生の二言語演説を物語の最後に設定することによって、物語の冒頭における「會堂」での「國語」・朝鮮語の二言語の対話状況は、意味論的な対峙を得るようになっているからである。こうしてみると、鼻かみ先生は、植民地の「國語」化の言語・文化状況を、ストーリーの展開においては最後の場面まで、物語の空間的な配置においては平地から山奥まで、貫徹させる人物なのである。まさにその点において、鼻かみ先生は、「草深し」という物語を構造的に支えているということができる。

「國語」を常用する植民地支配者やそれへの同化を図る土着支配層と、朝鮮語に執着せざるをえなかった植民地住民との間にあった文化・言語的な隔たりは、基本的に通訳によってしか狭めることができなかった。二つの異なる文化的価値体系を同時に体験し、その両者を連結させたり断絶させたりする緩衝役割をはたしている「通訳」者は、その意味で、「國民文化」・「國語」化の状況の中で誰より重要な文化的機能を担っていたのである。「草深し」の語り手は、冒頭の「僻邑の會堂」で登場した人々の中で、「内地語」にすべてを従属させている郡守よりも、朝鮮語しかもっていない山民達よりも、二言語の往来の通訳者である鼻かみ先生のほうを、物語展開の中心に据えている。いいかえれば、鼻かみ先生というプリズムを通して、植民地社会の支配と被支配の言語・文化状況を総体的に捉えていくことになるのである。

それでは、植民地社会を言語・文化的に媒介した階層を代表する鼻かみ先生を、「草深し」はどのように描いているのだろうか。

鼻かみ先生は彼等（旧制中学の学生――引用者）に朝鮮語讀本を教へてゐた。だがもともと朝鮮語の先生といへば一番映えない存在である。それで學校の老小使さんまでが田舎の郷里に歸れば酒を飲むと、自分が朝鮮語の先生だとふれ廻るといふ噂さへあるのだ。鼻かみ先生は恰で慘めな標本を身をもつて示さうとするかのやうに、何しろ毎朝一番早く登校して來ては暗くなつて始めて歸るのだが、課業で教壇の上に立つた時にせよ又は教員室に蹈るやうにして仕事をしてゐる時にせよ、一日中顔を眞赤にして鼻ばかりしくしくかんでゐた。他の若い内地人の先生達はただ一人の朝鮮人先生である彼を莫迦にして、いろいろ自分達の仕事をそれとなしに命じたり頼んだりしてゐた。元來が資格のない先生で、十五年間母校であるこの中學で朝鮮語を教へてゐるが、官等も一番低く飽くまで判任官七級(一八七一年に定められた官等十五の制で、八等以下の文官を判任官と呼び、その給料に一級から十級までの差があった――全集註)である。(17)

ここでまず注目したいのは、鼻かみ先生をめぐる出来事の設定に、現実の植民地社会の言語・文化状況の変化という文脈が刻み込まれている点である。『文藝』一九四〇年七月号に発表された「草深し」では、ほぼ同時代の現実が物語の出来事や背景として取り入れられている。たとえば、作家金史良の日本留学(一九三一年)の直接的な契機になった、平壌高等普通学校五年在学時の同盟休校(一九三一年)が、視点人物の中学時代の出来事として物語の前半部で紹介されている。また、一九三七年四月に事件の顚末が報道され、一九四〇年一月に宣告公判が行われた、いわゆる白白教事件――東学系列の邪教白白教の教主らが教徒数百名を殺害し、世間を騒がした猟奇的事件――が物語の後半部で借用され、鼻かみ先生の行方不明が白白教徒の襲撃によるものではないかと語り手は推測しているのである。こうした物語背景の配置を考慮すると、「草深し」が、植民地文化政策によって変化しつつある社会的状況と同時進行する出来事、あるいは二、三年おくれの出来事を題材化していることが確かめられる。そして、中学時代の鼻かみ先生を回想している「今」とは、物語のエピローグに朴仁植が三、四年後に東京の医学部を卒業し、開業したとされていることなどから、東京の官立大学の医学部三、四年に在学中の時点であり、回想されている中学時代とは「今」から六、七年前であることがわかる。こうしてみると、鼻かみ先生が「十五年間母校であるこの中學で朝鮮語を教へてゐ」たのは、現実の時間帯としてはおおよそ一九二〇年から一九三〇年代の初頭に当たるのである。

学校で「一番映えない存在」、「内地人の先生達」にいつも「莫迦に」される「ただ一人の朝鮮人先生」、「官等も一番低く飽くまで判任七級」である鼻かみ先生の立場が、植民地の公職社会における民族差別の問題を喚起するだけで止まらないことはいうまでもない。すなわち、他でもない「朝鮮語讀本を教へてゐた」という点において、鼻かみ先生の社会的立場は、朝鮮社会の言語状況における朝鮮語の位置のアレゴリーとなっているということである。

植民地社会の言語状況の推移と、「國語」と朝鮮語の間にある支配・被支配関係は、朝鮮総督府の言語教育政策の実施という要因によって全体的に把握することができる。朝鮮半島が植民地化された直後の一九一一年八月、朝鮮総督府は全文三〇条の第一次朝鮮教育令を公布した。その第一次教育令においてすでに植民本国の言語である日本語は植民地の「國語」として定められている。第一次教育令の根幹は、まさにこの「國語ノ普及」であったのである。それは、第一次朝鮮教育令の第八条で、植民地教育の根本目標を、「普通學校ハ児童ニ國民教育ノ基礎タル普通教育ヲ為ス所ニシテ身體ノ発達ニ留意シ國語ヲ教ヘ徳育ヲ施シ國民タルノ性格ヲ養成シ其ノ生活ニ必須ナル普通ノ知識技能ヲ授ク[18]」ことであると、規定していることからも明らかである。植民地住民の「國民」への統合のために実施された、植民地初期の「國語」教育は、植民地を支配する側からすると「國語」教育であったが、被植民者側からすると馴染みのない外部言語が注入される事態に他ならなかった。すなわち、この段階の言語教育は、朝鮮住民に新しい「國語」を最初から習得させることを目標に掲げたのである。普通学校の教育課程で「國語」が毎週一〇時間も義務づけられ、教授時間数の四〇パーセント以上を占めていた[19]ということは、第一次教育令期の「國語」教育のこうした事情をうかがわせるものである。

それ以来、教育令が繰り返し制定し直されるにつれ、言語教育現場から朝鮮語の方は排除、抑圧され、「國語」の方は強化されていくことになる。三・一民族運動（一九一九年）以後の総督府のいわゆる「内鮮融和」の文化政策を背景にして、第二次朝鮮教育令が一九二二年二月に公布された。そこには「國語ヲ常用スル者」と「國語ヲ常用セサル者」の教育を区別する方案が提示され、外見上では「國語」と朝鮮語教育の並行が認められるようになった。しかし実質的には、植民地社会の中で「國語ヲ常用スル者」と「國語ヲ常用セサル者」の差別を公然化する結果を招いた。「朝鮮語ヲ授クルニハ常ニ國語ト聯絡ヲ保チ時トシテハ國語ニテ話サシムヘシ[20]」などの規定によって、「國語」と朝鮮語の支配・被支配関係は、より確固たるものにされたのである。たとえば、「内鮮共學」の理念のもとで実施された中等以上の教育で、「國語」は必須科目、朝鮮語は随意科目として位置づけられ、「國語」教育は第一次朝鮮教育令の実施期間より強化された。こうした言語政策の実施によって造成された朝鮮語差別のイデオロギーは、植民地社会の隅々まで浸透することになるのだが、「草深し」は、「もともと朝鮮語の先生といへば一番映えない存在である」と、教育現場の「國語」中心主義を具象的に捉えている。

植民地言語政策は、基本的に、朝鮮半島を内部に統合した帝国日本を植民地住民に想像させるために、「國語」による一体化を一貫して追求した。こうした持続的な過程の中で、「國語」単一化の言語政策を本格的に推し進めるようになったのは、一九三〇年代後半のことである。日中戦争（一九三七年勃発）が長期化する政治的状況の中で公布された、第三次朝鮮教育令（一九三八年三月公布）の実施以後には、朝鮮語は学校教育から全面的に排除されるようになる。それによって、植民地住民の公的生活のすべてが「國語」によって支配される状況が創出されたのである。また、太平洋戦争期の政治的状況下で、完全なる皇国臣民化を目指して、徴兵制の実施とともに、一九四三年三月に第四次朝鮮教育令が改正される。すなわち、植民地朝鮮社会への「國語ノ普及」は、「國語」と朝鮮語の同時並存を認めざるをえなかった差別的な言語教育状況から、「國語」だけを単一言語として強制する画一的な言語教育状況へと、移行したのである。

こうした総督府主導の言語政策は、実は、植民地住民の「國語」化をめぐる、さまざまな学的、メディア的言説の支持をえて成立したことをここで見逃してはならない。それによって、植民地朝鮮社会の「國語」中心主義のイデオロギーが強化されたからである。たとえば、一九二七年京城帝国大学に赴任、国語学講座(21)を担当していた時枝誠記は、「國語は實に日本國家の、又日本國民の言語を意味するのである。國家的見地よりする方言に対する國語の価値は、とりもなおさず朝鮮語に對する國語の優位を意味するのである。方言や朝鮮語に對して國語の優位を認めなければならないのは、その根本に遡れば近代の國家形態に基づくものといはなければならない(22)」とし、日本語＝「國語」と朝鮮語＝「方言」という図式を通して、「國語」の優位性と、植民地社会への「國語」普及の正当性を披瀝している。学問的論理を装っている時枝誠記の主張は、朝鮮語に対して「國語」が優位である、したがって植民地住民の国家的、国民的統合は「國語」によらなければならないと、簡単に要約される。植民地朝鮮社会の「國語」化のイデオロギーの構築は、このような類の非理性的な主張によって支えられていたのである。

植民地社会の現実の言語状況、特に学校言語教育の推移に、「草深し」の物語内部の出来事を照らし合わしながら読んでいくと、まず、鼻かみ先生が「母校であるこの中學で朝鮮語を教へてゐ」た「十五年間」とは、植民地の学校教育が第二次朝鮮教育令によって統制された期間に当たることが確認される。その間の植民地公立学校での朝鮮語教育は、随意科目とはいえ、制度的に認められていたのである。そして、第三次朝鮮教育令によって、差別されていた朝鮮語は学校教育から完全に排除されることになるが、こうした現実の状況変化を、「草深し」は、鼻かみ先生が中学の朝鮮語教師を辞め、地方の役所の通訳係りに転職するという一連の出来事によって具体的に反映している。いいかえれば、植民地の独自の言語である朝鮮語の教師から、「内地語」を朝鮮語訳する通訳者へと、登場人物が職業を変えるということは、植民地社会の自立的な媒体から、「國語」のコミュニケーション状況を補助する媒体に転落していく、朝鮮語の役割の変化そのもののアレゴリーになっているということである。

「草深し」の冒頭で描かれている「僻邑の會堂」の場面で、鼻かみ先生と朴仁植が偶然再会することは、それだけをとってみれば、個人の意外な体験にすぎないかもしれない。しかし、その再会の意外性は、個人的体験によるものではなく、植民地社会のコミュニケーション状況の変化という歴史的文脈によって生じるものである。中学時代の朝鮮語先生であった鼻かみ先生が郡守の「内地語」演説を翻訳している光景は、留学先の東京から六、七年ぶりに帰ってきた朴仁植にとっては「夢にも思つてゐなかつた」現実の変化であった。そして、唯一の生活言語として朝鮮語しか持っていない山民達の住居地域である「こんな僻邑」にまで、「國民文化」化のバロメーターともいうべき「國語」が伝播されていたことも、「こんな」という表現にもあらわれているように、朴仁植には驚愕の事態として映ったのである。

「僻邑の會堂」で「國語」化を主導する郡守の補佐として、また新しい「國民文化」にはどうしても同化することのできない山民達に支配者の言語・文化政策を強制する役所の通訳係りの配役に、公立中学の朝鮮語先生という前歴を持っている鼻かみ先生を設定していることは、それ自体「草深し」という小説の時代状況への皮肉でもある。すなわち、植民地支配権力によって、朝鮮住民の独自の言語文化を次世代に教え伝えていた人物が、「國語」文化を拡散させる——結果的に朝鮮語文化を萎縮させる——通訳者に変身されるという設定なのである。新時代、新天地、新体制といったスローガンのもとで、人生の方向を切り替えなければならなかった、さまざまな植民地住民個々人の生き方の中から、「草深し」は、とりわけ朝鮮語先生から通訳係りに転職したケースを取り上げている。こうした人物設定を通して、「草深し」は、朝鮮住民社会の「國語」、「國民文化」化の状況を生きていく植民地住民の具体的経験を描き出している。すなわち、日常のコミュニケーションが朝鮮語から「國語」に、朝鮮人の「姓」から皇国臣民の「氏」に(23)、自分たちの言語文化的アイデンティティーが急変する事態に、植民地住民はどのように対応したのかを主題化しているのである。

「草深し」の人物設定の意図に関わって、物語展開の中で実際に身体的、精神的破綻を経験する人物は鼻かみ先生だけであるという点にも注目する必要がある。語り手がもっとも焦点を合わせているのが鼻かみ先生の変化のプロセスである。植民地土着エリートの郡守も、最下級民衆の山民達も、物語の展開の中で社会的、階層的存在としての立場の変化を見せるわけではない。しかし、鼻かみ先生は、自分が中学で教えていた朝鮮語から離れていく中で破滅を向かえる悲劇的人物である。朝鮮語教師から通訳係りに移動するということは、現実的に、植民地朝鮮社会の「國語」化の文化状況で二つの言語集団を往来する、もっともバランスのとれた適応方式であったろう。その点において、鼻かみ先生は、現実順応主義的な植民地住民を提喩する人物でもある。こうした人物を、支配者側の「國語」世界からも、被支配者側の朝鮮語の世界からも、排除される被害者として設定するという構想に、植民地社会の「國語」化の文化状況に対する、「草深し」の現実批判意識を確認することができる。

朴仁植が東京の大学を卒業してからのことが書きとめられている物語のエピローグには、「仁植は」鼻かみ先生のことが思い浮かぶと「とりとめのない悲しい考へに耽けるのだつた」とされている。山民達や火田民達の言語的、文化的「同化」を担当していた鼻かみ先生が、「仁植と會つた年の秋、山へ色衣奨勵の出張に出掛けたきり歸らな」くなったままで物語が終わる。すなわち、「草深し」の物語展開は、中学で朝鮮語を教えることを仕事にしていた鼻かみ先生が、時代の流れに合わせて、地方の役所の通訳係りに転職し、また朝鮮語しか持っていない山民達を「國語」化の空間から追い出しながら、身体的にかつ精神的に破滅していく過程でもある。こうした物語の展開は、いうまでもなく、日本語が「國語」として据えられる植民地末期の文化状況の中で、追い込まれていく朝鮮語の位置を表象する。その点において、「草深し」は、植民地言語政策によって朝鮮語が抑圧・排除されていくことを問題化した小説なのである。
それでは、その朝鮮語だけに執着せねばならなかった山民達の言語・文化的立場を、「草深し」はどのように捉えているのだろうか。

4　抑圧される山民(24)達の言語・文化

金史良は一九三九年秋頃、朝鮮奥地の火田民生活をフィールドワークするため、江原道の山岳地域を訪ねたことがある。そのときの旅行体験が、「火田地帯を行く」(『文藝首都』、一九四一年三〜五月)という紀行文で綴られている。「火田地帯を行く」では、「尚火田民達の生活や又はそれの含んでゐるいろいろな問題については、このたびの目的地である當郡斗村面カマ連峯内の山民を實録風な小説の形で書き綴ることに依つて述べたい(25)」と記されているが、この「實録風な小説」として書かれたのが「草深し」である。つまり、「草深し」という小説が構想される過程で最も重要な題材として浮かび上がったのは、「火田民達の生活や又はそれの含んでゐるいろいろな問題」であったのである。

実際「草深し」には、山民達、火田民達は、植民地支配者の言語・文化政策やそれに追従する土着支配階級のイデオロギー的主張によって、一方的に抑圧、排除される階層として描かれている。植民地社会の「國語」の暴力が、彼らの言語生活を抑圧した様相については、郡守の「内地語」演説によって山民達が「會堂」の対話状況から追い出される場面の分析を通して、述べた通りである。ここでは、物語の冒頭で示されている「僻邑の會堂」の集会場面にもう一度立ち戻り、山民達が執着する一般生活文化がどのように抑圧、排除されているのかという問題を取り上げる。

「色衣奨励」演説が行われる「會堂」の集会で、山民達が何かを強要される立場に追い込まれる要因とは、彼らの衣服習慣にあるとされている。「ええと、ちゆまり吾人は白い着物を廃止して、色を染めだ着物を着用せねばならんのである」という郡守の主張は、まず、白い着物を着る山民達の習慣が「經濟的にも時間的にも」非効率的であるという認識に基づいている。もちろんその非効率の原因は、「白い着物は早ぐ汚れる」不潔さにあるとされている。植民地の土着文化を野蛮なもの、不潔なものとして片付け、排除するのが、植民地文化支配言説の典型的なパターンだとすると、郡守の「色衣奨勵」演説は、まさにその具体例に当たるのである。そもそも土着文化における野蛮性、不潔性というのが、特別なケースを除けば、支配者側の偏見に過ぎないということはいうまでもない。しかしここで見逃してはいけないのは、土着文化を「野蛮」、あるいは「不潔」と看做す、支配者の文化的イデオロギーに抵抗することは、非常に制限されているということである。なぜなら、被支配者たちは、支配者の文化的主張そのものを否定し、反論しようとするよりは、自分達の文化の中にある野蛮性、不潔性を排除することによって文化的差別を克服しようとしがちだからである。「色衣奨勵」演説が終わった後の山民達の行動を、「草深し」の語り手は、「會堂に集つてゐたらしい男や婦達が、驚いたことには背中に墨で○や△や×の印しを一つづつつけたまま、一人二人とすごすご通つて行く(26)」と、捉えている。背中に「○や△や×の印し」がつけられ、「色衣奨勵」の主張を容認せざるをえなかった山民達の姿から、植民地末期の支配政策によって朝鮮半島の土着の生活文化がコントロールされ、排除される文化状況の雰囲気を感じ取ることができるのである。

代々に伝わる自分たちの習慣が「野蛮」、「不潔」なものとして排除される文化状況の中で山民達はどのように対応していたのだろうか。物語の展開を通して、「草深し」は二通りの対応の仕方を示している。支配者の政策に、強い不満を感じながらも、教化されていく場合と、「國語」化や「色衣奨励」などの文化的暴力が及ばない山の奥のほうに逃げ込む場合がそれである。もちろん、「草深し」の全体的な物語は、植民地住民の大多数の対応である前者のほうではなく、後者のほうにポイントを合わせて展開する。すなわち、第一、山民達に色衣着用が強制される、第二、同化を拒否した彼らは平地から追われ、山の中に逃げ込む、そして第三、自分たちの習慣を保持したまま、火田民生活をする、という出来事の因果的連鎖を物語展開として設定しているのである。このような出来事の連鎖が、土着文化に執着する植民地住民の欲望が発現される仕組みを反映していることは確かである。実際、土着文化を排除しようとした文化帝国主義の企図は、結果的に、植民地住民に自分たちの文化の本来性をより強く感じさせる契機になる。住民独自の文化を排除し、異質な文化を彼らに注入しようとすることは、必然的にさまざまな反発を呼び起こす。それは、自分たちの文化が支配者の異文化より優れているからではない。基本的に、自分たちの文化が追い込まれていけば追い込まれていくほど、その文化は、自分たちの情緒の中で本来性を獲得し、これに反比例して、強制される支配者の文化は異質性を増すことになるからである。もちろん支配者の文化統治は、植民地の土着文化が本来的なものとしての象徴を得ていくにつれて、それを解体するために一層暴力的に機能することになる。つまり、山民達が平地での生活を受け入れず、山の奥に逃げ込むという出来事には、植民地文化状況の中で、禁止される土着文化が民族共同体の固有のものとして内面化される、ということが暗示されている。こうしてみると、「草深し」の山民達は、植民地文化政策によって歴史から排除されていた朝鮮民衆の固有文化の具体的な証人なのである。

ここで看過できないのは、土着文化に執着した山民達は山奥に逃げ込まなければならなかったという物語展開からも分かるように、山民達は自分たちの文化的欲望を支配者に向かって主張する機会を剥奪されている、という点である。いいかえれば、山民達の文化的欲望が論理として表現されることはないということである。その点において、「草深し」の山民達は、今日のポストコロニアリズムの文化研究でカテゴリー化されているサバルタン階級と近似している。スピヴァクが明らかにしているように、サバルタンは自己主張を語ることができないとするならば、問題になるのは、はたして彼らの立場は、誰によってどのように代弁されているのかということである。

「草深し」での山民達の意識や欲望は、基本的に、朴仁植の視点によって現われる。朴仁植はたとえば、「ただ自分もその中（火田民達の生活の中――引用者）の一人だと考へる時、もう自分は救はれるのだと思ふのである。これが感傷のエゴイズムだらうかと仁植は目をうるませて考へた(27)」という語りにも明らかなように、追われていく山民達の言語的・文化的立場に、特に情緒的に、同調している。そこで、山民達の立場を代弁している朴仁植の態度をもう少し分析してみることにする。次は、「會堂」に集まった人々の衣服の色を捉える語りである。

むろん彼は經濟的な見地からも又衛生上の點からも、色衣奬勵といふ方策には不贊成ではないにしても、打見た所、そこには白い着物をまとつたものは一人もなく、彼等のよれよれの服裝は何年間も着とほしてゐるらしく囚服のやうに土色ではないのか。それに會堂の中で浮立つやうな白い服といへば、演壇の傍の腰掛けにしやんと座つてゐる内務主任のリンネルの夏服位のもので

ある。(28)

演壇の下にいる山民達の土色の衣服と、演壇にいる日本人内務主任の白いリンネル洋服とが、ここで視覚的に鮮明に対比されている。つまり語り手は、色衣着用を強制する側と強制される側の衣服の色が逆に配置されていることを強調している。それによって「色衣奨勵」という支配者の文化政策そのものが疑問視されるのである。こうしてみると、朴仁植の視点が抑圧される山民達のほうに位置していることがすぐ確認できる。色衣着用が強要される、あるいは白衣が排除される原因を山民達の習慣が提供している以上、強要される山民達のほうが、それを強要する郡守や内務主任よりは、衣服の「白い」色について敏感であることは当然である。そのことは、強要する側にある内務主任が、自分が「白い」洋服を着ていることに無感覚であった、という物語状況にも示されている。あるいは、このように把握してみることもできる。すなわち色衣着用というのは、強要する側にとってみれば、常識化された日常生活の一部に過ぎない。その場合、「白い」服もさまざまな色の衣服の一種としてしか感覚されないかもしれない。しかし、強要される山民達にとって色衣着用とは、特別な非日常の生活様式としていつも顕在化されているのである。したがって、色衣着用が強要される(色衣着用を強要する)その場で、山民達の衣服が「有色」で、内務主任の洋服が「白色」であることを、誰よりはっきり識別しているのは山民達自身のほうに違いない。そして、それを捉えている語り手の意識は、いうまでもなく、強要される側に共感しており、強要する側には批判的なのである。

しかしここで、「焼き拂はれた険山の天邊に火田民の黒い掛小屋を眺めた時など、自分の胸から赤い血がそこへ飛びついたやうな痛苦をさへ感じた(29)」という語りにも示されているように、山民達の立場に対する朴仁植の同調というのが、非常に情緒的、感傷的なレベルでのものであることは指摘しておかなければならない。この点は、「草深し」中で山民達を代弁している朴仁植の社会的、文化的階層性をうかがわせる根拠の一つになるからである。実際に「草深し」の語り手が、〈白い衣服の何が悪いのか〉という直接的な反論をもって、山民達の文化習慣を擁護するわけではない。〈白衣の習慣は野蛮、不潔である〉という支配者の抑圧言説に、論理的に対抗するためには、それを全面的に否定するしかないのは当然のことである。事実、山民達に色衣着用が強要される理由は、白衣の習慣が支配者の衣服習慣に比べ、劣等、あるいは不便であるからではなく、それが被支配者の文化の特徴に当たるからである。すなわち、白衣の習慣は被支配者を差別する標識の一つなのである。したがって、「色衣奨勵」というのは、表面的には、植民地住民に新しい生活のパターンを注入する文化政策であろうが、本質的には、被支配者の文化を差別する根拠が仕組まれ、支配者に与えられる契機に他ならない。仮令、植民地住民が支配者の文化に完全に同化されたとしても、差別がなくなることは絶対ない。同化はまた新たな差別を再生産していくことになるのだが、この点に関しては、第二節で郡守の「内地語」演説を取り上げた際に述べた通りである。「色衣奨勵」におけるこうした差別＝同化の構造について無自覚的であったからこそ、山民達の文化的立場を代弁する朴仁植は、抑圧する支配者の不当性を論理的に批判することができなかったのではないか。「經濟的な見地からも又衛生上の點からも、色衣奨勵といふ方策には不賛成ではないにしても」という語りには、被植民者エリートである語り手の朴仁植の階層的性格が前面に現われている。その点において、山民達の文化的立場に対する朴仁植の代弁は、朴仁植の社会的、文化的階層性によって制限されているといわざるをえないのである。

支配者の文化政策によって追い込まれていく山民達の立場に、同情を持ちながらもそれを共有することはできない、という語り手の階層的性格は、山民達を描いていく中でどのように作用しているのだろうか。それは、結果的に、朴仁植が山民達の生活世界に直接触れることは、物語展開の一部として取り入れられていないという現象としてあらわれる。「草深し」という小説の構想段階では最も重要な題材として浮かび上がった、「火田民達の生活や又はそれの含んでゐるいろいろな問題」は、「草深し」の語り手の視線からはつねに逃れ去るものであったのである。次に取り上げるのは、旅行の最終目的地である火田地域で、朴仁植が火田民の子供と出会う場面である。


子供達は出て來る所か、いよいよ火のついたやうに泣きたてた。親達は遠くから彼のやつて來るのを見て、きつと山林監守だと思ひ込んで子供達を殘したまま、どこかへ蒼惶と逃げ隠れたのに違ひなかつた。

「私はちつとも怖くない人だよ」と云ひながら、仁植は腰を屈めてリユクサツクを肩から下ろした。「坊や達さあ來てごらん、泣かなくてもいいよ」

けれどサツクから甘い物の包みを取り出さうとする彼の手は、思ひなしか激しくふるへた。そうら、いいものを上げるよといふ聲が、どうしても續いて出ないのだ。かういふ山の子供達には玩具をやつても遊び物とも知らず、又お菓子を與へても食べ物とも知らぬといふ話を、彼は、ふつと思ひ出したからだつた。子供達は益々怖ろしくなつたのか、隅つこへ深く深く抱き合つたまま尻ごみする。（中略）仕方なしに仁植は默つて立ち上るとリユクサツクを背負ひ込んで、反對の

方向へ山を登つて行つた。(30)

これは、「草深し」という「實録風な小説」が描き出そうとした中心素材の「火田民達の生活」に、朴仁植がもっとも近づいたところである。東京から京城、京城から山村、そこからさらに山奥へと辿られる彼の旅行目的が、「火田民集團地區」の生活を調査することであり、その経験を小説化したのが「草深し」であったとするならば、この物語の決定的な出来事は、まさにこの子供達との出会い(31)から始まるといっても過言ではあるまい。しかし、「思ひなしか激しくふるへた」なかで経験した一瞬の出会いは、物語展開において文字通りそれきりの最終的な出来事として描かれている。しかも、子供達との出会いとは、他者との間のコミュニケーションが行われるという意味においての「出会い」ではない。むしろ、相互の間のコミュニケーション通路がすべて断絶されているということが強調される「すれ違い」に過ぎないのである。朴仁植と火田民達との断絶は、本当の意味での「火田民集團地區」の生活者たちは「子供達を殘したまま、どこかへ蒼惶と逃げ隠れたのに違ひなかつた」と、語り手の想像に依拠して語られ、また「仁植は」「仕方なしに」、火田民達が逃げ隠れたとされる場所とは「反對の方向へ山を登つて行つた」と語られることによって、極端なかたちで物語に刻印される。すなわち、「火田民達の生活」は、語り手の主観や想像の中に収まることのできない、和解不可能な他者のものとして描かれているのである。こうしてみると、「草深し」のもっとも中心的な素材は、それを追求してきた語り手によって最終段階で、物語世界の外部に追い出されてしまうということになる。それに関連して、「草深し」の物語の展開で、火田民達は、具体的個人として顔を出してはいない、あるいは、語り手によって固有名で呼ばれることは一度もなく、つねに、彼らは抽象化され、集団化されて現れるしかなかった、という点も想起に値する。

結局、物語世界の中で火田民達は、植民地社会を生きていく人間主体としてではなく、すべての主体性を失われた「善良な野蛮人」という範疇として登場する。植民地末期という歴史的場所、あるいは社会の言説空間の中で、火田民達は、いうならば、表現手段を奪われた服属集団（subaltern）である。彼らは自分たちの言語・文化的欲望を、支配者に向かって主張する言葉も、あるいは自らに認知させる言葉も、持ってはいない。こうした火田民達の立場を、「草深し」の語り手が、主観の中で解釈し、代弁することはしなかったということを、ここで注目しなければならない。東京の官立大学医学部に留学している、同化された植民地知識人（assimilated and native intelligentsia）の語り手朴仁植が、火田民達の具体的な生き方を正面から捉えることは、物語の最後までできなかったのである。歴史から排除されている火田民達の生活空間や階層的立場を的確に描写することができなかったということは、植民地の社会的現実に対する「草深し」作家の認識の欠如によるものでもあろう。確かに「草深し」では、火田民達の生き方が近距離の視点から捉えられてはいない。「遠い所の岩蔭や又は一寸した木の下に點々と火田民の小屋が散在し、金色を受けてぴかぴか光つて見える(32)」のような語りからも確認できるように、「草深し」は、火田民達の時空間と語り手の意識との隔たりをそのまま示している。そして、「草深し」の語り手はその遠距離の視点から捉えられる火田民達の行動を伝えることに勤めている。たとえば、「仕方なく益々未到の山奥へと彼らは恰も治蕃策にかかつつか蠻族のように逃げ込」みながら、「この世に對する一種の呪ひでもあらう」山火事を起こす(33)、という火田民達の凄絶な身ぶりを通して、「草深し」は、火田民達の文化的欲望を暗示している。すなわち、「草深し」の語りのリアリティーは、歴史から排除されていく火田民達の生活を、透視しているかのごとく、語り手の意識の中に還元して代弁することではなく、語り手の意識からは捉えることのできないものとして浮かび上がらせているところにあるということである。

植民地支配者の文化への同化を象徴する「國語」によって書かれた「草深し」は、支配者の文化政策に被支配者たちがどのように対応しているのかを問題化している。いいかえれば、「國民文化」・「國語」化などの暴力的な文化状況によって、朝鮮社会の植民地住民それぞれは、どのような主体的変容を経験していたのかを取り上げているのである。郡守、鼻かみ先生、そして山民達という、植民地住民を代表する三つの階層のそれぞれの対応の仕方や相互の権力関係に注目することによって物語は構成されている。しかし「草深し」は、ある階層の意識を一方的に擁護したり、あるいは植民地支配の文化的暴力を単純に非難したりすることではない、という点に注意しなければならない。むしろ、植民地社会の内面に置き換えられた被支配現実の錯綜した支配・被支配の条件を描いているのである。その際、被支配者それぞれの言語・文化的欲望は、「草深し」の語り手の共同体的価値判断によって、自己介入され、ロマンチックに代弁されるわけではない。いいかえれば、「草深し」の語りは、反植民地主義のスローガンや生硬なイデオロギー的言説に置き換えられないということである。そうではなく、「草深し」は、語り手の実際の体験を通して、植民地社会の複雑な支配と被支配の条件を読者に喚起させるかたちで、植民地被支配者たちの日常生活を形象化している。それによって、植民地以後の読者たちは植民地社会の日常を生きていく個々人の文化的、言語的欲望を追体験することができるのである。植民地支配言説と対抗言説の二項対立構造に還元されえない、被支配者たちの文化的欲望の多声的な相互作用を浮き彫りにしている点にこそ、植民地支配の暴力的な文化状況の中で書かれた「草深し」という小説テクストから読み解くべきポストコロニアリズムの問題が見出される。

(注)

1 服属者（subaltern）は、語源的に、軍隊組織という厳しい階級社会の中で上官の意志に従属しなければならない、下級の兵士を意味する。一般には、被支配階層や従属集団を指している。しかし、一九八〇年代前後から頭角を現した、サバルタン・スタディグループと呼ばれる研究者たちによって、サバルタンとは、植民地と植民地以後の体制の中で、経済的に、人種的に、あるいは性的に、差別、抑圧されているすべての人々を包含する概念として再認識されるようになった。
E.San Juan,Jr Beyond Postcolonial Theory, NewYork:St.Martin,s Press,1998:p85 参照。

2 "Can the Subaltern Speak?", in C.Nelson and L.Grossberg(eds), *Marxism and Interpretation of Culture*, Basingstoke:Macmillan Education,1988：p308.

3 "Problems in Current Theories of Colonial Discourse", *Oxford Literary Riview*9(1-2), 1987:p39.

4 こうしたペリーの反論に対してスピヴァクは、民族固有性の主唱者たち（identitarian ethnicist）の「失われた起源への憧憬」や「毀損されることのない原住民文化の仮定」に対する自分の警告を再三述べ、反論をしている。それに関しては、Spivak. G. C."Post-structuralism, Marginality, Postcoloniality and Value", in P.Mongia (ed), *Contemporary Postcolonial Theory*, London:Arnold,1996:p204 参照。

5 総督府の支援で一九三三年に発足された緑旗連盟の当初目的は、在朝鮮日本人を皇民化することであった。一九三六年一月に機関誌『緑旗』を創刊するなど、「内鮮一體」のイデオロギーの生産と遂行を主導した、植民地末期の代表的な御用民間団体である。詳細は、高崎宗司「朝鮮の親日派」『近代日本と植民地6――屈従と抵抗』岩波書店、一九九三年、一二七―九頁を参照。

6 津田剛『内鮮一體の基本理念』緑旗連盟、一九三九年、三五―六頁。

7 朝鮮総督府編『施政三十年史』、一九四〇年、八〇九頁。

8 一九三九年五月三〇日国民精神総動員朝鮮聯盟役員会席上での南次郎の発言、津田剛『内鮮一體の基本理念』緑旗連盟、一九三九年、八―九頁から再引用。

9 『文藝』、一九四〇年七月号初出の「草深し」は、短編集『光の中に』(小山書店、一九四〇年)、金史良作品集(理論社、一九五四年)、金史良全集I(河出書房新社、一九七三年)に収められた。また、新字に直された文庫本の作品集『金史良――光の中に』(講談社文芸文庫、一九九九年)にも収められている。

10 金史良全集(以下全集)IV、河出書房新社、一九七三年、八七頁

11 「解題」、金史良全集I、三八四頁参照。

12 朝鮮の尺貫法に従うと、一〇里が約四キロメートルに該当するが、日本では明治九年三六町一里(四キロメートル)に統一した。ここで京城から江原道の山村までの距離である三〇里とは、日本の里単位によるものである。

13 全集I、一四九―五〇頁。引用文のルビは、議論上必要な場合以外には適宜省略する――引用者。

14 全集I、一四九頁。

15 全集I、一五二―三頁。

16 全集I、一六九頁。

17 全集I、一五一頁。

18 文部省内教育史編纂会編修『明治以降教育制度発達史』第一〇巻 龍吟社、一九三九年、六一頁。

19 孫仁銖『韓国近代教育史』延世大学出版部：ソウル、一九七一年、一〇一頁参照。
20 文部省内教育史編纂会編修『明治以降教育制度発達史』第一〇巻 龍吟社、一九三九年、六五八頁。
21 帝国大学令（一九一九年二月勅令第十二号）に基づいて設置された京城帝国大学には「講座制」（帝国大学令第十一条）が学則として定められ、一九二六年法文学部に四九講座、一九二八年医学部に二七講座、一九四一年理工学部三七講座が開設された。馬越徹『韓国近代大学の成立と展開――大学モデルの伝播研究』名古屋大学出版会、一九九五年、一二六―七頁参照。
22 「朝鮮に於ける國語政策及び國語教育の将来」『日本語』、一九四二年八月、六〇頁。『日本語』は、一九四〇年一二月設立された日本語教育振興会の機関紙として一九四一年四月創刊された。創刊当時の重要な論題は、いうまでもなく、日本語の植民地域への普及と植民地住民への「國語」教育の問題であった。
23 朝鮮人に日本式の氏名への改名を強制、勧告した、創氏改名は、皇国臣民化政策の一環として一九三九年公布、一九四〇年二月一一日（紀元節）から六ヶ月間、集中的に施行された。創氏改名という日本民族中心主義的なイデオロギーが植民地住民の意識にどのように作用していたのかという問題に関しては、本書のⅡ部「民族と民族語の存在拘束」での「南（なん）と南（みなみ）の間」の議論を参照せよ。
24 「草深し」では、語りの文脈によって、「僻邑」という山村の人々を「山民」、山奥の火田地域の人々を「火田民」に、それぞれ使い分けている場合も、火田地域の人々を「山民」と「火田民」、両方によって呼ぶ場合もある。本論では、山村の人々を「山民」として、山村からさらに山の奥に逃げ込み、焼け畑を頼りに生きている山民を火田民として理解する。
25 全集Ⅳ、八七頁。
26 全集Ⅰ、一五四頁。
27 全集Ⅰ、一五五―六頁。
28 全集Ⅰ、一五〇頁。

29　全集Ⅰ、一五五頁。
30　全集Ⅰ、一六三頁。
31　ここで捉えられているのが「子供達」との出会いであるということは、「草深し」が植民地文化同化政策によって排除される火田民達の文化を追っていく物語でもある、という点を念頭におけば、それ自体象徴的である。退化していく植民地の土着文化の次の世代への継承を暗示しているからである。
32　全集Ⅰ、一六四頁。
33　全集Ⅰ、一六四頁。

二　民族と民族語の存在拘束——金史良「光の中に」

植民地末期、すなわち、日中戦争から日本の敗戦に至る国家総力戦体制の時期における日本の対朝鮮支配政策は、「内鮮一體」という政治的スローガンに集約されていた。「内鮮一體」とは、基本的に、天皇ファシズムという日本の国家主義によって朝鮮社会全体を画一化することを高唱する標語といえよう。「内」と「鮮」を一体化するというイデオロギー的主張は、実際には国家戦争の遂行のために植民地社会を再編成することを目標にして掲げた欺瞞的な虚偽意識に過ぎなかった。にもかかわらず、植民地朝鮮社会の文化や朝鮮人の意識に深い影響を及ぼしたことは否定することのできない事実である。

周知の通り、一九三七年七月に勃発した日中戦争は、同年一二月に南京、翌年一〇月には武漢三鎮の占領に展開し、戦線の拡大、長期化の局面を迎える。それを契機に、朝鮮半島では大陸前進兵站基地化が急速に進められ、植民地住民社会は戦争総動員体制の中で再編成されるようになる。植民本国での国家総動員法の成立（一九三八年五月）を受け、植民地朝鮮では国民精神総動員朝鮮聯盟が結成（一九三八年七月）され、日本の「隣組」にあたる「愛国班」が結成され、一九三九年には約三五万の班と四六〇万の班員が組織されることによって、朝鮮半島全域は「内鮮一體」の戦時体制に巻き込まれたのである。こうした植民地朝鮮社会での軍国主義の推進は、植民本国と同様、天皇への絶対服従を主張する、いわゆる「國體」イデオロギーの下で行われていた。「内鮮一體」の以前の段階までは、一視同仁とはいえ、皇国の臣民としては認められなかった植民地朝鮮住民を、「皇民」のカテゴリーの中に編入させることによって、戦争体制への移行を円滑に加速化しようとしたのである。たとえば、植民地住民家庭の約一〇戸を一つの単位とした愛国班は、国家神道の確立のために朝鮮半島の各地域の隅々まで配置されていた神祠(1)を中心に活動した。国民儀礼として神社参拝、宮城遥拝、国旗掲揚、愛国日(毎月一日)行事参加などが地域住民社会に強制されるとともに、各家庭には神棚の設置が強要され、伊勢神宮の大麻が強制的に配布された。朝鮮半島のすべての学校では毎日の朝礼で、日中戦争の直後の一九三七年一〇月に朝鮮総督府が発布した、天皇と国家に忠誠を誓う皇国臣民の誓詞の斉唱が義務付けられた。そして、警察内の監視団組織は植民地住民の毎日の日常生活を査察し、各地域の愛国班は毎日の情況を報告する、全国規模の相互監視体制が構築されたのである。

一九三八年二月から勅令による陸軍特別志願兵制度が施行され、大日本帝国の戦争に朝鮮半島出身の若者が直接参加することになり、「紀元二六〇〇年」に当たる一九四〇年の紀元節(二月一一日)から六ヶ月間にわたっては、朝鮮人の約八割が日本式の氏名を届け出た「創氏改名」が施行され、そして、いよいよ一九四三年には、徴兵制と学兵制が全面的に実施されたのである。こうしてみると、日本帝国の朝鮮半島支配がもたらした植民地住民の主体形成の問題を分析するためには、「内鮮一體」への朝鮮人社会の対応を考察することが避けられないのである。つまり、一九三〇年代後半から植民地住民に強制された一連の「内鮮一體」政策は、はたして、日本帝国の領土内――「内鮮一體」のイデオロギー的圏域内――の朝鮮人社会にどのような影響を及ぼしていたのだろうか。本論考では、「内鮮一體」への朝鮮人社会の対応の中でも、特に個々人の具体的な生き方の次元での「内鮮一體」の影響に注目するために、金史良の「光の中に」(『文藝首都』、一九三九年一〇月)という小説を取り上げようとする。植民本国の首都東京の在日朝鮮人社会の人々を観察しているこの作品は、植民地末期の「内鮮一體」のイデオロギー的暴力と個人の生の世界との関連様相を題材化しているからである。

「光の中に」は、「内鮮一體」が強要されるまさにその時代に、「國語」で書かれ、植民本国の文壇に発表された作品である。「光の中に」が「内鮮一體」を問題化する方式は、非常に具体的で、形象的である。「内鮮一體」という国家統合イデオロギーの根幹を成しているのは、いうまでもなく、日本民族中心主義と日本文化中心主義であろう。日本民族の血統によって、日本の「國語」・「國民文化」によって、植民本国と植民地朝鮮を一体化するのが「内鮮一體」というイデオロギーの理念であるとするならば、「光の中に」は、日本人と朝鮮人の両方の血統を共有する少年と、日本名と朝鮮名の間に引き裂かれている青年を登場させ、個々人の生の世界への「内鮮一體」の関与を観察しているのである。以下では、まず、発表当時の「光の中に」についての評価が示す誤認と偏見を検討してから、物語の登場人物たちの日常的な生き方に、「内鮮一體」というイデオロギーの暴力がどのように介入しているのかを、分節して問題化する。

1 日本文壇の「内鮮文學の建設」への意志

植民地朝鮮出身の作家たちの文学活動が、植民地末期の日本の朝鮮支配政策によって統制されるようになったのは、国家の戦争体制への文学の総動員が叫ばれた一九四〇年前後のことである。「興亞の大業を完遂させる皇軍的新文化創造のために(2)」一九三九年一〇月に結成された朝鮮文人協会を中心に、皇軍慰問団派遣、大東亜文学者大会参加などの皇道を昂揚する時局文学活動が展開されるなど、文壇全体が国家の戦争イデオロギーによって支配される事態を迎えたのである。一九四三年四月には既存の思想団体や文学団体が朝鮮文人報国会に統合されることになる。こうした戦争総動員体制の文壇状況の中で、朝鮮人作家の創作活動に直接影響を及ぼしたのは、いわゆる「内鮮文學の建設」というスローガンの下で行われた、主に二つの方面での統制であった。つまり、形式的には、朝鮮人作家は優先的に「國語」を用いて創作すること、内容面では、国家の戦争体制に符合する作品を書くことが強要されたのである。

植民本国の戦争総動員体制の文化状況の中で、こうした「内鮮文學の建設」を主導していたのは、当時の文化用語で「内地文壇」とも呼ばれていた、国家イデオロギーに追随する日本文学者団体や文学ジャーナリズムであった。「内地文壇」の指導者たちにとって「内鮮文學の建設」のための最重要な課題とは、まず朝鮮人作家たちに「國語」による創作を指導し、それを「國民」文学の内部に吸収していくことであった。朝鮮人作家の大多数が朝鮮語を母語にしている当時の状況を考えるだけで、朝鮮人作家の「國語」化という「内地文壇」の企画がどれほど暴力的なものであったのかは充分推測できる。一九四〇年五月号『新潮』の巻頭評論は、こうした「内地文壇」全体の課題を、「文化の樞要な位置をしめるべき文學の上で、もしも永久に、朝鮮文學といふものが、こんにち在るやうな在りかた（多数の朝鮮人作家が朝鮮語を用いて創作している状況――引用者）を繼續するとすれば、民族の渾一的な融和といふやうなことは、いつたいどう解決づけられるのだらう。朝鮮文學にたいする國内の關心がたかめられつつあるとき、この疑問もまたそれに應じてたかまつて來ることを否めない(3)」と語っている。つまり、朝鮮人作家が朝鮮語をも用いて作品を書いていた状況そのものが、「國語」による「國民」文学、「國民」文化建設の障害になるという認識と、その障害を克服することが現実的に容易ではないという認識を同時に提出しているのである。

「光の中に」は、「朝鮮文學にたいする國内の關心がたかめられつつある」状況、すなわち朝鮮人作家の「國語」創作が切実に要請される状況の中で、一九三九年一〇月、「内地文壇」の同人雑誌『文藝首都』に発表された。また翌年には、上半期の芥川賞候補作に挙げられ、植民地朝鮮出身の作家の作品であることもあって、大きな反響を呼んだ。一九四〇年度の文学賞（新潮賞、芥川賞）の受賞作についての座談会で、「實はまだ三作（新潮賞の「歴史」、芥川賞の「密猟者」、芥川賞候補の「光の中に」を指す——引用者）とも讀んでゐないのですが、最近半島の作家志望者が實に多いやうですが、さういふ人たちは國語で小説を書くべきか、朝鮮語で書くべきか（中略）さういふことに關聯して「光の中に」は是非讀んでみたいと思つてゐます(4)」と、中村地平は述べている。こうした発言から、「光の中に」は、作品の内容や水準の面からではなく、まず、朝鮮人作家による「國語」作品であったがために、「内地文壇」の関心を呼び起こしたという事情がうかがえる。いいかえれば、朝鮮人作家の「國語」創作を指導する「内地文壇」の「内鮮文學の建設」への意志が、「光の中に」の理解に先入観として深く介入していたということを、中村の発言は明確に伝えているのである。

一方、朝鮮人作家の「國語」作品が、本当の意味での「内鮮文學」になるためには、国家の戦争体制を構築する「内」と「鮮」の統合のイデオロギーを表明する内容でなければならないのであろうが、この点において、「光の中に」は「内地文壇」でどのように受け容れられていたのだろうか。

「光の中に」に対する「内地文壇」の内容面においての評価は、芥川賞の選考委員たちの審査評によって集約的に示されている。一九四〇年度上半期の芥川賞の選考委員会は、寒川光太郎の「密猟者」と金史良の「光の中に」の二作を授賞候補作として取りあげ、討議の結果全員一致で「密猟者」の授賞を決定した。また、候補作「光の中に」も、別に優遇して『文藝春秋』三月号に「密猟者」と一緒に載せることにした。選考委員は佐藤春夫、菊池寛、久米正雄、横光利一、宇野浩二、室生犀星、川端康成、小島政二郎、佐々木茂索、滝井孝作の一〇人である。その中で選考評を書いた委員が菊池寛を除いた九人、その評者の中で「光の中に」について意見を述べたのが、横光利一、室生犀星を除いた七人であった。文芸春秋社の社長であった菊池寛によって一九三五年に制定された芥川賞が、植民地末期の戦時動員体制への文学分野の協力に中心的な役割を占めていた(5)ことはよく知られている。その点において、昭和一〇年代を代表する文学者たちによって構成された芥川賞の選考委員会は、植民地末期の「國民」文学建設の検閲、指導者の位置にあったということができる。芥川賞の選考委員たちは、もちろん、日本文芸家協会、または一九四二年五月に統合発足される日本文学報國会の重要メンバでもあった。こうしてみると、芥川賞の審査委員たちの評価は、「光の中に」という朝鮮人作家の「國語」作品に対する「内地文壇」の集団意識、すなわち、「内鮮文學の建設」への意志を窺わせる都合のよい素材であることが分かる。次の文章は、授賞の経緯についての佐藤春夫の言及と三人の評者の見解である。

(前略)さて、金史良君の私小説の内に民族の悲痛な運命を存分に織り込んで私小説を一種の社会小説にまでした手柄と稚拙ながらもいい味のある筆致をもなかなか捨て難いのを感じた。そうして「密猟者」の当選と「光の中に」の候補推賞とに決定する議は大賛成、何やら非常に愉快で幸福に似たような気持ちでさえあった。(6)(佐藤春夫――引用者)

金史良氏の「光の中に」は、朝鮮の人の民族神経と云うものが主題になっていた。この主題は、これまで誰もこのようにハッキリとは描いていないようで、今日の時勢に即して大きい主題だと思った。(7)(滝井孝作――引用者)

(前略)候補第二席作品「光の中に」は、実はもって私の肌合に近く、親しみを感じ、且つ又朝鮮人問題を捉えて、其示唆は寧ろ國家的重大性を持つ点で、尤に授賞に値するものと思われ、私は極力、此の二作に、それぞれ違った意味での、推薦すべきだと思ったが(後略)(8)(久米正雄――引用者)

金史良の「光の中に」は、半島人の入り組んだ微妙な気持ちの平暗を、さまざまの境遇の半島人を、それを現すのに適当な題材に依って、何より巧みに書かれてある。(9)(宇野浩二――引用者)

もともと文学賞の審査評というものが、研究者や批評家の個性的な作品解釈とは違って、流行や雰囲気などの時代的な価値認識を反映する典型的な文化言説の一つであろう。引用した四人の評者の評価も大同小異な内容の繰り返しであることは一見して分かる。「光の中に」が授賞候補作として認められるに当たって、選考委員会は、作品が取り上げた題材の重要性に意見の一致を見せているのである。ここで選考委員たちの認識の共通項目を再構成してみると、第一、「光の中に」は朝鮮人の民族問題を題材に取り上げている、第二、その題材は「國家的重大事」と深く関わっている、第三、したがってこの作品を高く評価する、ということになる。そして、この三つの項目が論理的な因果関係によって連結しているかのように意見を述べてはいるが、実はその陳述には論理的因果性について如何なる説明も施されていない、ということがもう一つの共通点として挙げられる。つまり、諸評者の評価では、その論理的因果性を暗黙のうちに認めているということである。それぞれの作品評価が、時代的な価値認識に基づいているものであるということを充分考慮したとしても、これほど徹底的にイデオロギー的に画一化されていることには驚かざるをえない。たとえば、なぜ朝鮮人の民族問題という題材が「國家的重大事」に関わっているのか、そして仮にそうであるとしても、「國家的重大事」を扱った作品がなぜ「授賞に値するもの」として高く評価されるべきなのか、などの懐疑は全く働いていないのである。「朝鮮人の民族問題」、「國家的重大事」、そして「授賞に値するもの」という項目は、他の時代、他の状況の一般的常識からすると、当然相互の因果関係を認めることはできない。したがって、その別々の項目の連結が論理的帰結として転換されている点に、「光の中に」の評価における「内地文壇」の集団的偏見を確認することができる。朝鮮人の民族問題という題材が直ちに「國家的重大事」に関連するという認識は、植民地住民の「國民」への統合という「内鮮一體」のイデオロギーに依拠するものであり、「國家的重大事」を扱う作品を「授賞に値するもの」として評価するという認識は、いうまでもなく「内鮮文學の建設」の意志そのものである。つまり、「光の中に」の題材に対する芥川賞審査委員たちの評価には、国民総動員体制時代の国家イデオロギーが二重三重に介入しているのである。

「内鮮文學」、あるいは新たな「國民文學」の建設のために、文学は「國家的重大事」を表現しなければならない、ということが芥川賞審査委員たちの共通の認識であるとするならば、その主張内容は実はすべての全体主義国家の文学部門の検閲者たちの文化言説のそれと同一のものであることをここで見逃してはいけない。たとえば、「芸術家の個性は自由に、制約なしに発展すべきものである。ただわれわれは一つのことを要求したい。われわれの信条を承認することを」と、ヒトラー時代の文化相、ローゼンベルクは主張しており、革命後のレーニンは「すべての藝術家には自由に想像する権利がある。だがわれわれ共産党員は計画に従って芸術家を導かなければならない」と主張した(10)ことがある。「内鮮文學の建設」を主導していた、芥川賞審査委員たちを含めた「内地文壇」の文学者が、朝鮮、満州、台湾などの植民地域で行なった時局協力の文学講演の内容や、「内地文壇」文学団体によって制定された朝鮮芸術賞（一九四一年、文藝春秋社が制定）、國語文芸総督賞（一九四三年、朝鮮総督府が制定）などの植民地文学賞での授賞評の内容もまた、ローゼンベルクやレーニンのこうした主張によって代弁されるものであった。文学を「國家的重大事」に総動員するために、国民精神と愛国的内容を芸術的に表現する、という内容に収斂される主張が繰り返されていたのである。この類の全体主義的な文化言説は、もちろん、ただの政治的イデオロギーの表現として反復されただけではなく、実際に個別作品の創作動機や批評論理としても機能していた。「光の中に」という具体的作品がまさにこうした価値基準によって裁断されているということは、芥川賞の選考委員会、あるいは「内地文壇」の文学的感受性が、国民総動員体制時代の国家イデオロギーにどれほど徹底的に従属されているかを窺わせている。「内鮮文學の建設」へ傾倒する「内地文壇」の集団意識が、作家個々人の価値判断にも深く影響を及ぼしていたことはいうまでもない。川端康成の見解を取り上げてみることにする。

　私は「光の中に」を選外とするのは、なにか残念であった。しかしそれも、作家が朝鮮人であるために推薦したいという人情が、非常に強く手伝っているところもあるし、又「密猟者」に比べると、力と面白さの足りぬところもあるので、結局寒川氏一人に賛成した。とはいうものの、金史良氏を選外とするに忍びぬ気持は後まで残った。金史良氏はいいことを書いてくれた。民族の感情の大きな問題に触れて、この作家の成長は大いに望ましい。文章もよい。しかし主題が先立って、人物が註文通りに動き、幾分不満であった。(11)

ここで評者は、「光の中に」の表現形式と文章の個性などの面にも多少は触れてはいる。しかし、作品水準に直接関わるこうした要素は、「光の中に」が授賞候補作として取りあげられるに当たって、それほど問題にならなかったことをはっきり伝えている。すなわち「作家が朝鮮人であるために推薦したいという人情が、非常に強く手伝っているところもある」と、選考過程での全体的な雰囲気を把握している。これは、芥川賞審査委員たちが個々人のレベルで「内鮮文學の建設」というイデオロギー的主張を内面化していることを端的にあらわすものであろう。そして、「光の中に」を選外とする決定には、「なにか残念であった」、「忍びぬ気持は後まで残った」と、「内鮮文學の建設」というイデオロギーに川端自身も情緒的に囚われていることを告白しているのである。川端の理性的な判断のなかでは、「光の中に」は「「密猟者」に比べると、力と面白さの足りぬ」作品として認識されている。にもかかわらず、「人情」的には、朝鮮人作家の「國語」作品である、しかも「民族の感情の大きな問題に触れて」いる「光の中に」のほうに強く引かれている。つまり、一般には国家戦争期の文壇ジャーナリズムの集団言説として簡単に理解されている「内鮮文學の建設」イデオロギーは、このように「内地文壇」の文学者個々人の情緒にまで内面化していたのである。

ここまで取り上げてみた日本文壇の諸評者の見地からすれば、「光の中に」は、「國家的重大事」

を「國語」で表現したという点において、「内鮮文學の建設」の主張を充実に遂行する作品として捉えられる。確かに、「光の中に」が国家総動員体制時期の「内地文壇」で話題を呼び起こしたということは、その時流的な雰囲気に作品が便乗していたことを意味する。しかしその理由のために、「光の中に」を当時の国家統合イデオロギーに追随する作品として理解することは余りにも性急である。なぜなら、「光の中に」が現実的状況、特に「内鮮一體」のイデオロギー的状況をどのように反映しているのか、ということを確かめてみると、この作品のテーマは時代的イデオロギーを風刺的に実験することによって成り立っているということが明らかになるからである。

「光の中に」が「内鮮一體」の時代現実に対応する仕方は、一言でいうと、現実を支配するイデオロギーに従属することでもなければ、それに直接抵抗することでもない。むしろ、「内鮮一體」の時代を生きていく個々人の生の世界にそのイデオロギーがどのように関与しているのかという疑問を投げかけ、それを観察するかたちで、現実的状況に対応するのである。すなわち、この作品は、「血も、肉も悉くが一體にならなければ」ならない(12)という「内鮮一體」のスローガンが叫ばれる状況の中で、「内鮮」の血の統合、そして言葉の統合が、個々の人々にとってどのような実存的な意味合いをはらんでいるのか、という問いかけを一貫して追求しているのである。ここで問われているる「血」と「言葉」というのは、いうまでもなく「内鮮」の民族共同体を差異化するもっとも重要な表徴であろう。「光の中に」は、「血」と「言葉」という民族表徴の実存的な意味合いを観察するために、二つの物語内的な状況を施している。すなわち、日本人と朝鮮人の両方の血統を共有する少年と、日本名と朝鮮名の間に引き裂かれている青年を登場させ、それぞれの意識の変化や状況への対応方式に注目するのである。

こうしてみると、芥川賞審査委員たち、あるいは「内地文壇」からの「光の中に」に対する評価がどれほど皮相的だったかが明らかである。それらの言説は、「光の中に」に対する解釈というより、むしろこの作品が観察対象として取り上げている「内鮮一體」のイデオロギーの内部の認識にすぎないのである。それでは、「光の中に」は、「内鮮」民族の血と言葉の統合イデオロギーを、またそのイデオロギーと個人の生の世界との関係を、どのように主題化しているのかを解き明かしていくことにする。

2 単一民族主義の外部、「混血」

(1)「内鮮混血」という題材

「光の中に」の語りが焦点を合わせている山田春雄という少年は、日本人の父と朝鮮人の母との間で、いわば「混血」として生まれた。この小説の「内鮮一體」という国民統合イデオロギーへの対応の仕方を問題化するためには、まず、主人公少年の血筋が「内鮮」の混血として設定されているところに注目せざるをえない。なぜなら、両民族の血の融合を人物性格の創作に取り入れることは、それ自体、「血も、肉も悉くが一體にならなければ」ならないという「内鮮一體」の主張に対応する、もっとも積極的な方式に違いないからである。

山田春雄という少年の血筋について、「光の中に」の語りは詳細に紹介している。作品の物語の中で半兵衛と呼ばれる少年の父は、日本人の男と朝鮮人の女の間で、いわば混血の第一世代として、「外地」である南朝鮮で生まれ、朝鮮半島で長い間生活した後、「内地」の日本に渡ってきた人物である。春雄少年は、自称暴力団の組員であるその半兵衛を父にし、朝鮮食堂の手伝いであった朝鮮人女性を母にして、日本で生まれたという設定になっている。

一般に、異なる人種の間の血の結合を意味する混血とは、移民、戦争などの民族間の交流、植民地開拓などの急激な変化に伴われ、発生する社会現象であろう。日本人と朝鮮人が人種的に異なる民族であるとの認識の下で、日本人と朝鮮人の混血が社会的問題になりはじめ、人種差別的なイデオロギーが強化されるようになったのは、日本人の朝鮮半島への植民、移民が活発になる日露戦争前後の時期からである。「光の中に」に登場する少年の父がいつ生まれたか、また彼の父はいつ朝鮮半島に渡って行ったのかなどについての情報を物語から直接得ることはできない。しかし、「淺草を縄張りとしてゐる高田組で」、「連中の中でも「足らず者」といふ意味で、半兵衛と呼び捨てにされてゐ[13]」た時期に、「洲崎の朝鮮料理屋」の手伝い女性を嫁に貰い、春雄を生んだという物語状況から推量してみると、彼はおおよそ三〇代半ばになることがわかる。そして物語内部の時間帯は、たとえば三七年型の「ありきたりのフオード」が「それ程いいやうにも思はれなかつた[14]」という語りからも、「光の中に」が書かれる時期とほぼ同時代であることが把握できる。こうした人物の設定や物語の時間帯を現実の文脈に照らし合わせてみると、春雄少年の父は、日露戦争前後に朝鮮で生まれ、生まれ育った植民地社会と自分との間で何らかの亀裂が生じたため、植民本国のほうに流れ込んだ人物である、ということが推察できる。すなわち「光の中に」は、少年の父のほうは、日本の国内人を外地である朝鮮半島に移植することを目標にした、日韓併合前後の植民政策がもたらした社会変化の中で、そして春雄少年は、「内」と「鮮」の国民への統合が提唱され始めた時代に、それぞれ生まれたと、山田父子の「混血」とその時代的背景を設定しているのである。

こうした人物性格の創作が提示する時代的、状況的意味合いを考慮すると、「光の中に」が取り上げている題材は、芥川賞審査委員たちが認識したような単なる「朝鮮人の民族問題」、「朝鮮人の民族心境」としては片付けられないということは明らかである。その題材の持つ意味は、日本と朝鮮社会全体を巻き込んだ植民地支配の暴力が、社会の構成員たち個々人の生の世界をどれほど揺るがしていたのか、という問題にまで波及するからである。「光の中に」の「混血」という題材を「内鮮一體」という主張の言述内容通りに理解すると、日本人と朝鮮人がともに抱えている社会的問題であるからこそ、それは「國家的重大事」になるはずである。しかし、芥川賞審査委員たちあるいは「内地文壇」の評価では、一律的に、「光の中に」の題材は「朝鮮人」、「半島人」の民族問題であり、その理由のために、「今日の時勢に即して大きい主題」である、という認識が示されているのである。

「光の中に」の「混血」少年が「山田春雄」という日本名で登場するにもかかわらず、彼の血筋が提起する問題を、「内地文壇」の諸評者はなぜ、一方的に「朝鮮人」という他者の民族問題として理解したのだろうか。すなわち、「内鮮文學の建設」の主導者たちは、朝鮮人作家の「國語」によって「國家的重大事」が取り上げられたという点では「光の中に」を高く評価しながらも、この作品の「内鮮混血」という題材を、なぜ日本人が関わる問題としては認識していなかったのだろうか。それは、朝鮮民族、朝鮮文化の「國民」、「國民」文化への統合が掲げられた文化状況の中で、両民族の文化的差異は克服可能なものとして、両民族の血統的差異は克服不可能なものとして、それぞれ別個に捉えられていることを意味する。そもそも、言語、文化などの領域の一体化は支配者の一方的な強要によって遂行できる同化のプロセスだとすると、それとは対照的に、両民族の人種的な一体化というのは支配者と被支配者とが互いに他者性を共有することによってはじめて行われるものである。「内鮮一體」の時代の「内鮮文學の建設」のために、朝鮮文化の「國民」文化への一体化を主導した「内地文壇」の文学者たちは、その「國家的重大事」を「内」と「鮮」という他者同士の交渉として想定することはしなかった。彼らにとってそれは、他者の自己への一方的な同化、あるいは他者に対する徹底的な支配以外のなにものでもなかったのである。つまり、他者と自己との交渉の結果を象徴する「内」と「鮮」の「混血」を他者だけの問題になすりつける「内地文壇」の諸評者の認識から、「内鮮文學の建設」の主張における差別主義イデオロギーの典型を読み取ることができる。

それでは、「光の中に」が主人公の少年を性格づけていくその仕方に注目しながら物語を再構成してみよう。この作品の出来事の連鎖は、貧民救済団体のS協会で児童部を指導している朝鮮半島出身の留学生「私[15]」が、その児童部クラスの学生である山田春雄という「實に不思議な」少年を観察することによってはじまる。

> 私の語らうとする山田春雄は實に不思議な子供であつた。彼は他の子供たちの仲間にはいらうとはしないで、いつもその傍を臆病さうにうろつき廻つてゐた。始終いぢめられてゐるが、自分でも陰では女の子や小さな子供たちを邪魔してみる。又誰かが轉んだりすれば待ち構へたやうにやんやと騒ぎ立てた。彼は愛しようともしないし又愛されることもなかつた。見るから薄髪の方で耳が大きく、目が心持ち白味がかつて少々氣味が惡い。そして彼はこの界隈のどの子供たちよりも、身装がよごれてゐて、もう秋も深いといふのにまだ灰色のぼろぼろになつた霜降りをつけてゐた。そのためかもしれないが、彼のまなざしは一層陰鬱で懐疑的に見える。[16]

語り手は、「實に不思議な」という表現を用いて春雄少年を紹介しはじめる。他の子供たちとのやりとりの行動分析を通して少年の性格が、語り手自身の直接的な知覚判断によって少年の外観が、それぞれ捉えられている。ここで浮彫りにされるのは、いうまでもなく、周りの子供たちとは違う春雄少年の性格と外観、すなわち異質性である。少年の行動は文化的な異質性を、少年の外観は身体的異質性を、それぞれ象徴するものとしてみることもできる。春雄少年と周りの子供たちとの関係を、語り手は「愛しようともしないし又愛されることもなかつた」と、観察しているが、仲間から外れているこうした少年の無関心、孤立も、もとはといえば、自分自身と周りの子供たちとの間で堆積されてきた違和感を表出したものに他ならない。ただここで注目しなければならないのは、春雄少年は、周りに拒まれながらも、または周りを拒否しながらも、他の子供たちから完全に離れることはしない、という点である。「子供たちの仲間にはいらうとはしないで、いつもその傍を臆病さうにうろつき廻つてゐた」という表現には、実は、主人公の少年の周りの社会に対する関係性が核心的にあらわれているのである。周りの「内地」の子供たちの仲間の「内」に融合することも、仲間の「外」に完全に離れることもできないという少年の対社会的性格は、もともと、「光の中に」の物語展開を少し先回りしていうと、少年に与えられた血筋が「混血」であることに起因するのである。すなわち、山田春雄という「混血」少年の居場所は「その傍」だったのである。

こうしてみると、「實に不思議な」、「少々氣味が悪い」、「陰鬱で懐疑的に見える」といった叙述は、「混血」という周りの社会から差別される要因を、春雄少年の性格として刻印するために行われているということが明らかである。したがって、春雄少年の性格を少年の行動や外観に対する客観的な観察によってえられたものとして、そのまま認めることはできない。いいかえれば、「不思議な」行動、「少々氣味が惡い」外観は、少年の本来の文化的・身体的特徴ではないのである。少年の行動や外観が差別的に描かれていることには、「混血」、すなわち「その傍」にいる者に対する語り手の何らかの偏見が作用していることを見逃してはならない。

語り手は、周りの子供たちに対する少年の行動に注目し、「實に不思議な」、「少々氣味が惡い」と主観的に判断している。その際、周りの子供たちを「邪魔してゐる」少年の行動は否定的なものとして語りながら、その行動の原因かもしれない、少年を「始終いぢめ」ている周りの子供たちの行動には関心を払わないのである。たとえば、周りの子供たちを「愛しようともしないし又」、周りの子供たちから「愛されることもなかつた」少年の行動は、「不思議な」、「氣味が惡い」異常のものとして片付けられる一方、少年の行動とまったく同じ様態であるはずの、少年を「愛しようともしないし又」少年から「愛されることもなかつた」周りの子供たちの行動は普通のものとして見過ごされている。こうした叙述態度から、周りの子供たちの行動は正常であり、少年の行動のほうが異常である、という語り手の差別的な認識を読み取ることができる。少年と周りの子供たちの性格や行動に対する、このような語り手の差別的認識は、物語展開の中で、〈混血＝異常〉、〈純血＝正常〉という二項対立的な純血中心主義に構造化されるようになる。「光の中に」の冒頭にも純血中心主義の二項対立が決定的な形で暗示されていることを見逃してはならない。先ほども取り上げた第二文、「子供たちの仲間にはいらうとはしないで、いつもその傍を臆病さうにうろつき廻つてゐた」という表現には、周りの子供たちの領域が「仲間」という共同体の「内部」として、少年の領域は「その傍」すなわち共同体の「外部」として、対立的に提示されているのである。それはいうまでもなく、少年の「混血」たる性格に差異性を刻印するとともに、周りの社会の「純血」者たちの同一性を表象する。こうしてみると、山田春雄という混血少年が差別的に捉えられている、「光の中に」の冒頭の語りに純血中心主義のイデオロギー的偏見が強く働いていることは明らかである。つまり、少年を孤立させていく周りの社会だけでなく、少年と周りの社会との関係を捉えていく語り手の意識も、純血中心主義の呪縛に囚われているということである。それでは、少年が周りの社会の純血中心主義に対してどのように反応していくのかを述べることにする。

少年は、物語の最初から最後まで、自分に「混血」という標識が付けられ、周りの社会によって差別されることを受け入れようとはしない。「混血」であることへの自認を表面的に見ると、それはいうまでもなく、社会に対する全面的な屈従を意味する。なぜなら、少年が「混血」を自分の属性として受け入れるとするならば、社会が付与する「不思議な」者、「少々氣味が悪い」者などの、さまざまな異質的、差別的カテゴリーの中に自分自身を閉じこめることになるからである。その点において、「混血」であることを否認する少年の行為は、周りの社会の「純血」中心主義に対する闘争にあたる。しかし、その闘争が表面的なものに過ぎないということもまた確かである。自分の混血性を否認するという闘争は、根本的に、「混血」は差別的存在であるという社会の価値体系に全面的に同意することを前提とするからである。つまり、少年は社会の「純血」中心主義の内部に意識を置きながら、自分が差別されるべき存在として扱われることだけに異議を申し立てるのである。「混血」を否認していく少年の戦いは、物語の最後までこのように制限された範囲の中で行われている。「混血」的存在であることを自認しながら、「純血」中心主義のイデオロギー的幻想と対峙するというかたちの闘争を、少年が経験することはできなかったのである。

（2）血の同一性への追求

少年が「混血」であることを否定して、父系の血である日本人のほうに、あるいは母系の血である朝鮮人のほうに、交互に自分の血統的同一性を求める過程を、「光の中に」は注意深く追っていく。「光の中に」は、「混血」という出自が少年と周りの社会との関係に対する障害の引き金であることを、物語の発端として、また、朝鮮人の血と日本人の血が自分の中に同時に存在することを主人公の「混血」少年が徹底的に否定していくことを、物語の展開として、それぞれ設定している。こうした設定が、植民地末期の時代的イデオロギーにどのように抵触しているのかをまず確認しておこう。

「光の中に」の物語状況や展開が、それ自体「内鮮一體」という政治的イデオロギーの批判的な対象化にあたることはすぐ確かめられる。「内」と「鮮」の混血というのは、日本民族と朝鮮民族の完全な融合を掲げた「内鮮一體」というスローガンの小説的形象であるのだが、語り手と主人公がその「混血」の存在意義を否定していくということは「内鮮一體」のイデオロギー的主張の拒否に他ならないからである。「内」と「鮮」の混血者に対する人種的差別主義を周りの植民地末期社会の一般常識として設定し、その中で「混血」性を否認し続ける少年を登場させることによって、「光の中に」は、「内鮮一體」という「國民」統合政策のプロパガンダがその社会の構成員にとってどれほど欺瞞的に感覚されたかを、暴き出しているのである。

「光の中に」の物語は、少年が不遇な状況として描かれている「混血」を克服するために、一方の民族のほうに自分の血の同一性を求めていく方向に展開する。すなわち、「混血」という差別の条件によった社会からの孤立された少年が、その孤立という障害感覚を乗り越え、内面的に成育していくという因果的プロセスが物語展開を支えているのである。物語の前半部では、少年は一貫して、母系の血、すなわち朝鮮民族の血統を否認し、父系である日本民族の血統のほうに自分の血の同一性を承認する。「朝鮮人なんか僕の母ぢやないよ、違ふんだよ、違ふんだよ(17)」と、少年は必死に自分の中にある母の血を切り捨てようする。そのときの少年の血の同一性への追求は、当然ながら、「「父のもの」に対する無条件的な獻身と「母のもの」に対する盲目的な背拒」としてあらわれる。少年の心理状態を語り手「私」はこう分析している。

そして内地人の血と朝鮮人の血を享けた一人の少年の中における、調和されない二元的なものの分裂の悲劇を考へた。「父のもの」に對する無条件的な獻身と「母のもの」に對する盲目的な背拒、その二つがいつも相剋してゐるのであらう。殊に身を貧苦の巷に埋めてゐる彼であつて見れば、素直に母の愛情の世界へひたり込むことをさし止められたのに違ひない。彼はおぼつぴらに母に抱き附くことが出來ない。だが「母のもの」に對する盲目的な背拒においても、やはり母に對する温かい息吹はひしめいてゐたのであらう。彼が朝鮮人を見れば殆んど衝動的に大きな聲で朝鮮人朝鮮人と云はずにはをれなかつた氣持を、私はおぼろながらに理解出來ないでもない。だが彼は私を見た最初の瞬間から朝鮮人ではあるまいかと疑ひの念を抱きながらも、終始私につきまとつてゐたではないか。それは確かに私への愛情であらう。「母のもの」に對する無意識ながらの懐かしさであらう。そしてそれは私を通しての母への愛の一つの歪められた表現に違ひない。(18)

「「父のもの」に對する無条件的な獻身と「母のもの」に對する盲目的な背拒」とは、結局のところ、自分の中にある差異性の否定、同質性への追求に他ならない。ここでまず注目したいのは、「父のもの」へ同一性を求めようとする心理傾向が、少年にとって、本来的な欲望に起因するというよりは、現実的状況によって生じていたという事実を語り手「私」が暗示しているところである。たとえば、「身を貧苦の巷に埋めてゐる彼であつて見れば、素直に母の愛情の世界へひたり込むことをさし止められたのに違ひない」と、少年が「父のもの」に執着する理由を示しているのである。そこには、「混血」という条件の否認がもともと回りの社会からの差別を克服するために行われたものだとするならば、どうせ社会的な、人種的な差別の対象である「母のもの」に自分の同一性を認めることは無意味なことではないか、いいかえれば、母系の朝鮮民族のほうに血の同一性を承認することは、それ自体被差別者というカテゴリーの中に自分を再び閉じ込めることになるのではないか、という語り手の状況判断が介入している。語り手のこの叙述の中には、実は、「「父のもの」に對する無条件的な獻身」が少年の本来的な欲望によるものではないという断定をあらわす表現も含まれている。「素直に」という副詞がそれである。すなわち、語り手は「母の愛情の世界へひたり込むこと」こそ、少年にとって「素直」にあたるということが示されているのである。

しかし、ここで注意しなければならないのは、その叙述が、「母のもの」に同化していくことを少年の本当の欲望として見做すことはけっしてないという点である。「光の中に」の語り手は、一方の血の世界に対する「無条件的な獻身」、あるいは「盲目的な背拒」によって、少年の不遇意識を克服することはできないという認識を、引用の第一文で前提しているからである。もともと、一方に血の同一性を確認することが不可能であるということが「混血」にまつわる条件であろう。だからこそ、一方に対して「獻身」することも、他方に対して「背拒」することも実はできないのである。語り手はその条件を「調和されない二元的なものの分裂の悲劇」として捉えている。「父のもの」への同化を徹底すれば徹底するほど、自分はそれに同化しきれない者であるということを再認識する結果になり、全く同じように、「母のもの」への拒否を徹底すれば徹底するほど、自分はそれを拒否しきれない者であるということを再認識していくことになる。したがって、「「父のもの」に對する無条件的な獻身」は、「「母のもの」に對する無意識ながらの懐かしさ」を伴わざるをえないのである。こうしてみると、「母の愛情の世界へひたり込むこと」が少年の「素直」な心理状態であるということを示す語り手の叙述は、「父のもの」に対して「獻身」する状況であるからこそ、「母の愛情の世界へひたり込むこと」が少年にとって「素直」のように感じられたということを意味するにちがいない。つまり、この段階で「光の中に」の語り手が、「混血」少年の運命として提示しようとしたのは、自分の血の同一性として父系あるいは母系のある一方を、承認することまたは否認すること、両方もできないという「混血」の条件だったのである。

「混血」少年を、父系の血のほうに同化することも、母系の血を完全に切り捨てることもできない存在として描くことは、実は物語の転換を可能にさせる契機そのものにもなる。物語の前半部の展開は、少年が「父のもの」に同化しきれないことに覚醒していく過程で成り立っているとするならば、後半部は、拒否しえない「母のもの」を自分の一部として発見していく過程によって成り立つ。「「父のもの」に對する無条件的な獻身と「母のもの」に對する盲目的な背拒」という少年の行動は、父の暴力によって母が入院することをきっかけにして、大きな変化を見せることになる。すなわち、少年は「「母のもの」に對する無意識ながらの懐かしさ」に目覚め、いままで拒否してきた母の世界を自分の中に徐々に受け入れる。それとともに、朝鮮出身の留学生であるという理由で敵対視していた「私」に親近感を持ちはじめる。自分が同一性を求めていた存在である、父の暴力に対する恐怖と嫌悪は、反作用的に、自分が拒否していた母の世界に対する強い連帯意識を生み出す方向に働きかけたのである。こうした自己否定、あるいは自己発見を、「光の中に」の語り手は、少年の精神的な成長の過程として捉えている。物語の前半部に配置された、「「母のもの」に對する盲目的な背拒」に見える少年の行動は、物語の後半部になると、実は「母への愛の一つの歪められた表現」であったことが明らかにされる。結局物語の出来事の連鎖は、少年が父の世界につながるすべてを否認し、母の血の世界に安住を求めることを暗示する場面で終わる。

どうしたものかその時二人（少年と「私」――引用者）は浮かれ浮かれて老木の間をぬけて辨天様の傍を通つてゐた。そこにもここにも昨夜の嵐の跡が残つて、折れた枝が落ちかかつたり雨に洗はれた地面に所々わくら葉が落ちたりしてゐた。（中略）池に渡した石橋のてすりには大勢の人々がもたれて水面をながめてゐる。何だか輕い霧がたちこめはじめてゐるやうに思はれた。もうだんだんと夕暮になつて來るのであらう。ゆるやかにそれが池をつたはつてこちらの方へ次第にひろがつて來るやうに感ぜられる。それにつれて二人の心はますます清澄なものにしづまつて行くのであつた。(19)

これは、少年と「私」の二人が上野公園周辺を散歩する、物語の最後の場面である。ここで、「混血」という「異常な生まれ」のために、「傷めつけられ歪められて來た一人の少年の(20)」暗い過去が、

「昨夜の嵐」という形象によって示されている。「次第にひろがつて來る」「夕暮」とは、「光の中に」という物語が到達した最後の地点、すなわち「光の中」の表象であろう。また「二人の心はますます清澄なものにしづまつて行く」という語りには、少年が「混血」に対する不遇意識を、自分の血の中の片方である母系の朝鮮民族のそれへの安住を通して克服するようになることが暗示されている。この地点から「光の中に」の展開を振り返ってみると、物語全体は、少年と「私」との二つの出会いの間にはさまれた格好になる。その二つとは、S協会の児童部クラスでの最初の顔合わせと、上野公園での二人の最後の散歩である。最初の出会いが、朝鮮人「私」に対する少年の徹底的な拒否という設定の中でなされたのに対し、最後の出会いは、朝鮮的なものに対する無条件的な肯定の中で行われている。この小説の題名「光の中に」は、このような葛藤から和解へという、少年の朝鮮的なものに対する意識や行動の変化を象徴する表現であろう。

しかし、朝鮮的なものの中でのこうした和解というのが、実は、「混血」の差異性に対する本当の克服ではない、いいかえれば、純血中心主義の内部での一時的な妥協にすぎない、ということをここで見逃してはならない。自分の血の同一性を一方の血統の中で承認することはできないということを、「混血」少年の運命として、物語の始まりの段階で明示したのではなかったのか。にもかかわらず、なぜ、朝鮮的なものの中での和解を物語の結末として迎えるようになったのだろうか。「混血」少年という登場人物が血の同一性を朝鮮人として獲得したことを暗示する結末の設定には、まず、朝鮮人作家金史良、あるいは朝鮮出身留学生の語り手「私」の、「混血」に対するイデオロギー的偏見が決定的に作用している。「私」と少年の一体化が、朝鮮民族という純血の中に「混血」を吸収するかたちで行われているという点において、それはまぎれもなく、「混血」という雑種性を純粋化しようとする純血中心主義であろう。つまり、朝鮮人であり、純血である「私」が、「混血」少年を朝鮮的なものの中で安住させるという構図の物語の結末とは、作者の純血中心主義の介入による調停の結果だったのである。

少年の「混血」を「朝鮮人の民族問題」として自分の外部に排除しようとしたところに、内地文壇、あるいは芥川賞審査委員たちの純血中心主義が置かれていたとするならば、それとは逆に、作家金史良と語り手「私」の血の同一性への追求は、「混血」少年を自分たちの内部に抱え込もうとするところに確認されるのである。朝鮮人留学生「私」と「混血」少年という差別される者同士の一体感が、他者の不遇意識を自分のものとして分有する契機として働いたに違いない。そして、その被差別者の不遇意識からの解放、作者の言葉を借りていえば、「光の中に」出て行きたいという願望が、単一民族の純血中心主義の内部で「私」と「混血」少年を和解させるという、性急な結末の設定に強く作用していたのである。作者自身の次のような作品後記は、特にこの点についての反省として読み取られる。

かう書きながら各々の作品の内容を考へてみれば、現實の重苦に押され、私の目は未だに暗い所にしか注がれてゐないやうである。だが私の心はいつも明暗の中を泳ぎ、肯定と否定を縫ひながら、いつもほのぼのとした光を求めようと齷齪してゐる。光の中に早く出て行きたい。それは私の希望でもある。だが光を拝むために、私は或はまだまだ闇の中に體をちぢかめて目を光らしてゐねばならないのかも知れない。(21)

引用の文章は、一九四〇年一二月に上梓した金史良の第一小説集『光の中に』(小山書店)の跋文の一部である。ここで語られている「光」と「闇」の象徴的意味を、これまで再構成してきた「光の中に」の物語世界に照らし合わせて把握する(22)と、「光」の空間とは「混血」の不遇意識から解放された状態を、「闇」の空間とはその不遇意識に囚われている状態を、それぞれ表象していることが分かる。「光の中に早く出て行きたい」という作家の願望からも確認できるように、作家の〈いま、ここ〉の意識は「闇の中」に位置されている。ここで注目しなければならないのは、「闇」の空間から「光」の空間のほうに意識が進んでいく方法を、作家はどのように認識しているのかという点である。作家は、「光を拝むために、私は或はまだ闇の中に體をちぢかめて目を光らしてゐねばならない」というつづく文章で、その方法を簡単に示している。〈光の中に進むためには、闇の中にいなければばならない〉という簡単な結論は、実は果てしない遅延の暗示以外のなにものでもない。いいかえれば、解決、克服、治癒などの「光」の空間への進入は「果てしない遅延」の中でしか求められないということである。

こうした観点から「混血」少年の運命的な条件を捉えてみると、「混血」という被差別意識からの解放は、「混血」の不遇意識の中で追求しなければならない、ということになる。したがって、少年の「混血」という不遇意識からの克服は、「光の中に」の結末部が描き出している事態の中で得られるものではない。母の世界に自分の血の同一性を確認して安住を求めることは、真の克服ではなく、自己欺瞞に過ぎないのである。同一性の獲得を追求し続けないという点で、それはあまりにも〈怠惰〉であり、同一性の獲得を確認して安住するという点で、それは〈性急〉なのである(23)。それがまた、「混血」少年の存在忘却でもあることはいうまでもない。

「混血」とは、原理的に、「混血」以外の存在、すなわち純血を目指すことによって、自分に投げかけられている差別の標識を切り捨てることなどできはしない。いいかえれば、純血中心主義の枠組みの中からは、「混血」という差別言説を発信する周囲の社会に向けて、自分の血のアイデンティティーを主張する回路を見いだすことはできないのである。血の同一性の欠如こそが少年のアイデンティティーに他ならない以上、差別の克服は「混血」の不遇意識の内部で追求しなければならない。たとえば、「混血」はむしろすべての人間の血の成立条件であることを、あるいは、純血中心主義というのは周囲の社会のただの幻想に過ぎないことを、「混血」の内部で主張し続けない限り、周囲の社会からの差別を克服する可能性はいつまでも与えられないだろう。

父の血に、あるいは母の血に自分を徹底的に同一化しようとしても、所詮少年は純血的存在にはなれない。少年が一方の世界に自分の血の同一性を確認するということは、純血イデオロギーの中での一時的、暫定的な解決であって、その確認を自ら再び否認せざるをえない。血の同一性への確認とその否認という「果てしない遅延」の中を生きていかなければならないのが少年の運命なのである。こうしてみると、少年が成長する過程を通して、あるいは一生涯を通じて、無限に反復していかなければならない血の同一性への「肯定と否定」を、一回的に捉えたものが「光の中に」の物語展開であることが明らかである。作家金史良の意識が、「闇の中」から、「光を求めようと齷齪してゐる」ように、少年は、母と父の世界、そして周りの純血社会から引き裂かれている自分だけの場所を生きて行くしかない。にもかかわらず、「光の中に」は少年が母の世界に安住を得ているかのような結末を迎えるのである。まさにその点に作家自身の純血中心主義の偏見の介入があるということに関しては、先ほど述べた通りである。「光を拝むために、私は或はまだまだ闇の中に體をちぢかめて目を光らしてゐねばならない」という認識は、それに対する作家の自己反省でもあり、植民地末期の金史良小説が追求していた最も重要な世界観の一つを表明するものでもある。

（３）純血イデオロギーの外部

「光の中に」の物語展開の中心軸は、確かに、「「父のもの」に對する無条件的な獻身」から「「母のもの」に對する無意識ながらの懐かしさ」に目覚める少年の意識の変化によって支えられている。それは少年が血の同一性を周囲の世界に求めていく過程として現われるが、そこには自分の血の同一性への「肯定と否定」の交差が一回限りで示されている。いいかえれば、血の同一性への「肯定と否定」の反復は中断され、その反復可能性は純血中心主義の内部に閉ざされているのである。しかし、こうした純血中心主義に基づく物語展開とは異なる仕方で、「光の中に」には、「純血」の外部を生きていかなければならない少年の宿命性を、一瞬でありながらも決定的なかたちで物語の中に刻印する部分がある。この部分を読み落としてはいけないのは、血の同一性を求めていく物語全体の展開よりはるかに鮮明に、「混血」の生き方を示しているからである。少年の母は、次のように伝える。

「……春雄は……一人でもよく遊びます……」だが傷がひどくうづいて痛み出したのであらう、彼女は再び死者のやうになつた。だが又かすかに呻き聲を出しながら「一人で……幾人の子供の……聲も……眞似て……にぎやかに……遊ぶのです……踊りがうまいのです。妾悲しうございました。どこかで見て來ては……一人で一生懸命踊ります……そして自分でも泣いてゐます……」(24)

少年の「一人」での遊び、「一人」での踊り。少年の母は、「一人」という言葉を何回も使って、少年の「自分だけの世界」について語っている。少年の「悲し」い「一生懸命」の踊りの空間が、周囲の社会の純血イデオロギーの差別によって追い込まれた、「混血」の生きていく場所を比喩していることはいうまでもない。その場所とは、「光の中に」の最後の場面で描かれていた、少年に安住を与える母系の純血イデオロギーの内部とは完全に対極的な世界であろう。少年は、誰が見るわけでもなく、誰に見せるわけでもない、踊りを自分だけのために「一生懸命」表現している。「一人」だけの世界の不安と孤独がどれほど大きなものかは、少年の踊りの凄絶さが物語っているのである。

しかし、この「一人」だけの世界というのは、少年にとって、どの民族共同体の血統を持っているかを絶え間なく問題化する純血イデオロギーの暴力が遮断されている唯一の空間である。まず、そこには周囲の社会の「混血」に対するさまざまな差別の視線が届かない。そして、自分の血の同一性を母系あるいは父系に確認しなければならないというかたちで発現する、周囲の社会の純血中心主義に対応する自分の中の純血イデオロギーの抑圧からも解放される可能性がそこには開かれているということも見逃してはいけない。その場所とは、作家の言葉を借りて表わしてみると、「體をちぢかめて目を光らし」、光を求め続ける「闇の中」になるだろう。

もちろん、周りの社会から隔離されている「一人」の世界での生き方は、不安、孤独、陰鬱、絶望などの代償を要求する。自分の血の存在拘束から解放される可能性は、こうした代償を払ってこそ、得られるのではないだろうか。その点において、純血イデオロギーの外部への道は、それ自体、抑圧であり自由でもある。「光の中に」の少年は、二つの民族共同体の血を半分ずつ――正確にいえば、朝鮮人の血の四分の三、日本人の血の四分の一――受けながらも、単一民族主義のイデオロギー的暴力によって共同体の外部の「一人」の世界に追い出されている。結局、どの血の共同体にも属さない共同体の外部を生きていくしかない、ということを少年の母は苦しそうに伝えているのである。純血共同体の外部が個人にとってどれほど不安な場所なのか、その内部がどれほど安らぎを与える場所なのか、また、そのイデオロギーが個人の生の世界にどれほど暴力的に関与しているのか、などの血統の共同体と個人との関係が提起するいくつかの本質的な問いを、「光の中に」は「混血」少年の「一人」の世界という比喩を通して提示しているということである。この問いが重要なのは、いうまでもなく、むしろ「純血」という民族共同体のイデオロギー的幻想よりも、「混血」の存在の様式こそが、人間個々人の一般的かつ普遍的な生き方の原型を鮮やかに表象しているからである。

こうしてみると、「光の中に」における「内鮮混血」の差別問題は、植民地支配者の国民統合イデオロギーとそれに対抗する被植民者の民族イデオロギーという、二項対立的な認識の枠組みからは、捉えきれないことが明らかになる。この作品の「混血」少年の行き方という題材が示す決定的な意味とは、民族共同体の血統についての存在拘束的な偏見による排除、抑圧に他ならない。そして、その排除、抑圧からの自由が、「光の中に」という題名にも暗示されているように、この作品が志向する価値だとするならば、まさにこの少年の「一人」の世界こそ、彼方の価値を希求することができる、血統の存在拘束のゼロ地点なのである。

したがって、「光の中に」という朝鮮人日本語小説の歴史的現実への参与(アンガージュマン)は、植民本国の支配民族と植民地の被支配民族をカテゴリー的に分類し、またそれを「國民」の中に統合しようとした「内鮮一體」の暴力に対する倫理的批判として理解しなければならない。それは、単一民族の血の同一性という純血中心主義のもとで、朝鮮半島と日本列島に住んでいた同時代の人々の意識には忘却されていた価値、すなわち、血の存在拘束の外部を探求することであった。純血中心主義というものが、「國民」、民族共同体の統合と他国民、民族の排除を催促する、最も基本的な反応形式であるという点だけを考慮しても、「混血」をめぐる「光の中に」の問いかけの正当性は十分に認められる。つまり、「光の中に」は、「國語」である日本語で書かれながらも、植民地末期の「國民」統合の差別イデオロギーに埋没されることなく、むしろそのイデオロギーに対して疑問を投げかけるかたちで、純血中心主義の外部を探求していたのである。

「光の中に」は、「内」と「鮮」の民族共同体の構成員たちの間に差別イデオロギーを生産しつづけたもう一つの契機である民族語に関わる問題を、血統問題と同一のレベルで取りあげている。次節では、民族語の存在拘束を「光の中に」がどのように具体化しているのかに注目する。

3 「南（なん）」と「南（みなみ）」の間

(1)「偽善」と「卑屈」——被支配の精神現象

「光の中に」の物語展開は、いままで述べた通り、混血少年に対する周囲の差別、少年の孤立、そしてその不遇意識の克服という因果的連鎖を、語り手である「私」が観察していくことによって成り立っている。ここでは、その「私」の意識というプリズムを通して、物語世界のもう一つの様相を読みなおすことにする。「私」という人物は、「帝大學生が中心となつてゐる一つの隣保事業の團体」である「S協会」で、「子供部」を指導している朝鮮出身の帝大学生として設定されている(25)。物語の導入部で「私」は、自分の名前の呼び方について、詳細に説明している。

> さう云へば私はこの協會の中では、いつの間にか南(みなみ)先生で通つてゐた。私の苗字は御存じのやうに南(なん)と読むべきであるが、いろいろな理由で日本名風に呼ばれてゐた。私の同僚たちが先づさういふ風に私を呼んでくれた。私ははじめはそんな呼び方が非常に氣にかかつた。だが後から私はやはりかういふ無邪氣な子供たちと遊ぶためには、却つてその方がいいかも知れないと考へた。それ故に私は偽善をはる譯でもなく又卑屈である所以(ゆえん)でもないと自分に何度も云ひ聞かせて來た。そして云ふまでもなくこの子供部の中に朝鮮の子供でもゐたならば、私は強ひてでも自分を南(なん)と呼ぶやうに主張したであらうと自ら弁明もしてゐた。それは朝鮮の子供にも又内地の子供にも感情的に惡い影響を與へるに違ひないからだと。(26)

「苗字」、もう少し正確にいうと、自分の「苗字」に対する周りの人々の呼び方を通して、自分のことを紹介している。ここで対象化されているのは、もちろん「私」の意識のほうである。自分の「苗字」の呼ばれ方に対する自己意識、いいかえれば、「苗字」を媒体にして他者の認識の中に映っている自己像に対する自分の意識を取り上げているのである。もともと「私」の自己意識を、外的なものとの関係を絶ち、純粋に自己だけを対象化することによって、把握することはほぼ不可能である。多くの場合、自分と世界の関係を通して「私」という自我についての意識を経験するのである。

したがって、「私」の「苗字」が周囲の社会によってどのように呼ばれているかをまず認知し、それを「私」はどのように受け容れているかを反省的に観察することによって、「私」の「苗字」に対する自己意識を確認することになる。しかし、これほど微分化された「苗字」に対する自己意識の発現のプロセスを、普段の生活の中で意識の表面に浮かび上がらせることは滅多にないのではないだろうか。「苗字」に対するこれほどの明確な自己意識は、特殊な状況の中でしか生じえないものであろう。「光の中に」は、「私」の名前が周りの人々から朝鮮名字の呼び方である「南（なん）」ではなく、日本名風の「南（みなみ）」と呼ばれている状況を、「苗字」に対する自己意識を経験する具体的な前後文脈として提示しているのである。

ここで注目しなければならないのは、周りの「みなみ」という呼び方に対して、「はじめはそんな呼び方が非常に氣にかかつた」と、「私」が意識しているということである。それは、いうまでもなく、自分の意識が「苗字」の呼び方を問題視する契機になるからである。その点において、「非常に氣にかかつた」ことは、「苗字」に対する自己意識の発生より先験的である。「私」の名前に対する既存の「私」の自己意識と、「私」の名前に対する周りの社会の呼び方との間の亀裂を意味する、この「非常に氣にかかつた」こととは、「私」にとっていったいどのような心理状態であったのだろうか。

引用文では、「私」のその時の心理状態が「偽善」(hypocrisy) と「卑屈」(servility) という二つの概念を通して示されている。すなわち、「私は偽善をはる譯でもなく又卑屈である所以（ゆえん）でもないと自分に何度も云ひ聞かせて來た」と、「非常に氣にかかつた」状態を「後から」振り返っている。この語りから、「みなみ」として呼ばれ、「そんな呼び方が非常に氣にかかつた」「はじめ」の段階での「私」の意識は、「偽善」と「卑屈」に囚われていたことが確かめられるのである。それでは、「偽善」と「卑屈」という「私」の情緒的態度はどのように発現したのだろうか。

「私」を「みなみ」と呼んでいる周りの世界に向かって、「強ひてでも自分を南と呼ぶやうに主張し」ようとする欲求と、「却ってその方（「みなみ」と呼ばれること——引用者）がいいかも知れない」と、自分を納得させようとする欲求とが、真っ向から拮抗する状態で、「私」は「偽善」と「卑屈」とを同時的に体験する。ここで、注意しなければならないのは、「偽善」と「卑屈」とは、相容れない価値に属する情緒的態度を指示する概念ではないという点である。この二つは、一言でいうと、分離されたり別々に体験されたりするものではなく、相伴い、また錯綜する形で発現する複合的態度なのである。

表面的には、「偽善をはる」ことは、「強ひてでも自分を南と呼ぶやうに主張し」ようとすることとして、「卑屈である」ことは、「却ってその方がいいかも知れない」と考え込もうとすることとして、それぞれが別の心理的反応のように理解されるのも事実である。しかしここでより大事なのは、こうした表面的な理解を通して、深層レベルでの「偽善」と「卑屈」の相互錯綜的な関係を明らかにすることである。「偽善」と「卑屈」との入り混じりの様相を、まず、「偽善」のほうから分析することにしよう。周りの世界に「強ひてでも自分を南と呼ぶやうに主張し」ようとすることは、植民地住民の共同体イデオロギーの観点からすると、確かに「善」であろう。しかし「私」にとって、それを行動に移すことは、ただの「善」ではなく、「偽善をはる」すなわち「善」を「偽る」こととして認識されていることを見逃してはならない。したがって、「なん」を主張しようとする動機には、「なん」と呼ばれることの当為性を直ちに認める行為とは異なる欲求が含まれているということになる。その異なる欲求とは、「みなみ」と呼ばれる現実的状況を黙認し、自分の意識を周りの呼び方に同化させようとする、いいかえれば、「なん」を主張しようとする欲求を抑制する契機に他ならない。周りの世界の自分に対する認識の仕方を受け入れることは、「却ってその方がいいかも知れない」と考え込むことであるから、そうすると、それはそのまま「卑屈」という態度になるのである。すなわち、「偽善」の中にすでに「卑屈」の契機が介入しているということである。たとえば物語の他の場面では、「強ひてでも自分を南と呼ぶやうに主張し」たときの「私」の意識が次のように語られている。

　「勿論私は朝鮮人です」といふ自分の答はこころなしかいささかふるへを帯びてゐた。恐らく彼（李という青年――引用者）に對しては少なくとも苗字のことが氣にかかつてゐたのであらう。或は平氣な氣持でゐられなかつたのも、その點自分の身の中に卑屈なものをつけてゐた證據に違ひなかつた。(27)

「みなみ」と呼ばれていた「私」が朝鮮人青年に「なん」を主張したとき感じた「いささか」の「ふるへ」が、「自分の身の中に卑屈なものをつけてゐた證據」として反省的に捉えられている。いいかえれば、「強ひてでも自分を南と呼ぶやうに主張」するとき、自分の中にあった「卑屈なもの」が発現したということになる。つまりこの場面では、「偽善をはる」行為の裏側に「卑屈である」という契機が入り混じっていることを明確に示されているのである。

　これとは逆に、しかし全く同じ仕組みで、「卑屈」というのも、「偽善をはる譯」、すなわち「なん」と呼ばれることの当為性を自分の中で認めていなければ、生じえない情緒的態度である。「なん」を主張しようとする欲求がなければ、「みなみ」を受け容れようとする動機が「卑屈」にはならないのは当然のことであろう。「なん」への欲望があったからこそ、「みなみ」に対する容認は「卑屈」になるのである。したがって、「卑屈」の発現においても「偽善をはる」契機が前提されているということである。

「南」という苗字を持つ植民地朝鮮出身の留学生の「私」が、日本名風の「南(みなみ)」と呼ばれる状況に直面して囚われていた「偽善」と「卑屈」の心理状態は、このように分離することのできない相互内包的な錯綜体であったのである。「光の中に」の導入部に提示されているこの「偽善」と「卑屈」とは、実は、支配と被支配の植民地的現実の中で、被支配者が自分たちに与えられている差別の条件を払拭し、支配者側の価値を欲望する際、誰もが経験せざるを得なかった自己拘束的な精神現象のもっとも具体的な形象ではないだろうか(28)。

（2）名前の同一性の不在

さて、周りの呼び方に対して「偽善」と「卑屈」を覚えるということとは、自分に対する周りの世界の認識と自分の認識がいったいどのような関係にあることを意味するのだろうか。それは端的にいうと、「私」の意識が、自分の方から世界に向かって自分の意思を表明することも、世界の自分に対する認識をそのまま受け入れることもできない矛盾状態に、置かれていることを意味する。その点において、「私」の意識は日本名風の「南(みなみ)」と呼ばれる状況に完全に支配されているといわざるをえない。周りの世界の認識に「私」がどのように対応しても、「偽善」と「卑屈」から自由になることができないからである。つまり、「そんな呼び方が非常に氣にかかつた」「はじめ」の瞬間の「私」の意識は、こうした被支配の心理状態であったのである。

その瞬間の「私」の意識とは、ある意味では危機そのものにあたる。名前を媒介にしてつながっていた自分と世界との関係性全体が崩れかける、いいかえれば、自分がいままで周りの世界から呼ばれてきた「なん」あるいは「みなみ」という名前に対して自分が認めていた信念が根本から危うくされる。そこで経験されるのは、他でもなく、自分と自分の名前との分裂である。すなわち、その状態の中では、自分がなぜ「なん」と呼ばれるべきか、あるいはなぜ「みなみ」という呼び方を受け入れようとするのか、「私」はその「なぜ」に対して答えることができないのである。「光の中に」は、その状態の「私」の意識を、ただ「偽善をはる譯でもなく又卑屈である所以でもないと自分に何度も云ひ聞かせ」るしかなかった、と捉えている。「光の中に」という題名が暗示する「光」と「闇」の比喩を用いれば、周りの世界の認識と自分の認識の亀裂から生じるこの「偽善」と「卑屈」の状態は「闇」として、自分の名前に対する周りの世界の認識と自分の認識が一致する状態は「光」として、対比してみることができる。したがって、「光の中に」の物語展開は、混血少年が血の同一性を求めるように、「私」は名前の同一性を求めていく過程としても浮かび上がるのである。

もちろん、人間は誰でも自分と自分に付けられた名前とを結合する必然的な根拠を持つわけではない。しかし、〈私は「＊＊＊」である〉という言述が存在証明の真偽を判定する命題として認められることからも分るように、日常生活において人々が自分と名前との分裂を経験することは滅多にない。つまり、「南」という苗字を持つ朝鮮留学生が「みなみ」と呼ばれる特殊の状況であったからこそ、「私」はその分裂を正面から体験することができたということである。自分がいくら

〈南（なん）と呼ぶべきである〉と思い込んでいても、周りから「みなみ」と呼ばれている以上、自分と「なん」という名前との同一性は確認されない。また同じように、自分の意識が〈南（なん）と呼ぶべきである〉という欲望に囚われている以上、「みなみ」と呼ばれる世界で自分と名前の同一性が見いだされることもない。自分と名前との同一性がどちらにあるのかが疑われる場所に、「私」の意識は宙づりにされている。その瞬間の「私」の意識は、「なん」でもなく、「みなみ」でもない確定不可能の事態に向かい合うことになる。自分と名前との同一性が確認できない不安の場所とは、別のいい方をすれば、「なん」あるいは「みなみ」という名前の存在拘束から切り離された外部でもある。「私は偽善をはる譯でもなく又卑屈である所以（ゆえん）でもないと自分に何度も云ひ聞かせて來た」、その間の「私」の意識は、実は、名前の存在拘束からの解放の可能性に直面していたのである。すなわち、「私」の「偽善」と「卑屈」の心理状態とは、「光を拝むために、私は或はまだまだ闇の中に體をちぢかめて目を光らしてゐねばならない」という「光の中に」の作家の実存的な世界観に照らし合わせてみると、純血イデオロギーの外部である混血少年の一人の世界と同じように、名前の存在拘束の外部を表象するということである。

もともと名前とは、人間が生まれてから〈あるもの〉として呼ばれることを、共同体の文化的価値体系に基づき、周りの世界から要求されることによって、構成されたものである。「私」に南という名字が与えられ、「なん」と呼ばれるようになる契機には、当然ながら、朝鮮人という民族への同一性、朝鮮語という民族語への同一性などの共同体的イデオロギーの要因が働いている。また「みなみ」と呼ばれるようになった契機には、日本人、日本語、あるいは植民地状況の中での「國民」、「國語」という要因が働いているである。こうした名前の呼び方を決定付ける共同体の文化的要求とは、長い期間の伝統に起因するものとはいえ、原理的に想像世界の中で構築されてきたものであらざるをえない。にもかかわらず、それが本来のものとして感覚される場合、その状態を、名前からの被存在拘束の状態として理解することができよう。すなわち、自分以外のものにすぎない想像的文化価値を、自分を構成する前提条件として自分が意識することが、名前の存在拘束性なのである。普段人間は、自分が〈あるもの〉と呼ばれるべきだと周りの社会に要求し、その要求が貫徹されるとき自分と名前は調和の関係におかれていると思う傾向がある。しかし、それが幻想であることはいうまでもない。なぜなら、自分が〈あるもの〉と呼ばれることは、もともと周りの世界からの要求によって成立していたからである。自分と名前の調和の関係の追求すること自体、名前の存在拘束の内部の幻想にすぎないのである。たとえば、名前に刻印されている共同体価値体系によって自分とその名前との同質性を確認しようとする場合、それは、その彼（女）の意識が共同体のイデオロギーの存在拘束性に囚われていることを示す以外のなにものでもない。したがって、「私」が自分を、「なん」あるいは「みなみ」のどちらかに同一化しようとすることは、民族、民族語の共同体の価値体系に自分自身を閉じこめようとする、いいかえれば、その存在拘束の内部に安住しようとする、ということを意味するのである。

こうしてみると、自分と自分の名前の同一性が「なん」にも、「みなみ」にも確認できない「偽善」と「卑屈」の状態は、名前の呼び方に絡み合っている共同体的イデオロギーの存在拘束から解放される可能性へと開かれているということが分る。自分と名前との安定的な関係に対するいままでの確信が危機に瀕する状態の中で体験される「偽善」と「卑屈」とは、逆説的にもその名前の存在拘束を懐疑し始める契機になるのである。「偽善」と「卑屈」に囚われているその間、「私」の意識は名前の存在拘束性に対して懐疑しつづけることになる。それは、「偽善」と「卑屈」という陰鬱な意味の表現にも現れているように、恐怖の中での不安意識の一種であろう。「偽善をはる譯でもなく又卑屈である所以(ゆえん)でもないと自分に何度も云ひ聞かせて來た」という「私」の独白は、その不安意識を克服するための必死の努力を伝えている。いいかえれば、それは、名前と自分との関係が懐疑される状態――名前の存在拘束の外部――から、名前と自分の安定的関係が確認できる状態――名前の存在拘束の内部――に、自分の意識が回帰しようとする心理的追求を表現しているのである。

自分に与えられた名前の呼び方によって、また自分が使っている言葉によって、自分の存在性が問われない世界は、「偽善」と「卑屈」という不安意識を伴うものであるということを「光の中に」は「私」の独白を通して暗示しているのである。「光の中に」が探求し、一瞬覗き見ることができた、こうした名前の存在拘束の外部とは、周りの社会からどの民族の血を持っているのかが問われない、混血少年の「一人」の空間と対応していることはいうまでもない。朝鮮人、日本人の血への同一性が揺さぶられる「内鮮混血」という外部が、少年の「一人」の空間として描かれたとすれば、朝鮮名「なん」、日本名「みなみ」への同一性が揺さぶられる名前の存在拘束の外部は、「私」の「偽善」と「卑屈」という心理状態として捉えられている。この二つは、植民本国の「國民」統合イデオロギーとそれに対抗する植民地「民族」イデオロギーからつねに逃れていく、またそのイデオロギー的抑圧に対してつねに疑問を投げかける、他者の世界の文学的形象であったのである。

(3)「創始改名」の裏返し

つづいて、朝鮮人留学生「南」の名字の呼び方をめぐって起きた出来事を、現実の歴史的、社会的状況に関連づけて、いくつかの解釈を補うことにする。

「私」の「南」という名字がどのように呼ばれるかということは、実は、「私」と主人公の春雄少年が出会い、相反目し、そして和解していくという物語の展開において、重要な契機として機能している。「私」と少年が出会ったとき、朝鮮出身の留学生である「私」が「みなみ」という日本式名で呼ばれることに、少年は強い違和感を抱いていた。そこで少年は、「私」が朝鮮人であり、したがって朝鮮式名に呼ばれるべきであることを、少年ならではの歪められた表現を用いて、暴き出すことになる。それが、物語の前半部のもっとも重要な葛藤の一つであることは述べたとおりである。また、「私」が朝鮮式名の「なん」と呼ばれる世界の中で、その二人が和解していくことによって、物語は結末の局面を迎えるのだが、それは、後半部の展開の基本軸をなしている。

ここでもし、「私」の名字が「南」ではなく、たとえば、朝鮮人の名字の中で広く使われている金や李など、日本式名で呼ばれることが相応しくない苗字として設定されていたとすると、名前の呼び方が物語の展開上で因果的契機になることはまずありえない。それが物語のプロットとしての機能をはたすためには、「私」の名字は、日本人と朝鮮人が共有するもの、そして日本名と朝鮮名の異なる呼び方が一般的に使われているものでなければならない。その条件を充たしている名字としては、柳（「やなぎ」と「リュウ」）、林（「はやし」と「リン」）、南（「みなみ」と「ナン」）など、数は限られているが、いくつかが挙げられる。すなわち、これらの苗字の中で何れかを「私」の名字にすれば、呼び方をめぐる日本人と朝鮮人価値観の差異を物語化することは可能である。ここで問題になるのは、「光の中に」はその中で、なぜ「私」の名字を「南」と設定したのか、また、なぜその「南」が「みなみ」と呼ばれる状況を物語展開の出発点に据えたのか、ということである。こうした点が喚起する植民地末期の朝鮮社会の歴史的現実を取り上げてみることにする。

すでに指摘した通り、「内鮮一體」という「國民」統合イデオロギーが植民地朝鮮社会の各分野で本格的に影響を及ぼし始めたのは、一九三〇年代後半からである。一九三八年二月、植民地住民の戦争動員を目標とする陸軍特別志願兵令、一九三八年三月、「忠良ナル皇國臣民ヲ育成スルニカムヘキモノトス(29)」ということを骨子とする第三次朝鮮教育令などが公布、実施されるとともに、一九三九年からは「創氏改名」という朝鮮住民の日本名への変更が社会問題として台頭したのである。こうした一連の皇民化政策の中でも「創氏改名」とは、朝鮮人のアイデンティティーが日本人名のもとで再編成されるという点において、「國民」統合のイデオロギーが朝鮮住民の個々人の生の世界を揺さぶる様相をもっとも明瞭に示すものと思われる。

朝鮮の家族制度では、日本とは異なって、家の称号である氏ではなく、父系の血統をあらわす姓が根幹になって成立している。朝鮮民族の共同体意識や伝統的倫理観の源でもある、この姓という家族制度を、天皇を宗家とする日本の氏中心の家族制度に切り替えることが創氏改名である。つまり、朝鮮人の社会的、法律的存在としてのアイデンティティーだけでなく、情緒の層まで深く根付いている自己同一性の根本を変更しようとした政策であったのである。日本の建国記念日である一九四〇年二月一一日から六ヶ月以内に「朝鮮人は日本人の氏を創る」として、植民地全地域規模で創氏改名が実施されたが、「皇國臣民」に同化を求める植民地住民の間には一九三〇年代後半から話題とされていた。また、実施される段階でも、法的には任意ではあったが、実際には改名者数を皇民化のバロメーターと見なす総督府の有形無形の強制があり、学校教育、就職などでさまざまな不利益を招かないためには創氏改名するしかなかったといわれている(30)。一九四〇年八月の統計で、全朝鮮四〇〇万戸の中で三二〇万戸の戸主が創氏改名を届け出た。すなわち約八割程度の朝鮮人が日本式氏を名乗るようになったのである(31)。統計から外された離れ島の住民や山奥の火田民を除くと、植民地全住民の九割以上が創氏改名したと考えられる。これを報道した新聞記事は「施政三〇年最大の金字塔」と記しており(32)、朝鮮総督南次郎は八月一〇日の施政演説で「内鮮が渾然一體になつた証左、半島民衆の自覚」の結果と評価した(33)。

こうした「創氏改名」を含めた一連の「皇民化政策」を立法化し、朝鮮住民社会に強制した総責任者が、周知の通り、朝鮮総督南次郎であった。彼は一九三六年八月、関東軍司令官から朝鮮総督に赴任し、朝鮮での戦時総動員体制を構築するために、それ以前の「内鮮融和」という同和政策を否定、強化し、「内鮮一體」という政治的スローガンを掲げた人物である。つまり、朝鮮出身の留学生「南」が「みなみ」に呼ばれるという物語の背後には、朝鮮総督「南」が主導した「創氏改名」という国家政策によって、植民地朝鮮住民の名字を日本式の氏に替えて呼ぶ現実的状況が置かれていたのである。「私」の名前として「南」を与えることによって、「光の中に」の物語世界を前にする読者は、こうした植民地末期の現実的状況を喚起せざるをえなくなるということである。その意味で、朝鮮人「南」が「みなみ」に呼ばれる物語設定は、「國民」統合のイデオロギーによって支配される植民地社会の現実の反映であると同時に、「創氏改名」の裏返しでもある。いいかえれば、「光の中に」は、「私」の名前を柳でもなく林でもない「南」として設定することによって、朝鮮人に日本式の氏に切り替えることを強制した「創氏改名」それ自体を風刺する物語状況を創出したのである。そして、「私」が「みなみ」と呼ばれたとき体験した「偽善」と「卑屈」とは、日本式の氏を届け出た植民地朝鮮住民全体が経験したはずの意識の分裂の具体的形象ではないだろうか。

「なん」と「みなみ」の間で体験した「私」の意識の分裂、すなわち「偽善」と「卑屈」を、「光の中に」は物語の最後まで問題化しつづけるわけではない。それは、父の血と母の血の間に引き裂かれていた少年の不遇意識を、物語が最後まで問いつづけないことと軌を一にする現象である。いいかえれば、名前、血という存在拘束の外部を探求する試みは、「私」と少年にとっては暫定的なままに終わったということである。「私」のほうは、「みなみ」という呼び方の不当性を認め、また少年のほうは、父の血の世界を自分の中から切り捨てる方向に物語は展開する。「なん」という朝鮮名あるいは母の血の世界に、「私」と少年がそれぞれ自己同一性を回復することによって物語は終結する。次は「光の中に」の最後の場面である。


　そこからは長い段々が續いてゐた。私と春雄はそれを一つ一つ下りて行つた。彼は一段下の方を歩いて、恰も老人でも連れてゐるやうに用心深さうに私の手を引きずつて行くのだつた。だが彼は中段まで下りて來ると急に立ち止つて、私の體にぴつたりよりついて私を見上げながら甘えるやうにかう云つた。

「先生、僕は先生の名前を知つてゐるよう」

「さうか」私はてれかくしに笑つて見せた。「云つてごらん」「南(なん)先生でせう？」さう云つたかと思ふと彼は私の手に自分の脇にかかへてゐた上服を投げ附けて、嬉々としながら石段をひとり駆け下りて行くのだつた。

私もほつと救はれたやうな軽い足取りで倒れさうになりながら、たたたつと彼の後を追うて下りて行つた。(34)

「私」の名前が「なん」と呼ばれる、すなわち朝鮮民族の共同体イデオロギーが支配する世界の中で、「私」と春雄少年が互いに和解し合う物語の結末である。この結末は、いうまでもなく、朝鮮人、朝鮮語という共同体の内部世界に、少年は自分の血の同一性を、「私」は名前の同一性を、それぞれ確認したことを示している。この地点から物語全体を振り返ってみると、少年の場合、混血という社会的障害によって周りの世界からさまざまな差別を受け、その孤立感の堆積が「一人」の世界という本当の内面を生み出したのだが、結局は自分の存在を支えている二つの血の中で一方を意識的に否定することによって、その混血という障害を克服したということになる。また、「私」の内面変化から見た場合は、「みなみ」と呼ばれる状況で「偽善と卑屈」を体験し、その呼び方の不当性に目覚めることによって心理的分裂状態から抜け出、「なん」と呼ばれる世界に自分の名前の同一性を確認して自己分裂を克服したということになる。こうした点において、少年が「嬉々としながら石段をひとり駆け下りて行」き、「私もほつと救はれたやうな軽い足取り」であった、という結末での語りは、二人が血、名前の自己同一性を確認したときの安らぎの感情に包まれていることを暗示しているのである。血、名前に対する同一性の未確認の状態がどれほど耐え難い不安や危機意識を自分たちに与えていたのか、血、名前の共同体への帰属、すなわち存在拘束性の内部への安住を自分たちはどれほど強く執着していたのか、そして、その共同体の内部の生の世界が自分たちにどれほどの安らぎを与える場所なのか、などの共同体性と個々人の意識の本質的関係をそこから読み取ることができる。

一方、こうした結末に作家、あるいは話者の先入観が深く関与しているということに関しては前節で述べたとおりである。すなわち、作家、語り手、登場人物たちの共有する、被差別の状況を克服しようとする欲望が、「光の中に」の結末における性急な同一性の確認をもたらした決定的な要因なのである。少年と「私」が朝鮮人、朝鮮語という民族共同体性の中で不遇意識を治癒するということが、ただちに血、名前の存在拘束の内部に再び自分たちを閉じこめることにつながることはいうまでもない。「光の中に」の物語展開の中でこの結末だけを取って、そこで示されている作家の共同体的世界観を捉えると、確かにそれは植民地民族主義にまつわる同一の血統、言語への主張として位置づけられる。つまり「光の中に」の結末では、物語の展開を通して主題化した血、名前の存在拘束性に対する懐疑を書きつづけることができなかったのである。

少年と「私」が再び血と名前の同一性という存在拘束の内部に回帰するところで結末を迎えざるを得なかったのは、なぜなのだろうか。それは、植民地朝鮮出身の作家自身の意識の偏向に直接影響された結果だと思われる。すなわち、共同体のイデオロギーの存在拘束性の外部を探求しようとする欲望と、その内部に安住しようとする欲望との間に引き裂かれていた作家の意識が、後者のほうに傾倒されてしまうことを、「光の中に」の結末は反映している。物語の展開には前者の契機が働いているとするならば、物語の結末部は後者の欲望を全面的に受容しているのである。こうした意識の偏向は、作家の伝記的な側面からも確認できる。日本語文化と朝鮮語文化の間を往来する、朝鮮人日本語作家として出発した金史良は、周知の通り、終戦直前の一九四五年五月に中国の抗日闘争地区に脱出することをきっかけに、朝鮮語の文化と朝鮮民族の共同体イデオロギーのほうに完全に回帰することになるのである。「光の中に」のストーリや結末の構成には、こうした作家自身の意識の偏向が決定的に作用していたのではないだろうか。「光の中に」が芥川賞候補作に選定されたことを母にしらせる書簡「母への手紙」(『文藝首都』、一九四〇年四月)には、次のような記述が含まれている。

愛する母上様　私は考へたのです。本當に私は佐藤春夫氏の云はれるやうなことを書いたのであらうかと。何だか自分は一介の小説書きではなく、何か大きな、でつかいもののひしめきの中からスプリングをかけられて飛び出させられたやうな胸苦しさを感じたのです。少なくともその瞬間そんな思ひ過しをしたのです。私はもともと自分の作品でありながら、「光の中に」にはどうしてもすつきり出來ないものがありました。嘘だ、まだまだ自分は嘘を云つてゐるんだと、書いてゐる時でさへ私は自分に云つたのです。後になりその事についていろいろと先輩や友人達から指摘されるのです。私は黙つてゐるしかありませんでした。(35)

芥川賞の審査委員の佐藤春夫が、「民族の悲痛な運命を存分に織り込ん」だ作品として「光の中に」を評価したことは、第一節で議論した通りである。芥川賞の審査委員たちは、「光の中に」が民族共同体の内部の価値体系を表現する作品であるということに意見の一致を見せていたのである。したがって、その評価について懐疑するということは、作家は「光の中に」を共同体の内部の価値体系を代弁するものとして認識していないということを窺わせている。そしてもう一つ、「「光の中に」

にはどうしてもすつきり出來ないものがありました。嘘だ、まだまだ自分は嘘を云つてゐるんだ」という告白の中には、いったいどのような認識が含まれているのだろうか。まず「すつきり出來ない」という表現は、共同体の存在拘束性の外部を探求しようとする欲望と、その内部に安住を求めようとする欲望の間に、「光の中に」の世界観が分裂していて、そのどちらを追求しようとも「すつきり」になることは「出來ない」という意味として理解される。また、「まだまだ自分は嘘を云つてゐるんだ」という自己反省からは、作家の意識が分裂していたにもかかわらず、共同体の内部への安住という方向に物語を帰着させたことを「嘘」として語っていることが分る。

血、言葉の存在拘束性から、人間存在が永続的に、あるいは一時的でも完全に自由になることが、果たして可能なのだろうか。人間は現実的に周囲の社会の血と言葉を無条件的に受け入れ、その血、言葉の存在拘束性の内部を生きるしかないのではないだろうか。その領域を凌駕することは誰にもできない。人間の意識が、民族の血、言葉を自然な現象として捉える認識の枠組みの中に閉じ込められる特別な場合もある。たとえば、被植民地民族共同体の構成員にとって、支配者の血、言葉の異質性に対照された自分たちの血、言葉の本来性が注入された場合がそれである。自分に与えられたこの無条件的な前提が、歴史的な現実の中で、純血、民族語中心主義のイデオロギーに変質されると、それが個々人の生の世界にどれほど暴力的に介入されるのかは、帝国主義と植民地民族主義の形成がこうした血と言語の自民族中心主義に訴えている点だけを取ってみても、自明のことであろう。その点において、「光の中に」における純血、民族語中心主義の外部への追求の倫理的な正統性は認められるのである。

混血少年は「一人の世界」から、「私」が「偽善と卑屈」から、それぞれ再び安らぎの場所を求め、血、言語の共同体意識の内部に回帰する「光の中に」の物語の展開は、はたして血、言語の存在拘束性の外部への模索の挫折なのだろうか。人間が共同体の存在拘束から自由になるためには、絶えざる自己投企や自己否定を反復しなければならない。その限りで、存在拘束性の外部世界とは「肯定と否定」の反復そのものである。こうした観点からすると、「光の中に」の物語展開は挫折として浮かび上がる。つまり、「光の中に」で少年と「私」が朝鮮人、朝鮮語共同体に安住し、「ほつと救はれたやうな」結末をむかえることは、「どうしてもすつきり出來ないもの」を無理矢理「すつきり」させてしまったことにすぎないのである。「まだ自分は嘘を云つてゐる」と反省するのは、まさにそのためであったろう。作家、「私」、そして少年が、純血、自民族語のイデオロギーに囚われている似非の「光」ではなく、本当の「光の中に」出ていくためには、「肯定と否定を縫ひながら、いつもほのぼのとした光を求めようと齷齪してゐ」なければならなかったのである。

一方、「どうしてもすつきり出來ないもの」、「どうしても」「嘘」にならざるをえないものを追求し続けた「光の中に」の問いかけの意義とは、いったい何だったのだろうか。そもそも存在拘束への問いかけには、果てしない遅延と未解決があるだけである。もしその解決が「すつきり出來」たとすれば、それこそ本当の「嘘」になるだろう。したがって、むしろ「すつきり出來な」かった、すなわち挫折の企図であったからこそ、「光の中に」が見せた存在拘束性の外部への模索の真正さが見いだされるのである。もちろん民族の血統や民族語といった概念は、そこにいかなる正統性を与えようとしても、実はそれ自体が同一性の幻想でしかない。原理的に民族は、さまざまな血の混合と言語の雑種とから構成されざるをえないのである。しかし、共同体の血、言語の同一性の呪縛から自由になるのが用意であることはない。特に、帝国主義と植民地民族主義との対決の渦中に生きる朝鮮人日本語作家が、自民族中心主義のイデオロギーの暴力に全面的にさらされていることは当然であろう。「光の中に」は、少年と「私」、そして作家自身が朝鮮民族としての同一性の確認しながらも、また「國民」統合の象徴でもある「國語」を用いながらも、その共同体イデオロギーの存在拘束に疑問を投げかけ、その外部への超越を模索したのだ。混血少年が閉じこめられていた「一人の世界」、「私」が名前の呼び方から体験した「偽善と卑屈」という内的分裂、などの文学的形象は、血、言葉の同一性のイデオロギーの外部を示唆すると同時に、単一民族の言語、血統のもとで「内地」と「外地」を統合しようとした「内鮮一體」という帝国主義イデオロギーに対する痛切な批判となっている。言語、血統に関する集団的イデオロギーが時代の支配的価値として個々人を抑圧する状況の中で、それに対する個人の実存的抵抗を描き出したという点で、「光の中に」は、植民地期の朝鮮人作家の日本語文学の中で例外的意義を持つ作品であろう。そのイデオロギーによってゆがめられた植民地末期の現実を反映することにとどまらず、読者個々人を言語と血統中心主義のイデオロギーの暴力の前に立たせる実存的な課題をも提示しているのである。この点にこそ、「國語」、「國民」文化状況の中で書かれた「光の中に」という小説の脱植民地主義の地平への可能性が見出される。

（注）

1　植民地朝鮮では、神社制度の頂点にある伊勢神宮に直接奉祀する朝鮮神宮と、朝鮮神宮を補佐する官幣大社としての扶餘神宮、その下に国幣社に格づけられた神社、次に道、府、邑単位の供進社、そして、一般の植民地住民の日常生活と密接に関わっていた、もっとも下部組織である神祠を置き、神社のヒエラルキー・システムを確立していた。植民地朝鮮の神社の目録と社格に関しては、青井哲人『植民地神社と帝国日本』（吉川弘文館、二〇〇五年）の付表二「朝鮮における神社一覧」（一二一—

二一頁）を参照。

2　「朝鮮文人協会声明書」『人文評論』一九三九年一二月、一〇一頁。

3　「朝鮮文學についての一つの疑問」『新潮』、一九四〇年五月、一〇頁。

4　『新潮』、一九四〇年五月、九一頁。

5　芥川賞の植民地主義への傾倒、たとえば、昭和一〇年から二〇年までの日本文学の「外地」指向性などについての議論は、川村湊『異郷の昭和文学』岩波新書、一九九〇年、一四〇―五〇頁を参照。

6　芥川賞全集二　文芸春秋、一九七二年、三九九頁。

7　芥川賞全集二、三九九頁。

8　芥川賞全集二、三九五頁。

9　芥川賞全集二、四〇〇頁。

10　ローゼンベルクとレーニンの発言は両方ともに、ウラジーミル・ナボコフ、小笠原豊樹訳「ロシアの作家、検閲官、読者」『ロシア文学講義』TBSブリタニカ、一九八二年、一〇頁から再引用。

11　芥川賞全集二、三九七頁。

12　一九三九年五月三〇日、国民精神總動員朝鮮聯明役員會席上の南次郎発言、津田剛『内鮮一體の基本理念』緑旗連盟、一九三九年、八―九頁。

13　金史良全集（以下全集）Ⅰ　河出書房新社、一九七三年、二五頁。

14　全集Ⅰ、三四頁。

15　「光の中に」の語り手であり視点人物である「私」は、「草深し」の朴仁植のように、東京帝国大学に留学している植民地出身のエリート青年である。その点において、二つの小説ともに、物語の中で人物と出来事を捉える際に、作者自身の意識を直接投影しているということができる。

16　全集I、一一一頁。

17　全集I、一一八頁。

18　全集I、二一一頁。

19　全集I、三五頁。

20　全集I、三五頁。

21　全集Ⅳ、六七頁。

22　もし、第三節で取り上げる「名前の存在拘束」という文脈から「光の中に」の物語世界を再構成してみると、「光」と「闇」の対照は別の象徴的意味を浮かび上がらせる。すなわち「光」とは名前の同一性への即自的かつ対自的な承認を得た状態を、「闇」とはその未承認状態を、それぞれ象徴するのである。

23　〈怠惰〉と並んで〈性急〉を〈大罪〉と見做していたのは、フランツ・カフカである。簡単にいうと、真の生の不在を確信する〈怠惰〉と、彼方の真の生を設定する〈性急〉は、両方ともに、それだけが許されていない〈忘我〉であり、その点において〈大罪〉なのである。こうしたカフカ的な問題設定についての分析は、小林康夫「カフカの門――『田舎の婚礼準備』のトポロジー」(『起源と根源』未来社、一九九一年、八―二六頁)参照。

24　全集I、二九頁。

25　物語世界で「S協会」の児童部を指導している帝国大学生「私」と作家金史良との関係について確かめておく。現実的に東京所在の「帝國大學」とは、東京帝国大学しかなかったことから、まず「私」という人物は「東京帝國大學」に在籍している留学生として想像されるようになる。また、「S協會」とは「東京帝國大學セツルメント」を指すと思われる。同会は一九二四年六月「無産市民ノ救濟及ビ向上ヲ計リ、教育ノ機會ヲ提供シ、之ニヨリ種々ノ調査研究ヲナス」(任展慧「解題」

全集Ⅰ、三七六頁から再引用）ことを目的として設立された奉仕サークルである。同会には児童部、市民教育部、図書部医療部などの部門が設置されていたが、金史良は、東大在学時（一九三六―九年）に、このセツルメント活動に積極的に参加したと「年表」（全集Ⅳ、三八五頁を参照）には記されている。こうしてみると、「S協會で児童部を指導している帝國大學朝鮮留学生」「私」という人物設定には「東京帝國大學セツルメント」で活動した作者自身の体験が直接投影されていることが明らかである。こうした点は、物語内部の語り手「私」が作者自身の意識の投影によって設定された人物であることを充分予測させる根拠になる。

26　全集Ⅰ、一二―三頁。

27　全集Ⅰ、一三頁。

28　この「偽善」と「卑屈」とは、本書のⅡ―三「植民地「國語」作家の内面」で分析した「俗物性」と「悲劇性」の両面性という、植民地日本語作家の内面世界の様相と、発生構造的に、かつ意味構造的に、非常に類似している。「光の中に」が周囲によって支配者の一員に認められた被支配者の意識を捉えているとするならば、Ⅱ―三での「天馬」は、支配者の言語に同化を求めている植民地作家の意識を対象としているのである。「偽善」と「卑屈」は、基本的に朝鮮的なものと日本的なものの間に揺らいでいる意識世界である一方、「俗物性」と「悲劇性」は、もっぱら支配者の文化を欲望する被支配者の意識の深層である。そして、「光の中に」では、「偽善」と「卑屈」に全面的に露出されている「私」の意識が分析的に語られている一方、「天馬」では、植民地作家の意識に錯綜する「俗物性」と「悲劇性」が風刺的な語りの中で暗示されている。もちろんこうした点意外にも、この二つの作品で描かれている被支配者の内面世界の間には、いくつかの質的差異を確認することはできるだろう。しかし重要なのは、この二つの作品はともに、支配者の価値体系の中で自己正体性を置く被支配者の意識を主題化し、「偽善」と「卑屈」、「俗物性」と「悲劇性」が表裏になって錯綜する具体的場面を描き出しているということである。すなわち、被支配者の精神現象を繊細に追跡していることが、金史良の代表的な植民地期日本語小説「光の中に」と「天馬」の大きな特徴なのである。

29 朝鮮教育会（朝鮮総督府學務局内）「小學校規程」『文教の朝鮮』一九三九年四月、二五頁。
30 宮田節子「天皇制教育と皇民化政策」浅田喬二編『帝国日本とアジア』吉川弘文館、一九九四年、一五九―六四頁を参照。
31 最終的に朝鮮住民の約八割が創氏改名したことは確かであるが、実施後前半の三ヶ月間に届け出た戸主は七・六パーセントに過ぎなかったということから、「創氏改名」に対する朝鮮住民の消極的態度を把握することができる
32 『毎日新報』一九四〇年九月二一日。
33 『毎日新報』一九四〇年八月一四日。
34 全集Ⅰ、三五―六頁。
35 「母への手紙」『文藝首都』、一九四〇年四月、全集Ⅳ、一〇五頁。

三　植民地「國語」作家の内面――金史良「天馬」

植民地期朝鮮人作家による日本語文学作品は、朝鮮半島への日本帝国主義の膨張という政治的、文化的状況の中で生産、消費されたものである。朝鮮人日本語作家は、植民地末期の文化言説において、「皇民文學」作家、「國民文學」作家と呼ばれていた。そして、植民地期間中に日本語創作に携わっていた、その「皇民文學」作家、「國民文學」作家のほとんどは、一九四五年八月の日本帝国主義の敗亡以後には、それまで抑圧されてきた朝鮮語文学に回帰するようになった。こうした点からみても、植民地期の朝鮮人作家の日本語創作という現象自体が、日本帝国主義の「國民」統合の文化戦略の直接的な影響の下に置かれていた(1)ことは明らかである。

しかし、朝鮮人作家による日本語作品の歴史的現実への関わり方を、時代的イデオロギーに追随し、代弁していたというように、一概に把握することはできない。その中には、植民地主義の政治的主張に一方的に飲み込まれたり、その時期の歴史的出来事を受身的に書き留めたりするのではなく、それに対し疑問を投げかけ、時代的イデオロギーと個人の生の世界の関連様相を観察する作品も含まれているのである。これらの作品は、基本的に、作家が「國語」化という「國民」統合イデオロギーの要求に従属しながら、自分の創作行為を巻き込む植民地末期の現実状況を対象化することによって成立している。いいかえれば、同時代の現実を自己言及的に取りあげ、そのイデオロギー的な権力作用が自分の意識にどのような影響を及ぼしているのかを問うことが、これらの作品の重要な契機の一つとなっているのである。

朝鮮人作家の日本語文学作品というのは、植民地以後の国民文化中心主義の観点からすると、確かに、植民地被支配文化の特殊な例であろう。しかし、日本語が「國語」として強制されていた植民地末期の文化状況においては、朝鮮人作家が日本語で創作をするということはむしろ一般的な現象であった。日本語が「國語」として強要される植民地文化状況の中で、朝鮮人作家はどのように対応していたのだろうか。本論考では、「國語」と朝鮮語の間に引き裂かれていた植民地作家の意識や欲望、特に、支配者の言語に同化を求めた植民地「國語」作家の内面を素描してみたい。

朝鮮人作家の日本語文学については、これまで数多くの研究言説が生産されてきた。朝鮮人作家による日本語創作それ自体を過去の負の遺産と片付けている自国語中心主義的な研究、朝鮮人日本語作家と作品を日本帝国主義の文化支配への抵抗と協力の二項対立的な枠組みの中で評価する自民族中心主義的な研究、そして、朝鮮人日本語文学から二言語主義、多文化主義の可能性を見出そうとする、最近のポスト・ナショナリズム的な研究などを挙げることができる(2)。しかし、これまでの研究には、ナショナリズムであれ、アンチナショナリズムであれ、植民地以後の国民国家の展開の中で形成されてきたイデオロギー的な主張が強く反映されていることを、ここで確かめておかなければならない。これまでの研究は、つまり、植民地以後という事後的な視点による価値判断の言説であるがゆえに、「國語」に強要される日本語を選択する植民地作家の言語意識そのものを問題化することはできなかったのである。

それでは、「國語」化の文化状況を直接体験していた植民地作家の意識世界にどのように近づくことができるのだろうか。もちろん、朝鮮語を母語とする作家が、日本語を創作言語として選択した際の理由や状況について、直接記述した文章を見つけることはできる。しかし、日本語が強要される状況とそれを選択する言語意識を、当時作家たちが残した宣言、主張などの記録によって代弁させるわけにはいかない。それらの文章は、自分の言語選択に合理的な説明を施している点からすると、事後的な価値判断の言説とほぼ同じ意味合いをはらんでいるのである。ここでは、朝鮮人作家が日本語を選択したときの言語意識は、その日本語によって書かれた作品のなかにもっとも明確に刻まれているのではないかという観点から、金史良の「天馬」(『文藝春秋』、一九四〇年六月)を取り上げる。

植民地末期の朝鮮社会における「國語」化の文化状況が物語の背景となっている「天馬」には、当時朝鮮文壇の実際の朝鮮人日本語作家をモデルにしたと思われる人物が、主人公として登場している。こうした物語の設定だけを取ってみても、この作品が朝鮮人作家の日本語による創作という主題を自己言及的に問題化していることが分る。すなわち、植民地末期の文化統治状況のなかで、「國語」を選択して作品活動に臨んでいた作家自身の価値観や言語イデオロギーが、他者化された別の朝鮮人日本語作家を観察する中で書き込まれているのである。

以下では、第一に、朝鮮人作家に日本語が「國語」として強要される文化状況を、第二に、その文化状況の中で「國語」を強要する側と強要される側の社会的、イデオロギー的立場を、そして第三に、朝鮮人「國語」作家が置かれていた、支配者の言語に同化を求めていく植民地作家の意識や欲望を、それぞれ「天馬」がどのように描き出しているのかを分節して議論する。

1 植民地末期の京城の文化状況

(1) 朝鮮文壇の「國語」化

「内鮮文學の建設」というスローガンのもとに京城で発行されていた『國民文学』の一九四三年三月号には、「新半島文學への要望」という座談会の記録が載せられている。菊池寛、横光利一、河上徹太郎、保高徳藏、福田清人、湯浅克衛、崔載瑞が、それぞれ「内地文壇」と「外地文壇」を代表して参加し、植民地朝鮮の「國語」化の文化状況について意見を交したものである。座談会の重要話題としては、「朝鮮文壇の現況」、「國語創作の問題」、「朝鮮文學と中央文壇」などが取りあげられた。

菊池(菊池寛——引用者) 僕は諺文(朝鮮語——引用者)で文學を書くと云ふことも、それも一つの宜いことには違ひないけれども、兎に角讀者を擴めると云ふ點から言へば、矢張り國語で書いた方が結局宜いのぢやないかと思ふね。それも朝鮮の持味なんかはつきり出すには諺文が便利だらうが、併し朝鮮文學を振興させるのには、矢張り市場の廣い國語で書く、之が宜いのぢやないかと思ふね。

崔(崔載瑞——引用者) 大體さう云ふ考が今支配的ですね。

菊池 諺文と云ふのは、僕は知らないけれども、あんたなんか考へて、非常に文學的な言葉なの?

崔 まア小説には向かないやうですが、詩の言葉としては優秀なものだと思つて居ります。(3)

発言を交している菊池寛と崔載瑞は、周知の通り、それぞれ「内地文壇」と「半島文壇」を文学の戦争総動員という国家政策に追従する方向に導いていた、いわば文化権力者である。二人の会話には、「内地文壇」と「半島文壇」、または日本文学と植民地文学の間の権力関係、そして「國語」と朝鮮語の支配、被支配関係が含蓄されている。それはたとえば、菊池寛のぞんざいな言葉使いと崔載瑞の丁寧な言葉使いの非対称的な交換(4)にも生々しく現れている。植民地末期の戦争体制の中での文壇の再編成、朝鮮文学の「國語」化などの文化統治政策を円滑に遂行するためには、いうまでもなく、こうした文化の支配・被支配関係を既定事実化しなければならないのである。なぜなら、それによって「國語」と「國民文化」による「内鮮文學の建設」企画そのものが正当化されるからである。

確かに、「内鮮文學の建設」を主導したのは、政治的、文化的権力を握っていた、たとえば菊池寛のような「内地」の「國民文學」者であろう。しかし、植民本国の文化権力者による植民地文学者への主張や弾圧だけで、「内地文壇」と「半島文壇」の「國語」への統合が行われていたことはけっしてない。「内鮮文學の建設」のためには、「國語」化という文壇状況の中で権力的に下位に置かれていた植民地文学者たちが、「國語」と「國民文化」に同化を成し遂げ、自ら「皇民文學」作家、「國民文學」作家の位置になろうとする欲望を持ち続けることが、むしろ大事ではないだろうか。この点に関連づけて、「讀者を擴める」、「朝鮮文學を振興させる」などの理由を挙げ、「國語で書いた方が結局宜いのぢやないか」という菊池の提案に対する、「大體さう云ふ考が今支配的です」という崔載瑞の答えは注目に値する。そこには、朝鮮語・朝鮮文化に対する日本語・日本文化の優位性と、「内地文壇」の「半島文壇」への支配の正当性などを承認する植民地文学者の立場が代弁されているのである。つまり、朝鮮文壇の「國語」化という「内鮮文學の建設」の企画は、このように日本人「國民文學」者の提案と朝鮮人「國語」作家の追従的合意によって推進されたということを、引用の二人の会話は示している。

実際この座談会が行われていた一九四二年末の時点では、たとえば、総督府の機関新聞以外の朝鮮語新聞は発行が禁止されていることからも推察できるように、朝鮮社会の文化状況の各分野にはすでに「國語」化が進められていた。すなわち「國語」の使用は、植民地作家にとって提案されたり、その提案に合意したりするような、選択事項ではなかった。公刊発表を前提とする植民地作家の文学活動の場合、「國語」使用は必須不可欠な条件になっていたのである。菊池寛と崔載瑞の「國語創作の問題」についての引用の発言は、したがって、将来の方向を提示するというよりは、現在進行的な状況を整理するために行われていたことがわかる。まず、朝鮮文壇の「國語」化の状況が創出されるまでの過程を、出版メディアを中心に簡単に辿ってみることにする。

政治、司法などの公的分野の公用語が、周知の通り、植民地統治初期から日本語であったとするならば、植民地住民社会の出版、教育などの文化領域で、「國語」化が全面的に強制されるようになったのは、一九三〇年代半ば、特に一九三七年七月勃発した日中戦争以後のことである。その時期にいたると、総督府の植民地支配の基本方針は戦時動員体制の構築と植民地住民の「皇國臣民の練成」政策に集中されるようになる。出版物の「國語」化、新聞や雑誌の統・廃合、検閲の強化などの文化統治の変化は、こうした植民地支配方針の転換に連動して行われた。

たとえば、朝鮮総督府の警務局図書課が直接統制、検閲していた機関新聞の場合、一九三七年までは三つの言語で発行されていた。まず英字紙 The Seoul Press が一九三七年五月三〇日字を最後に廃刊になり、「國語」紙『京城日報』と朝鮮語紙『毎日申報』の中で、『毎日申報』のほうを再編成することになる。一九三七年一月一二日に「國語」欄を創設した、『毎日申報』は、それまで植民地住民共同体の民族主義イデオロギーの形成に大きな役割を果たしていた『朝鮮日報』、『東亞日報』の両民間紙を買収、併合する目的で、一九三八年四月、『毎日新報』と改称し、『京城日報』から経営分離した(5)。一九四〇年八月一〇月には、総督府警務局の「指導」によって『朝鮮日報』、『東亞日報』の両紙が同時に廃刊され、この時点から植民地朝鮮社会で民間資本による言論活動は姿を消すようになった。朝鮮語新聞としては『毎日新報』が、戦争末期にはタブロイド判二面にまで紙面を減らして、一九四五年八月一五日まで存続した。

朝鮮語雑誌の場合も、新聞とまったく同じように、総督府警務局の強制的な「指導」によって統・廃合され、「國語」化されるようになった。一九三〇年代後半、たとえば、『緑旗』、『東洋之光』、『新時代』、『新女性』、『興亞文化』(『緑旗』の改題)などの「國語」誌が続々創刊される中で、朝鮮語誌は次第に姿を消すことになる。一九四一年四月には、当時の朝鮮文壇において最大の朝鮮語総合文芸誌であった『文章』と『人文評論』が同時廃刊される。その両誌と数種の朝鮮語誌は、「用紙飢饉の時代にこれだけの文芸雑誌が保証して貫へ」る(6)という総督府警務局の措置の下で、一九四一年一一月創刊された『國民文學』に統合されたのである。「皇道精神昂揚」への協力を掲げて創刊された『國民文學』は、当初「國語」年四回と朝鮮語年八回の二言語併用月刊誌と予定されていたが、創刊号から「國語」面が中心で、一九四二年五、六月合併号からは完全に「國語」誌と化した。この五、六月合併号の後記に編集者崔載瑞は、「朝鮮語は最近朝鮮の文化人にとつては文化の遺産と云ふよりは寧ろ苦悶の種(7)」であると記し、植民地末期朝鮮社会の「國語」化という文化状況（8）を象徴的に告げている。

「天馬」は、こうした「國語」化の文化状況、特に「半島文壇」と呼ばれていた文学人集団の「國語」化状況を、物語の事件発生の背景とし、また、当時の朝鮮文壇に関わっていた文学者たちを登場人物に設定している。具体的にいうと、植民地末期の文壇状況の中での日本人文学者と朝鮮人文学者、あるいは「國語」作家と朝鮮語作家の支配、被支配関係を、そのまま物語の葛藤の契機として取り上げているのである。まずここで注目しなければならないのは、植民地末期の「半島文壇」の文学者たちを、「天馬」がどのような態度で、どのように配置しているのかということである。なぜならこの点は、基本的に「天馬」の現実関与の性格をあらわす根拠になるからである。

「天馬」の人物構成を全体的にみると、当時の朝鮮文壇に関与していた文学者のすべての類型が登場している（9）ことがわかる。すなわち、朝鮮人「國語」文学者、朝鮮語文学者、京城在住の日本人文学者、そして「半島文壇」の「國語」化と「國民文學」化を指導するため京城を訪問した日本文学者などが、均等に配置されているのである。たとえば、朝鮮語は「滅亡の呪符」だと叫びまわる玄龍——玄の上龍之介が正式名として紹介されている——という主人公は、「國語」化政策に追随し、日本語に同化を求めていた朝鮮人「國語」作家の立場を、朝鮮文学者懇談会で朝鮮語の時代的、文化的意義について吐露する「少壮評論家李明植」は、「國語」化の文化状況の中で朝鮮語に執着していた、あるいは急激な状況変化に適応できなかった、朝鮮語文学者の立場を、それぞれ代表するように設定されている。また、「朝鮮民衆の愛國心を深めるために編輯される時局雑誌Uの責任者」である大村は、総督府の後ろ盾を得て文壇の「國語」化を指導、検閲していた京城在住の日本人文学者の立場を、朝鮮や満州の時局状況を観察するために京城に滞在している田中は、一九三〇年代後半から文学の戦争動員についての講演を植民地の各地で頻繁に行った「内地」文学者の立場を、それぞれ思い浮かばせる。各類型の文学者を代表する登場人物同士の相互交渉が、この作品の題材そのものになっているのだが、こうしてみると、植民地末期の朝鮮文壇の「國語」化状況での文学者たちのそれぞれの立場を総体的に描き出そうとすることが「天馬」の人物配置の意図であったということが明らかである。

もちろん「天馬」の語りは、それぞれの文学者類型を代表する登場人物を、等距離的な、価値中立的な観点から、個別的に捉えることではない。語りの焦点は、朝鮮文壇の「國語」化状況での支配的なイデオロギーをもっとも先鋭に表現する類型であろう、朝鮮人「國語」作家のほうにつねにあわせられているのである。「天馬」の物語展開は、その類型を代表する玄龍という人物が、言語的、イデオロギー的に異なる立場にある他の文学者たちと交渉する場面を交互に提示していくことによって成り立つ。まず、朝鮮語か、あるいは日本語かという言語選択問題が議論される朝鮮文人時局懇談会の会場で、玄龍が、朝鮮語を主張する少壮評論家李明植と喧嘩口論になる場面を皮切りに、玄龍と「國語」作家に憧れている朝鮮文壇の女流詩人文素玉が喫茶店で出会って言葉を交わす場面、玄龍が時局雑誌「Uの責任者」大村に詰責される場面、そして鐘路通の飲み屋で、東京からきた田中などの「内地」人文学者たちに玄龍が蔑視される場面など、玄龍と他の文学者たちとの交渉を次々と取り上げていく。つまり、朝鮮人「國語」作家玄龍と、他の類型を代表するそれぞれの人物とのやり取りを注意深く観察することによって、「天馬」は、朝鮮文壇の「國語」化状況の中の支配と被支配の相互関係を、具体的に主題化しているのである(10)。

いいかえれば、「天馬」の玄龍という主人公は、朝鮮文壇の「國語」化状況の全体像を浮き彫りにさせる媒介的人物でもあるのである。玄龍と他の文学者たちとの関係を通してあらわれる、文学者たちのイデオロギー的立場や政治的スタンスに関しては、第二節で分析することにする。ここでは、玄龍と他の文学者たちとの交渉が行われる場所、すなわち「天馬」の地理空間的な背景が示す、物語内の意味効果を確認しておく。

（2）植民地都市の文化空間

「天馬」の語り手は、玄龍が「ある重苦しい雲が垂れこめた朝」に新町の遊郭(11)を出てから、翌朝、幻聴と幻覚の状態で黄金通と新町の裏小路を走り回るまで、彼のまる一日の行動をスケッチ風に描いていく。したがって、物語の空間的背景は、玄龍がその一日間歩き回った地域になる。すなわち新町の遊郭、本町（京城で一番繁華な日本人町、今日の忠武路付近地域）、黄金通（京城の中心街を南北に分ける幹線道路名、今日の乙支路）、長谷川通（本町と黄金通をつなぐ支線道路名、今日の小公洞）、そして鐘路通（京城で一番繁華な朝鮮人町、今日の鐘路）といった当時の京城の中心街である。「天馬」という物語の中心的出来事といえば、それは玄龍が、言語的、イデオロギー的立場を異にする文学者たちと出会うことであろうが、その出会いとやり取りのすべてがこの空間の中で行われている。たとえば、言語選択問題をめぐって評論家李明植と舌戦、乱闘騒ぎをした朝鮮文学者懇談会の会場は本町通の「明治製菓」、女流詩人の文素玉と軽薄な会話を交した場所は長谷川町から黄金通に出たところにある喫茶店リラ、そして、「Uの責任者」大村や東京からきた田中などの日本人文学者に醜態を演じた場所は鐘路通にある飲み屋であったのである。もともと小説を読むとは、ある意味では小説世界の内部に設定されている地理的空間を登場人物と一緒に回っていく行為でもあろう。それでは、玄龍の行動の舞台であった京城の中心街を「天馬」はどのように捉えているのだろうか。

本町通りはいくら午前中でも明菓あたりから通り出口の方にかけては、人々の群でいつも氾濫する程に雜沓する。そそつかしく下駄を鳴らして歩く内地人や、口をぽかんとあけて店先を眺める白衣のお上りさんや、陳列窓に出した目玉の動く人形にびつくりし合ふ老婆達や、買物に出掛ける内地婦人、ベルの音もけたたましく驅けて行く自転車乗りの小僧に、僅か十銭ばかりの運賃で荷物の奪い合いをする支械軍（チゲ）（背負子で荷物を運ぶ人夫――引用者）などで。玄龍はかういふ人々の波をくぐるやうに急ぎ足で通り抜け、鮮銀前の廣場に立ち止つた。電車が繋く往き交ひ自動車が群れをなしてロータリーを走り廻つてゐる。彼は慌てふためきつつ廣場を突き渡つて、向ひ側の静かな長谷川町の方へはいつて行つた。(12)

午前中「明治製菓」でコーヒーを飲みながら、「東京文壇の作家田中が、満州へ行くついでに京城へ立ち寄つて朝鮮ホテルに投宿してゐる」ことを朝刊の「學藝欄の一隅」で読んだ(13)玄龍は、日本人文学者一行に会うために長谷川通の朝鮮ホテルに行く。ここでの玄龍の位置は、京城で一番繁華な「本町通り」にある「明治製菓」を出てから、長谷川通のほうに徒歩移動中である。すなわち引用は、玄龍が移動するにつれて変化していく街の風景を写生した文章である。

ここでまず注目しなければならないのは、玄龍が日本語式の名称の街だけを通っているという点である。街路というのは、その都市に居住する、あるいは通行する人々の身体を空間的に拡張するメディアであろう。その都市空間の方向と位置の標識である街路名が日本語化されているということとは、いうまでもなく、植民本国の「國語」、「國民」文化が京城の人々の日常を支配していることを表象する。

植民地時代の京城の中心街は、周知の如く、一九一八年以後、朝鮮王朝の正宮であった景福宮と周辺の離宮を囲む地域が整備されることによって形成された。そのためか、本町通、長谷川通、黄金通などの日本名の新街路と、宮殿の門の名称を取った旧街路とが、京城の中心部を縦横に連結している。したがって、「天馬」が背景にしている京城の中心街には、引用に出てくる日本名の街路以外にも、南大門通、光化門通、西大門通などの街も含まれている。しかし、玄龍が夕方鐘路通の飲み屋を訪れる以外には、物語全体を通して、日本式の名が付けられた街や町だけを歩きまわるように､語り手は描いているのである。「天馬」の読者がもし植民地期の京城の中心街を参照しながら、「本町通り」から「長谷川町の方へはいつて行」く玄龍の位置移動を連想するとするならば、彼が南大門大路を通過しなければならないことを自然に思い浮かぶことになる。玄龍が南大門通を渡る場面は、引用の地の文では、「慌てふためきつつ廣場を突き渡つて」いくと、捉えられている。結果的に、玄龍の位置移動を描写している「天馬」の語り手は、南大門通という街路名を避けているということである。すなわち、現実的には空間的背景の内部であらざるをえない、宮殿の門の名の街路を物語世界から排除しているのである。

「天馬」は、したがって、玄龍が日本名の新街を移動する場面だけを意図的にクローズアップすることによって、その空間的背景を、「國語」化された京城文壇や「國語」化に従属する朝鮮人日本語作家の文化的性格にイメージ的に重ね合うように描き出しているのである。

こうした語り手の態度に関連して、もう一つ、玄龍が「本町通り」を西の方に進み、長谷川通に入るまで、語り手は主に二つの場所に視線の焦点をあわせているということも見逃してはいけない。二つの場所とは、「明菓あたりから通り出口の方」と「鮮銀前の廣場」である。

周知の通り、日本人町の繁華街「本町通」は、植民地首都京城に流入する植民本国の都市大衆文化が集約されていた場所である。たとえば、京城在住の日本人や植民地土着ブルジョアに近代的文化や商品を提供する百貨店などが立ち並んでいた。三越呉服店（一九〇六年）の開店以来、丁子屋（一九二一年）、三中井（一九二二年）、平田（一九二六年）などの総合小売店が「本町通」一帯に集まっていたのである。「天馬」の語り手が視線の焦点をあわせている「明菓あたり」とは、「本町通」の中でも一番賑やかなところであった。植民地期に日本以外の植民地域で最大の百貨店であった京城三越新館が、地上四階、延建坪二三〇〇坪、従業員三六〇人規模で一九三〇年に開店した(14)のが、この「明菓あたりから通り出口の方」であったのである。日本人植民者の文化生活の中心地「明菓あたり」の都市大衆文化は、「口をぽかんとあけて店先を眺める白衣のお上りさんや、陳列窓に出した目玉の動く人形にびつくりし合ふ老婆達」のような植民地民衆の文化的欲望と末梢消費感覚を刺激し、支配、被支配の暴力性そのものを忘却させる装置でもあったはずである。こうした植民地近代文化を象徴する場所の「いつも氾濫する程に雑沓する」「人々の群」を、「天馬」の語りは、街の風景の中で特別に浮き彫りにしているのである。

また、移動中の玄龍を捉える次の場所として、「天馬」の語りが選んだのは、「鮮銀前の廣場」である。「本町通」と南大門通が合流する地点に位置する「鮮銀」とは、いうまでもなく植民地経済支配の象徴である。「鮮銀」もまた、植民地住民の日常生活とは直接的な関わりはないかのように見えるが、実際は、植民地経済システム全体を管轄する、植民地経営の中枢的機関である。植民地住民の身体や意識を見えない制度的装置によって調節するという点においては、「本町通」の植民本国の近代都市文化とまったく同じことを含意しているということである。すなわち、「天馬」は、主人公の位置移動を描いていく中で、「鮮銀前の廣場に立ち止つた」玄龍を特別に捉えているのである。

こうしてみると、「明菓あたりから通り出口の方」と「鮮銀前の廣場」に焦点を置く語りを通して、京城という都市空間が文化的に、経済的に、植民地支配秩序によって完全に支配されていることを、「天馬」は、物語世界の一部に取り入れていることが明らかである。玄龍の移動を描写する語り手が植民地「國民」文化の要諦の場所に特に注目するということは、玄龍が日本名の街を歩き回る場面だけを描き出すことと、意味論的にパラレルなのである。そこには作家の計画的な想像力が働いているといわざるをえない。いいかえれば、「天馬」は、主人公が徘徊する街や町の性格を、「半島文壇」と朝鮮人「國語」作家の植民地文化的な性格に、体質的に相応させる形で提示している。その点において、「天馬」で描かれた一九四〇年前後の「ある重苦しい雲が垂れこめた朝」の京城の街の風景とは、ただの物語背景ではなく、物語全体に作用している意味構造そのものである。

2　朝鮮文壇のヒエラルキー

(1) 朝鮮語文学者の文化的位置

「新町裏小路のとある娼家から」「投げ出されるやうに出て來た」玄龍は、午前中まず、「明治製菓」でコーヒーを飲むことになる。「明治製菓」とは、前夜「朝鮮文化の一般問題だとか、朝鮮語による述作問題の是非」を討論するために、朝鮮文壇の文学者たちが懇談会を開いた場所である。そこで玄龍が李明植の攻撃と蔑視を受けたことが、翌日の午後まで彼の脳裏を離れない事件、すなわち語りの展開のきっかけを提供する事件として紹介されている。玄龍は「若い血氣盛りの評論家李明植」に、「貴様こそ朝鮮文化の恐ろしいだにだ(15)」と罵られたのである。小説の導入部から玄龍の想起の断片を通して示された、この事件は結局語り手によって詳細に報告される。

「朝鮮語でなくては文學が出來ぬといふ譯ではない。僕は言語の藝術性のためにのみこのことを云つてゐるのではない。何百年といふ長い間固陋な漢學の重壓のもとで文化の光を拝むことが出來なかつたわれわれが、曲りなりにでもだんだんとわれ等の貴い文字文化に目覺めて來た今日ではないか。李朝五百年來の惡政の陰に埋れた文化の寶玉を發掘し、それによつて過去の傳統を受け繼ぐために、過去三十年間われ等はどれ程血みどろな努力を拂つてこれ位の朝鮮文學でも打ち樹てたのであらうか。この文學の光、文化の芽をどういう理由で僕達の手で又葬るべきだと云ふのか。だが僕はこれのために又徒らに感傷的になつて云ふのでもない。實に重大な問題は朝鮮人の八割が文盲であり、しかも字を解する者の九〇%が朝鮮文字しか讀めないという事實なんだ！」

その時玄龍は突然きききと嗤ひ聲をたてた。（中略）

「朝鮮語での述作がこの人達に文化の光を與へる爲にも、はた又彼等を愉しませるためにも、絶對的に必要なのは論を俟たぬことではないか。今も嚴として朝鮮文字の三大新聞は文化の役割を立派に果たしてゐるし、朝鮮文字の雜誌や刊行物も民衆の心を豊かにさせてゐる。朝鮮語は明らかに九州の方言や東北の方言の類とは違ふ。もちろん僕は又内地語で書くことを反對してゐるのでもない。少なくとも言語のショービニストではないのだ（中略）内地語か然らずんば筆を折るべしといふ一派の言説の如きは餘利にも言語道斷である」（中略）玄龍はその時體を反らしていかにも莫迦にしたやうに、

「朝鮮語か」

と一言あしらつてせせらわらつた。ここにおいてつひに李明植は心燃え上がり血を取り上げてぶち投げた。(16)

李明植は、「長い間固陋な漢學の重壓」を耐えてきた朝鮮語文化の傳統、「過去三十年間」朝鮮語に注いだ「血みどろな努力」、「朝鮮文字しか讀めない」読者層、そして「文化の役割を立派に果たしてゐる」「朝鮮文字の三大新聞」と「朝鮮文字の雑誌」などの例を次々挙げながら、朝鮮語の創作を擁護している。李明植の発言は、朝鮮語に自己同一性を求めようとした朝鮮人作家の言語的、イデオロギー的立場を代弁している。その発言の文化的意義が、民族語中心主義の内部に還元しきれるものではないことはいうまでもない。実際、植民地末期の朝鮮社会の「國語」化は、前近代時代の漢字文化の抑圧、植民地期の日本語との対立を潜り抜けてきた朝鮮語文化の苦難の歴史の中でも、もっとも深刻な危機であった。李明植の発言は、まさにこの絶対的危機の中で行われていたのである。つまり、一つの言語、文字文化を人間社会から消滅させようとする、全体主義国家の巨大な文化暴力に立ち向かっている点において、李明植の発言は、普遍的な価値を持っているということである。

そして、植民地社会の「國語」化に対する作家自身の文化的判断が物語世界の中で投影されてい

るという点からも、李明植の発言は注目に値する。李明植の主張は、実は、「朝鮮文學風月録」（『文藝首都』、一九三九年六月）、「朝鮮文化通信」（『現地報告』文藝春秋社、一九四〇年九月）などの評論での作家の言語的立場、特にその中で披瀝された朝鮮語創作の正当性に関する論旨とほぼ一致する。金史良は、それらの評論を通して、「國語」のみによって書かねばならないという認識には反対であること、朝鮮文壇の作家たちに朝鮮語と日本語の両方による創作を同時に勧めること、そして現実的に両言語の文学を交流させるためには翻訳を活発化しなければならないということなどを主張したのである。こうしてみると、植民地末期の「國語」化の現実状況に関与する作家自身の実践的、意志的態度が、李明植という登場人物の発言によって代弁されていることは明らかである。

しかし、作家の「朝鮮語創作の正当性」の認識が、日本語小説や日本語評論などで主張されることからも分るように、李明植の発言の内容は、植民地朝鮮社会の文化状況の現実とはかけ離れていた空想にすぎないということは、ここではっきりさせておかなければならない。それは、作家が自分の共同体の言語で書く、しかも支配者の言語と兼用して書く創作環境を主張するために、これほどの長々とした理屈を示さなければならなかったという事情からも推察することができる。

たとえば、李明植は、朝鮮語文学の正当性と可能性を主張するために、社会的、メディア的条件として「朝鮮文字の三大新聞」や「朝鮮文字の雑誌や刊行物」の存在を取り上げている。現実的に朝鮮語出版は、前節で述べたように、「國語」化の文化政策によって完全に統制されていたにもかかわらず、「朝鮮文字の三大新聞は文化の役割を立派に果たしてゐるし、朝鮮文字の雑誌や刊行物も民衆の心を豊かにさせてゐる」と語られているのである。もちろん、この陳述を事実とは異なる偽りとして簡単に片付けることはできない。なぜならその裏面の逆説的なメッセージを読み取らなければならないからである。

「朝鮮文字の三大新聞」とは、『東亞日報』、『朝鮮日報』、『時代日報』の三大日刊紙のことを指すであろう。周知のように、一九二〇年創刊以来、植民地期の約二〇年の発行期間中、『東亞日報』は、無期停刊四回、販売禁止六三回、押収四八九回、『朝鮮日報』は、無期停刊四回、押収五〇〇余回の処分をそれぞれ受けた。また、一九二四年に創刊、一九三六年一一月に廃刊された『時代日報』(『中外日報』、『中央日報』、『朝鮮中央日報』に改題)も、一回の停刊、二五七回の押収処分を受けた(17)。こうした現実を考慮すると、「朝鮮文字の三大新聞は文化の役割を立派に果たしてゐる」という李明植の発言には、当然、この「三大新聞」に政治的、文化的弾圧が前提にされるようになる。したがって読者たちは〈厳しい弾圧に耐えながら〉という表現を暗黙のうちに付け加えなければならないということである。つまり、「文化の役割を立派に果たしてゐる」という語りには、植民地支配者の朝鮮語文化への暴力を告発するメッセージが含まれているのである。

李明植のこの発言には実はもう一つの表面的な偽りが示されている。すなわち、「天馬」という小説が読者に読まれる時点ではすでに「朝鮮文字の三大新聞」は存在していなかったのである。一九三六年一一月には『朝鮮中央日報』(『時代日報』の後身)が廃刊、また『東亞日報』、『朝鮮日報』は、「天馬」が発表された直後の一九四〇年八月に総督府の機関紙『毎日新報』によって強制的に吸収されていた。こうした「國語」化状況の中での朝鮮語文化に対する弾圧、直接的には「朝鮮文字の三大新聞」の強制的廃刊を思い浮かべると、「文化の役割を立派に果たしてゐる」という表現から、朝鮮語に執着しなければならなかった、あるいは「國語」に同化することができなかった、朝鮮語作家の文化的絶望感を読み取ることができる。

朝鮮語作家たちの死活問題を代弁しているこうした李明植の発言に対して、玄龍は「朝鮮語か」と「あしらつてせせらわらつた」と、語り手は、互いのやり取りを捉えている。いいかえれば、朝鮮語創作の正当さを語る朝鮮語作家の冗漫な演説に、「朝鮮語か」という「國語」作家の無誠意な態度の一言が同じ重さで対応できるかの如く、李明植と玄龍の応酬が配置されているのである。「朝鮮語か」という一言が、ただの不真面目な対応以上の意味を持っていることはいうまでもない。その表現がどれほどリアルに現実を反映しているかは、「朝鮮語は最近朝鮮の文化人にとつては文化の遺産と云ふよりは寧ろ苦悶の種」という、『國民文學』の編輯者崔載瑞の宣言を思い出すことで充分明らかになる。朝鮮語作家と「國語」作家の会話のこのような非対称的配置は、李明植が提示した統計をそのまま用いていうと、実は、「九〇%の朝鮮文字」の植民地一般住民をわずか一〇%の日本語解読集団が政治的に、文化的に抑圧、排除する「國語」化状況の言語階層的な特殊性を形象しているのではないだろうか。すなわち、引用の会話文の配置には「國語」化状況においての日本語と朝鮮語の歪められた権力関係が見事にあらわれているのである。

（2）朝鮮文壇の文学者群像

朝鮮文学者懇談会で行われた李明植が玄龍の対決は、李明植が玄龍に暴行を働き、検挙されることで一段落つく。物語の表層では、「朝鮮語か」と嘲笑った玄龍が、「貴様こそ朝鮮文化の恐ろしいだにだ」と罵られ、朝鮮語作家たちによって排斥されるという展開がまず浮き彫りにされる。確かに、朝鮮語作家たちに憎み嫌われる姿からは、植民地「國語」作家玄龍の性格の一面をうかがうことができるだろう。しかし、物語展開においてより重要なのは、李明植らの朝鮮語作家が逆に玄龍らの「國語」作家によって排除されなければならないという契機が文脈化されていることである。「僕はもう朝鮮語の創作にはこりました。朝鮮語なんか糞喰らへです。だつてそれは滅亡の呪符ですからね[18]」という玄龍の主張は、先に述べたように、現実の「國語」化状況でのもっとも中心たる階級の言語的、イデオロギー的立場をそのまま代弁しているのである。ある意味では、植民地末期の朝鮮人文学者たちが文学活動を継続するためには、どうしても受け入れなければならないのが玄龍の主張であったということである。こうした植民地「國語」作家としての玄龍の立場は、喫茶店リラで女流詩人の文素玉と交わす会話の中で冷笑的に捉えられている。

「昨夜U誌の大村君が又僕んところへ來たんですよ、いいですか、大村君がウヰスキーを持って來たんですよ」と玄龍は續け出した。「今夜中に書いてくれなければどうしても歸らんといつたやうな譯でしてね、それにはさすがに僕も弱りましたよ。丁度東京への原稿を書いてゐたところなんですから。一寸素晴らしいもんですぜ。Dといふ一流雜誌に三月も前からせびられてゐる奴なんですよ」

「期待しますわ」女流詩人はこの上もなく感動して小さな目を輝かした。

「僕はもう朝鮮語の創作にはこりました。朝鮮語なんか糞喰らへです。だつてそれは滅亡の呪符ですからね」そこで昨夜の會合のことを思ひ浮べながら、出鱈目な見榮を切つてみせた。

「僕は東京文壇へ帰り咲くつもりです。東京の友人達も皆それを一生懸命にすすめてゐるんです」[19]

常軌を逸した玄龍の自慢話と、文素玉の軽薄な返事から、まず、登場人物たちの俗物的な性格が伝えられる。そして、それを戯画化する作家の風刺的態度を読み取ることができる。しかし、ここで見逃してはいけないのは、こうした二人の滑稽なやりとりが暗示している「國語」化状況の中での文学者たちの階層性である。

文素玉が玄龍を「この上もなく」尊敬し、また、彼の「出鱈目な」自慢話に「この上もなく感動して小さな目を輝かし」ているのは、はたして彼女の軽薄な性格のせいだけなのだろうか。彼女がそのように見構えるのは、「國語」作家としての玄龍の立場に憧れているからでもあることはいうまでもない。「U誌の大村」の原稿請託を断らざるをえない、または、東京の一流雑誌に原稿を「三月も前からせびられてゐる」という、玄龍の荒唐無稽な虚言は、「國語」作家としての自分の存在を最大限にアピールする表現に他ならない。一見「軽薄な女流詩人」文素玉の関心を引くための虚言にしか聞こえない、こうした玄龍の自慢話の背後には、実は、「天馬」の作家の緻密な想像力が一貫して働いている。いいかえれば、朝鮮文壇に関わる文学者たちの位階的秩序に対する現実批判的な認識によって、玄龍と文素玉のやりとりが構成されているのである。

まず玄龍は、自分が「國語」化の文壇状況の中で有力な文学者であることを知らせるため、「時局雑誌Uの責任者」が「ウヰスキー」までを持ってきて原稿請託をするということから告げ始める。つづいて、朝鮮文壇の「國語」化を主導する日本人文学者が自分に請託するような文壇的地位にあるということを納得させるために、「東京への原稿を書いてゐ」るし、「東京文壇へ帰り咲くつもり」であることなどを付け加えている。そして最後に、「東京の友人達も皆それを一生懸命にすすめてゐるんです」と、植民地本国の文壇での自分の位置や力量を誇示しているのである。植民地「國語」

文壇で活動する、東京の雑誌に送稿する、そして「内地」の東京文壇で活躍するという、玄龍の発言の展開が無操作に行われていないことは確かであろう。文素玉との会話が進むにつれ、玄龍は、「外地」の「半島文壇」から「内地」の「中央文壇」のほうに、自分の帰属場所を巧みに移動させていくのである。こうした虚言が通用していたのは、もちろん、二人の登場人物が俗物的な価値観を共有しているからである。しかし、「中央文壇」で承認される「國語」文学者こそ至上の名誉であるという認識は、はたしてこの二人だけの価値観であったのだろうか。玄龍と文素玉の価値観が植民地文壇全体の時流的認識を代弁していることは、「讀者を擴めると云ふ點から言へば、矢張り國語で書いた方が結局宜いのぢやないか」という「中央文壇」の菊池寛の提案に対し、「大體さう云ふ考が今支配的です」という「半島文壇」の崔載瑞の答弁を連想することで、充分明らかにされるだろう。

つまり、喫茶店リラでの玄龍と文素玉との会話には、新聞、雑誌などの出版メディアが廃合される中で、発表の機会さえ得ることができなかった植民地群小作家、その上に君臨した時局文壇に回路を持っていた「國語」作家、植民地作家たちに「國語」化を指導していた京城在住の日本人文学者、そして「外地文壇」と「内地文壇」を国家戦争体制へと導いていた植民本国文学者など、植民地末期に朝鮮文壇に関与していた文学者たちのヒエラルキー構造全体が克明に刻まれているのである。こうした連鎖的な位階構造を維持しながら、下位に置かれている文学者により上位の階級に上昇しようとする欲求を持続的に抱かせることによって、植民地文壇の「國語」化というプロゼクトが機能しえたことはいうまでもない。

（3）「卑屈」と「嫌悪」の循環構造

こうしてみると、「天馬」で提示されている登場人物の会話は、文学者たちのそれぞれの立場と相互の権力関係に多角的な照明を当てることによって成立していることが明らかである。それでは、植民地「國語」作家と京城在住の日本人文学者、そして「内地文壇」の文学者との相互関係性というトピックを、「天馬」はどのように具体化しているのだろうか。玄龍は、京城の中心街を一日中捜し回った田中一行に、「夜十時頃」、鐘路通のある飲み屋で出会うことになる。


「さあ、そこで一杯やらう、盃を取つてくれ！」玄龍は素早く飛びのき盃を取り上げた。

「おう田中君、僕は君が朝鮮に寄つてくれたので感謝してゐるぞ、本當に嬉しいぞ！」田中が大村と一緒でないことが尚のことうれしいに違ひなかつた。彼は　再び殆ど抱き附くばかりの恰好で、「やつぱり君はやつて來たな。ようくこの新しい朝鮮を観察　してくれよ。頼んだぞう！さあ、一杯ぐつとやつてくれ！」

そしてついはめを外したあまり、

「さあ、角井さん、あんたも大いに飲んで下さい！」

と、彼の背中さへ痛い程叩いた。[20]

「大村さん、大村さん」玄龍は急にへなへなに腰がくだけて悲しげに叫んだ。「あまりに花がいたいけないので街で百姓から買つて來たまでなんです」その時自分の飲み代まで角井が拂ひをすましてゐる様子なのを見て、彼はきまり惡くなつたのか、慌しく田中の方へ廻つて来て袖を引張

りつつせき込みながら、

「田中君、田中君、實は君に折り入つての話があるんだよ」

と哀願するやうに呻いた。

「もつとつき合つてくれな、もつと」

「ほう、これはいい花だね」

と、田中はまぎらはせる様にしどろもどろに呟いた。(21)


玄龍と、「内地文壇」の文学者田中、京城在住の日本人文学者大村と角井とが、飲み屋で向かい合っている場面である。ここでのやりとりは、主に玄龍が一方的に話しかけるかたちで行われている。したがって、それぞれの立場や相互の関係性を把握するためには、玄龍の発言の前後文脈とそれに対する日本人文学者の態度を同時に検討していかなければならない。玄龍のほうは、朝鮮文壇の戦時動員体制の確立が要求されるこの時期に「朝鮮を観察し」て朝鮮の現在の状況を書こうと計画して「朝鮮に寄つてくれ」た「内地」作家に感謝の旨を伝えている。それに対して、日本人文学者たちは、三人ともに不愉快な態度を示し、その場を離れようとする。まず、こうした玄龍の「卑屈」な姿勢と、日本人文学者たちの「嫌悪」の姿勢は、なぜ、どのように生じたのだろうか。

それぞれの相反する態度の原因が、玄龍の非常識的な行動と性格にあると、簡単に片付けることはできない。なぜなら、その玄龍の性格破綻的な言動とは、実は、自分が戦争総動員体制下の「國語」作家、「國民」文学者への完全な同化を成し遂げたことを周りの文学者たちに誇示していることに他ならないからである。それは、日本人文学者たちが「内鮮一體内鮮一體と氣違ひのやうに叫び廻る(22)」玄龍を「卑屈な人間の標本」として判断していることからも明らかである。こうしてみると、「國語」・「國民」文学者の位置にあることを誇大妄想することが玄龍の性格破綻に当たり、それ自体が、本当の「國語」・「國民」文学者を自任する日本人作家たちの「嫌悪」を呼び起こした原因なのである。

「天馬」の後半部のほぼ全体を通して、語り手は、玄龍が日本人文学者たちの前で見せるあらゆる「卑屈」の姿勢を長々と描写している。また、玄龍が「卑屈」の姿勢を見せれば見せるほど、日本人文学者たちの彼に対する「嫌悪」は強度を増していく。この「卑屈」と「嫌悪」の相互作用こそ、玄龍が日本人文学者たちに捨てられ、狂人になっていくという後半部の物語展開の契機なのである。

「天馬」が描いている玄龍の「卑屈」と日本人文学者たちの「嫌悪」は、実は、「外地文壇」の「國語」作家と「内地文壇」作家の相互に対する態度の一面の具体的形象でもあることを見逃してはいけない。すなわち、第一、「外地文壇」の文学者たちに「國語」化が要求される、第二、植民地文学者たちはその要求に従い「國語」への同化を求める、第三、同化した植民地文学者は「國語」作家たることを自認する、第四、その植民地「國語」作家の自認は「國語」化を要求する「内地文壇」の文学者たちの「嫌悪」の対象になる、そして第五、植民地文学者は「内地文壇」作家の「嫌悪」を克服するためにより徹底的な同化を追求するというように、「卑屈」と「嫌悪」が深化していくのである。

「天馬」では、こうした「卑屈」と「嫌悪」という相反する態度を、物語の最後まで、相互和解の不可能なものとして描かれている。玄龍は、日本人文学者たちが飲み場を離れようとする最後の瞬間まで、「百性から買つた桃の枝」をおみやげとして手渡しながら、「もつとつき合つてくれな、もつと」と哀願し、日本人文学者たちは、その玄龍の「卑屈」な態度により強い「嫌悪」を露わにするのである。もちろんこのような場面で、まず読者の目に入るのは、日本人文学者に対する植民地「國語」作家玄龍の屈従的な姿勢である。しかしその裏面には、玄龍の「卑屈」は日本人文学者たちの「嫌悪」を呼び起こし、またその「嫌悪」から逃れるためにより「卑屈」的になる、という「卑屈」と「嫌悪」の循環構造が置かれているのである。

一方、朝鮮文壇のヒエラルキーの頂点に立っていた日本人文学者たちを、語り手はどのように紹介しているのだろうか。田中は、「此頃スランプの中にゐて書けないので、流行の満州にでも行つてうろついて來れば違つたレッテルもついて新分野の仕事が出來るかも知れないと出掛けた[23]」者として、大村は、「内地から渡つて來たばかりの元管理でまだ朝鮮やその文化の事情に疎い」「朝鮮民衆の愛國思想を深めるために編輯される時局雑誌Uの責任者[24]」として、そして角井は、「大學の法科を出ると共に朝鮮くんだりへ來て眞直ぐ教授にもなれたのだが、此頃は藝術分野の會にまでのさばり出るなど内地人の玄龍ともいふべき存在[25]」として語られている。つまり、日本人文学者たちの性格として、彼らの文化的、文壇的立場が与えられているのである。

現実的に、一九三〇年代後半以後の日本文学者たちにとって、京城や大陸の植民地都市の「外地」文壇とは、新たな局面への脱出口であった。一九三〇年代まで文壇の主流を形成していた新感覚派、プロレタリア派、伝統的な私小説派などの文学者たちが、文学の戦争総動員体制を前にして、挫折、転向し、「外地」文壇のほうに流れ込んだ状況であった。こうした「外地」文学開拓への方向性は、たとえば、第一節で取り上げた「新半島文學への要望」座談会に参加した文学者たちによっても示されていたのである。その中でも、日本文芸家協会、大陸開拓文芸懇談会（一九三九年一月設立）などの時局文学団体の会員であった福田清人の『大陸開拓と文學』（満州移住協會、一九四二年）は、大陸志向の歴史と意義を説く評論として特に有名であった。つまり、「スランプ」克服のきっかけを得るために新天地を求めていた「内地」文学者たちによって、「外地」文壇の争総動員体制への再編成が主導されたのである。

植民地末期の日本の文化帝国主義のプロパガンダというのは、述べてきたように、「内地」文学者の指導と「外地」文学者たちの自発的な協力によって新たな「國民文学」の地平が切り開かれる、という主張以外の何ものでもなかった。確かに「天馬」は、朝鮮文壇における文化帝国主義言説そのものを主題化している。「天馬」に登場する日本人文学者たちと玄龍は、「國語」化を主張する「内地」文学者とその主張に徹底して従属する「外地」文学者をそれぞれ代表しているのである。しかしここで注意しなければならないのは、「天馬」が朝鮮文壇の文学者たちの相互的な受け入れを描くことはけっしてないということである。むしろ、「天馬」はそれを戯画化し、批判的に捉えている。京城のある飲み屋での玄龍と日本人文学者たちとの対面を通して、「天馬」は「内地」文学者たちと「外地」文学者たちの相互交流の不可能性を暴露している。日本人文学者たちの「國語」化の指導と玄龍のそれへ追従をあらわす物語展開の裏面には、相手の「嫌悪」にもかかわらず、「卑屈」でありつづける玄龍と、それに対して、相手の従属にもかかわらず、「嫌悪」しつづける日本人文学者、というかたちの「内地」文学者と「外地」文学者の果てしない対決が明確に示されているのである。すなわち、「天馬」の現実関与の特徴を把握するには、日本文化帝国主義の「國民文学」の企画それ自体の不可能性を形象化することから確認しなければならないということである。

3　植民地「國語」作家の内面

ここでは、「國語」への同化を徹底して追求する植民地「國語」作家玄龍の内面を「天馬」がどのように形象化しているのかを取り上げることにする。

(1)「重用される」契機と「捨てられる」契機

「天馬」のフィナーレは、玄龍が「この内地人を入れてくれ！」、「僕は鮮人ぢやねえ！(26)」と叫びながら、雨の中町を走り廻る場面である。植民地「國語」作家玄龍が、植民本国の「國民」の価値体系に一貫して自己同一化を求める一方、植民地住民共同体の価値体系を徹底して否定する方向に展開してきた、「天馬」という物語は、完全なる「内地人」になったことを自任する玄龍が狂気に囚われるところで終わるのである。ここで注目すべきことは、朝鮮文壇の朝鮮人文学者の間には暗黙のうちに認められている、玄龍の「國語」・「國民」文化への同化が、日本人文学者からは一度も承認されていないということである。玄龍の同化をめぐって、同化を強要される側と同化を強要する側の認識が真っ向からぶつかっているのである。朝鮮人「國語」作家とは、あくまで「外地」の朝鮮文壇の「國語」化状況の中では中心的存在であっても、「内地」の日本人文学者の認識からすると、いくら同化しても真正な「國語」文学者にはなりきれない部外者にすぎなかった。それを、「天馬」は、物語展開の全体を通して主題にしている。すなわち、玄龍は、完全な「國語」文学者に同化したことを主張すればするほど、排除されていく人物として、あるいは、排除されていけばいくほど、より完全な同化を求める人物として描かれているのである。

同化を志向する朝鮮人「國語」作家が日本人文学者によって排除されていくという物語展開を、「天馬」は、玄龍と大村の関係を説明する中で暗示している。

彼がかういふふうに人の前でいつも君附けに呼ぶ大村といふのは、實は朝鮮民衆の愛國思想を深めるために編輯される時局雜誌Uの責任者である。内地から渡つて來たばかりの元官吏でまだ朝鮮やその文化の事情に疎い彼は、最初に近寄つて來た玄龍こそ、彼の言葉の通りに朝鮮文壇を實際に擔ふ小説家であり、又その性格破綻に近いところなどは、いよいよ彼が非凡な藝術家である所以だと頑なに信じ込んだ。かうして絶望の玄龍はわけもなく大村に取り入り重用されるやうになつたのだ。(中略) かうして大變なことになるところを、大村が官廳の力でいろいろと釋明奔走して身柄を貰い下げてくれたので、彼は大村には一世一代の恩義を感ずるやうになつた譯である。でなくても朝鮮の一般の人々に野郎犬同樣に見放された現在の彼は、大村にまで捨てられては野垂死するより致し方がなかつた。(27)

朝鮮人「國語」作家玄龍の誕生に、「時局雜誌Uの責任者」「大村に取り入り重用される」契機が、決定的に介入していることがまず語られている。また、「大村にまで捨てられては野垂死するより致し方がなかつた」という語りには、玄龍の作家的、人間的な破滅が予告されている。すなわち、「國語」作家への同化と日本人文学者からの排除が同時に含蓄されているのである。ここで強調されているのは、いうまでもなく、玄龍の隷属的立場である。植民地「國語」作家玄龍の「同化＝排除」の原因と責任は、個人の性格にあるのではなく「國語」化の状況とそれを主導する文化権力者のほうにある、という語り手の判断を文脈から読み取ることができるのである。玄龍は、時局文学者に「重用される」ことで、「國語」作家であることを声高に主張するようになり、また、時局文学者に「捨てられる」ことで、人格破綻の危機に追い込まれるのである。こうした玄龍の隷属的な立場は、「重用される」、「捨てられる」など、語り手の意図的な受身文体によって集中的に表現されている。

たとえば、〈大村が玄龍を重用する〉と〈玄龍が大村に重用される〉とは、同一の事態を捉える二種類の表現であろう。対象世界を反映し、それを伝達するという機能からすると、その二つの意味論的な差はそれほど大きくない。しかし、その表現を構成していく語り手の態度の観点からすると、それぞれが提示する世界像は全く別のものであらざるをえない。〈する〉のほうでは、行為の始発動機を大村が提供するという意味だけが顕在化されているのに対し、〈される〉のほうでは、その行為結果に対する責任の所在が大村にある、という語り手の判断までもが刻印されている。つまり、「天馬」の語りが戦略的に取り入れている〈される〉文体は、「外地」の「國語」作家玄龍の「同化＝排除」に「内地」文学者の「指導」がどれほど暴力的に関与しているのかを明らかにする標識でもあるのである。

物語の結末の場面で玄龍が性格破綻を迎えるのは、もちろん、玄龍自身の資質によるものでもある。確かに、物語の前半部では、「國語」文学者に同化したことを自慢する玄龍が、冷笑的に捉えられている。そこであざわらわれるのは、玄龍の現実追従主義、すなわち「俗物性」である。「俗物性」とは、一般的にいうと、物質的、政治的、文化的な権力に自己の精神を従属させようとする人間の性格を指す概念であろう。現実の既存の価値尺度によって優位階層と劣位階層を分け、前者には「卑屈」、後者には「偽善」の態度を見せながら、自分の位置を最大限に上昇させようとする欲求である。人間の生存本能の一つでもあろう、その欲求に精神が徹底すれば徹底するほど、「俗物性」の純度が高くなるのである。朝鮮の文化状況を指導している「内地」文学者に全的に屈従すると共に、植民地被支配者としての自分の存在を完全に否定することによって、植民地末期の差別的文化状況の中で自分の位置を確立しようとする玄龍という人物は、したがって、「俗物性」の化身ともいえる。すなわち、玄龍の「俗物性」こそ、性格破綻の一つの要因だったのである。

玄龍の性格破綻をもたらしたもう一つの要因は、引用の地の文にも示されているように、「國語」化状況の中の文化権力者の「指導」であった。外部の暴力によって性格破綻を迎えるという文脈によって与えられる玄龍の性格は、先ほどの「俗物性」とは発生論的に異なる側面であろう。それをここでは、「悲劇性」と名付けて分析を試みる。すなわち、一方で、大村に「重用され」、「國語」作家を自認するという「同化」の契機には「俗物性」が、大村に「捨てられ」、「野垂死する」という「排除」の契機には「悲劇性」が、他方で、それぞれ発現するのである。植民地「國語」作家の破滅をもたらしたこの二つの要因、「俗物性」と「悲劇性」とは、いったいどのような関係にあるのだろうか。

「天馬」の語り手は、玄龍が「大村に取り入り重用されるやうになつた」ことの理由を明らかにしている。それは、大村の判断によれば、玄龍が朝鮮文壇に「愛國思想」を広める「非凡な藝術家」であったからである。そこには、線総動員体制の中で朝鮮文壇を検閲、指導している大村の主張の内容がはっきり示されている。「時局雑誌Uの責任者」大村の主張が、現実的には、日本文芸家協会——日本文学報国会は一九四二年五月二六日に発足する——文学者たちが朝鮮、満州、台湾などの植民地域で行なった時局協力の文化講演や、「内地」文壇で制定されたさまざまな植民地文学賞(28)

での授賞評などの、当時の「愛國」文化言説と全く同一の内容であったことはいうまでもない。さまざまな分野で繰り返し生産されていた「内地」文学者たちの主張とは、〈愛国主義を芸術的に表現する〉という一つ命題に収斂するものである。文学を国家戦争体制に動員する全体主義的文化企画に、こうした信条以外に他の論理が介在するはずがないからである。玄龍もまた「愛國思想」の表現者として認められたからこそ、「大村に取り入り重用され」たのである。

それに対し、玄龍が「大村にまで捨てられては野垂死する」危機に追い込まれるのは、実際には〈愛国主義を芸術的に表現する〉能力が乏しかったからだと、推察してみることができる。その推察は原理的には誤りではない。しかし、「内地」文学者の主張に誰よりも徹底的に追従している玄龍が「内地」文学者から排除される展開、いいかえれば、玄龍の「重用される」から「捨てられる」への展開には、それ以上の意味が含まれている。すなわち、玄龍という人物は、「愛國思想」を承認してはいるが、それを読者に広める〈芸術家の創造力〉がないがために、作家的破滅を迎えるようになったというふうに単純化してはならないということである。なぜなら、〈愛国主義〉に追従するという主張の中に、あらかじめそれを〈芸術的に表現する〉ことの不可能性が前提されているからである。実際に、国家戦争総動員時期の〈愛国主義〉を描いた数多くの作品から、芸術的創造力や作家的個性などを確認することは難しいということは、従来の文学史の認識が証明する事柄であろう。国家の検閲、指導のもとで行われたプロパガンダ文学は、たとえば、「國家」理念の勝利というハッピーエンドで終わらなければならないし、「國民」共同体の「われわれ」の主人公は「國家」の空想的なシナリオを実現しながら壮烈な死を遂げなければならない。こうした作品の定型が強要される、植民地末期の「國語」化の「創作―検閲―受容」の状況では、作家たちが個性的な想像力を働かせることは最初から不可能だったのである。したがって、植民地「國語」作家玄龍の破滅は、〈愛国主義を芸術的に表現する〉という全体主義的文化言説のイデオロギー的主張を承認する段階で、すでに予定されていたといわざるをえない。

こうしてみると、玄龍が「大村に取り入り重用される」契機のなかに、すでに「大村にまで捨てられては野垂死する」契機が必然的に内包されているということになる。この地点で、「國語」作家として「重用される」契機から発現する「俗物性」と、「國語」作家から排除される契機から発現する「悲劇性」とが、構造的に互いを前提する表裏をなしていることが明らかになる。玄龍という朝鮮人「國語」作家個人だけでなく、「國語」「國民」文化に同化を求めていた植民地作家なら誰もが経験せざるをえなかったのが、こうした「重用される」契機と「捨てられる」契機の交差ではなかったのだろうか。

(2) 錯綜する「俗物性」と「悲劇性」

それでは、その植民地「國語」作家の運命的条件についての玄龍自身の意識、すなわち、植民地「國語」作家としての玄龍の内面を、「天馬」は、どのように捉えているのだろうか。

片方の手でばら銭を捜してゐた玄龍が白銅貨を二つ三つ掴み出してぽんと投げ出したのだ。百姓は狂喜して頭を地につけ拜んだ。それを尻目に玄龍は默つたまま桃の枝を肩にかけると人々をかき分けるやうにして再び人混みの中へ出て來た。その時彼は自分の恰好からか不意にそれといつた脈絡もなしに十字架を負へるキリストを憶ひ出し、自分にもその殉教者的な悲痛な運命を感じようとした。自分こそ或る意味では朝鮮人の苦悶や悲哀を一身に背負つて立つたやうな氣がせぬでもなかつた。成程朝鮮といふ現實であればこそ、彼のやうな人間も生れ出、且つ社會の中をのさばり廻ることが許され得たからである。混沌とした朝鮮が僕のやうな人物を必要として生み出し、そして今になつては役目が盡きると十字架を負はせようとするのだ、彼はさういふ自覺に立ち至ると益々悲しみが胸をつき上げて來て、どうつと慟哭したい位だつた。けれどさういふことも束の間、歩道一杯の人々が驚いたやうに皆自分の異様な恰好を眺めてゐるのに氣が附くと、寧ろ今度はけろりとしていささか得意にさへなつたのである。(29)

田中一行に会うために、鐘路通の飲み屋を捜し廻っている玄龍は、貧しい百姓から桃の枝を一本買って再び街に出た。引用の地の文の中に繊細に捉えられている、そのときの玄龍の意識とは、連続的な通常の生活の中ではほとんど体験されることのない、自己自身に関する意識、いわば自意識である。桃の枝を買い、町に出るまでの玄龍の自意識の流れは、次の三つの段階に分けられる。

第一、「桃の枝を肩にかけ」た「自分の恰好からか不意にそれといつた脈絡もなしに十字架を負へるキリストを憶ひ出し、自分にもその殉教者的な悲痛な運命を感じ」る。

第二、「朝鮮といふ現実」が自分のような人物を「生み出し」、「役目が盡きると十字架を負はせようとする」という「自覺に立ち至る」。

第三、そういう自覚は「束の間」のことで、「歩道一杯の人々が」自分を「眺めてゐるのに氣が附くと」、「今度はけろりとしていささか得意に」なる。

第一の段階の意識から取りあげる。ここでまず注目しなければならないのは、玄龍が「肩にかけ」

ている「桃の枝」である。それは、玄龍の意識を自分自身に振り向かせる決定的な媒体となるのである。「桃の枝」とは、実は、引用文以後の物語展開においても、二回にわたり、登場する。一つ目は、鐘路通の飲み屋で会った田中、大村、角井の日本人文学者に玄龍が「桃の枝」をお土産として手渡す場面である。そして二つ目は、日本人文学者の中で誰もそれを受け取ろうとはしなかったため、結局、玄龍自身が「僕は天に上るんだ、天に上るんだ、玄龍が桃の花に乗つて天に上るんだ！(30)」と叫びながら、「桃の枝」に跨って街を走り回る場面である。すなわち、「桃の枝」には、物語の場面の連鎖を可能にする機能が与えられているのである。そして、「天馬」という題名が〈天を走り回る〉主人公の行動に因んで付けられたことを思い浮かべると、玄龍を乗せて天に昇らせる「桃の枝」がどれほど大事な作品素材なのかが明らかになる。

ここで問題になるのは、その「桃の枝を肩にかけ」た玄龍が、なぜ「自分の恰好から」「殉教者的な悲痛な運命を感じ」るようになったのかという点である。いいかえれば、「桃の枝を肩にかける」行動と「殉教者的な悲痛な運命を感じ」る心理変化の間にはどのような関係があるのだろうか。それを描いている語り手は、「それといつた脈絡もなしに」という添加文を通して、玄龍の行動と心理変化の間の関連性を、表面的には否認している。しかし、はたしてこの二つはまったく別の様態なのだろうか。実は「桃の枝」のもつ象徴的意味を参照することで、玄龍の行動と心理変化とが必然的に結ばれている因果関係が確認されるようになる。「桃の枝」とは、周知の通り、朝鮮半島の一般の人々の間に広く伝わっている俗信によれば、取り付かれている悪霊を追い払う効果をもつとされている。こうした朝鮮民衆の慣習的フェティシズムを念頭に置きながらこの場面を読みなおすと、「桃の枝を肩にかけ」た玄龍が、スケープゴートとして追い払われる「殉教者的な運命を感じ」はじめたのは、当然の出来事の連鎖になるのである。つまり、「それといつた脈絡もなしに」、「殉教者的な運命を感じ」たと、玄龍の意識の変化を何気なしに捉えている語りの中から、作家によって緻密に配置されている象徴的解釈コードを発見することができるということである。その物語場面でまず強調されるのは、いうまでもなく、玄龍の〈追い払われる〉「悲劇性」である。そして、その後の物語展開においての、「桃の枝」を日本人文学者に手渡そうとする場面にも、また玄龍が「桃の枝」に跨って「天に上んだ」と叫びながら走り回る場面にも、〈桃の枝によって追い払われる〉という象徴的意味が働いていることを見逃してはならない。玄龍の〈追い払われる〉「悲劇性」が、それらの場面を通して、小説世界全体に拡大、強化されるようになるからである。

こうしてみると、「天馬」の風刺的構造がどれほど緻密に仕立てられているのかが次第に明らかになる。第二の段階での玄龍の意識は、第一段階で浮かんだ意識内容を自分自身が分析することによって成立している。すなわち、〈追い払われる〉自分を「十字架を負へるキリスト」に重ね合わせ、その悲痛な運命の原因は、自分自身にあるのではなく、社会の現実や時代的状況にあると、解釈しているのである。玄龍の作家的、人間的破綻が結局「朝鮮といふ現実」によってもたらされたものであるという認識は、実は、作家の状況判断でもある。たとえば、作家は、玄龍の「悲劇性」を意味構造化するために、先ほど確認したように、「される」という文体を意図的に多用し、玄龍の性格破綻の責任を社会状況に転嫁していたのである。この点に関して、作家は次のように述懐している。

私の例を擧げて考へてみても、拙作「天馬」の中において、私は否定的な面にのみ執拗に喰ひ下がつた傾きはあるが、それでも已むに已まれぬ氣持ちで、かくも憎むべき主人公をよくよく横行させる社會を呪ひ、且つさういふ人物をみて朝鮮人全般を兎や角云つて貰つては困るといふことをも暗示したかつたが、却つて事實は逆効果を呈したのか、一二の内地人の友達や批評家から餘り自虐的になり過ぎてゐると云はれた。(31)

植民地末期の朝鮮人「國語」作家の「否定的な面にのみ執拗に喰ひ下が」ることによって、全体主義のイデオロギーが支配している文壇状況を批判しようとした作家の試みがまず述べられている。作品の中でその試みは、基本的に、玄龍の屈従的な同化への身ぶりと日本文学者たちの傲慢な態度を風刺的に形象化することとしてあらわれたのだ。現実を批判する作家の世界観が、引用文の中でももっとも具体的に語られているのは、「かくも憎むべき主人公をよくよく横行させる社會を呪ひ」という表現であろう。自分の悲痛な運命の原因が社会状況にあるとする、玄龍の第二段階の意識には、作家自身の社会への批判認識が直接投影されているということである。

引用には看過することのできない問題がもう一つ含まれている。それは、植民地「國語」作家玄龍の性格破綻を暴露することによって、「國語」化の文壇状況全体を批判しようとしたこの作品が、なぜ「逆効果を呈したのか」、あるいは、なぜ「内地」文壇の文学者たちから「餘り自虐的になり過ぎてゐると云はれた」のか、ということである。玄龍の「否定的な面にのみ執拗に喰ひ下がつた」作品に対して出された、「餘り自虐的になり過ぎてゐる」という判断が、適切な評価として成立するためには、その「否定的な面」を玄龍と作家が共有していなければならない。玄龍と作家が共有するのは、いうまでもなく、支配者の言語に自己同一性を求めている植民地「國語」作家であるという点である。「天馬」という日本語作品を書いていく作家自身の意識が、作品内部で登場する植民地「國語」作家の性格の一部として対象化され、それが「否定的な面」として捉えられたのである。その文脈からすると、「國語」への完全な同化を自慢する玄龍の「否定的な面にのみ執拗に喰ひ下が」ることは、作家自身の「否定的な面」を責めさいなむ「自虐」にもなるのではないだろうか。

作品を書いていく作家も、その点について、きわめて鋭利に意識している。第一短編集『光の中に』（小山書店、一九四〇年）の跋文にはこう記されている。

「天馬」も又私は書いたといふより、寧ろ書かせられたやうな氣がする。この作品の中では私は主人公とそれを追ふもう一人の自分と、三巴（どもえ）になつて血みどろに格闘した感がある。筆若いせゐであらう。(32)

ここで、三者の「私」とは、それぞれの役割によって分節してみると、作品を直接書いていく作家の「私」、作品の人物や出来事を対象化する視点人物、そして作品の主人公であろう。三者の「私」が「三巴（どもえ）になつて血みどろに格闘した」という記述からは、この三者がある時は交差し、ある時は反目し、またある時は合流する、激しい意識の運動が読み取られる。こうした三者の意識の相互関係を考慮すると、作家の「私」は「書いたといふより、寧ろ書かせられた」という記述の意味は自然に把握される。すなわち、「天馬」という作品の作家「私」は書く主体であると同時に書かれる対象でもあったのである。この地点で、主人公を捉えていく作家自身の意識がその対象に自己投企される（sich versetzen）ことによって、「悲劇性」と「俗物性」が錯綜する、玄龍という植民地「國語」作家の内面世界が描き出されたということが明らかになる。

「天馬」の語り手は、植民地「國語」作家の破滅の原因が植民地末期の社会状況にあるという、第二の段階での認識に同調することによって玄龍の「悲劇性」を浮き彫りにしている。しかし、第三段階にいたると、語り手の視線は、玄龍の「俗物性」のほうに集中されるようになる。「歩道一杯の人々が」自分を「眺めてゐるのに氣が附く」ということは、玄龍の意識が「悲劇性」から「俗物性」に転化する決定的な契機として示されている。いいかえれば、自分の悲痛な運命に悲しんでいた玄龍は、朝鮮社会の一般民衆に思いがいたると、「いささか得意」になるのである。一般民衆に見られることによって「いささか得意」になる、このマゾヒズム的な意識とは、玄龍の「俗物性」の発現様態に他ならない。こうした「俗物性」こそ、〈愛国主義を芸術的に表現する〉、あるいは愛国文学で大衆を煽動する、植民地「國語」作家の内面世界の深層をなす要素ではないだろうか。「國語」作家の表現欲求の「俗物性」を主人公と作者が共有していたことはいうまでもない。「國語」化の文化言説の価値体系に徹底的に従属しているところに、登場人物玄龍の「俗物性」が、植民地朝鮮作家に強要された「國語」で数多くの作品を書き、日本文壇に発表しているところに、作者の「俗物性」が、それぞれ見いだされる。「東京の一流雑誌D誌」に原稿を書いていることを植民地群小作家に誇らしげに言い張る玄龍の「俗物性」と、帝国主義文化言説を創出していた重要メディアの一つであった『文藝春秋』に「天馬」という作品を発表している作家の表現欲求とは、多くの面において相同的なのである。

第一段階から第三段階に流れる玄龍の意識、すなわち「殉教者的な悲痛な運命を感じ」る自分から「いささか得意に」なる自分へと変わっていく「東の間」の自我意識は、「天馬」が捉えた植民地「國語」作家の内面世界の具体的形象である。支配者の「國語」と「國民文化」に自分を従属させた植民地「國語」作家の、「悲劇性」と「俗物性」が錯綜する内面とは、「天馬」という作品のもっとも強烈なイメージなのである。それは、朝鮮語と日本語の二言語状況の中で日本語を選択して書く作家自身を登場人物の意識の中に投影させることによって、またそれにとどまらず、書いていくその瞬間のエクリチュール行為までを対象化することによって、なされた同時進行的な自己批判の成果でもあった。植民地末期の朝鮮人作家に強要された「國語」で書かれた「天馬」は、「國語」化の全体主義文化言説の価値体系に抵抗する唯一の可能性を、この同時進行的な自己批判から見出したのである。

「天馬」のこうした小説的形象は、過去のもの、あるいは他者のものとして片付けられてはならない。なぜなら、支配言語に同化していく作家自身を見つめることによって得られた被支配者の言語意識の深層は、植民地末期の朝鮮人「國語」作家の内面を代理表象するだけに止まらないからである。その点において、「天馬」の語りが捉えている「悲劇性」と「俗物性」の錯綜は、普遍的な感覚的明澄性の世界なのである。たとえば、今日のポストコロニアルの文化状況を生きている人々の言語意識のなかにも、この錯綜が潜在していることはもちろんのことである。自分の第一言語（母語）から切り離され、現実的へゲモニーを握っている民族や国民国家の言語を自己表現の手段として用いる、ディアスポラの知識人、マイナー文学者などの人々誰もが分有する言語意識の形象であったのである。また、言語表現者がそれを直接感知することはほぼ不可能ではあるが、その言語意識のもっとも深層に必ず潜んでいる分裂を提喩する形象でもあったのである。その言語意識の深層を描き出している点に、植民地期の「國語」による「天馬」という作品が、二一世紀の文化状況に関与する意義を確認することができる。

（注）

1　朝鮮人日本語文学が日本の文化帝国主義に関わっている様相は、実は、もう少し細分化して捉えることも可能であろう。たとえば、植民地時代以後に日本に在住する朝鮮人作家による、いわゆる在日朝鮮人日本語文学の場合、その形成や展開においては、朝鮮人日本語文学全体との接点を持つことが充分に認められるが、その言語的、イデオロギー的立場においては、植民地期朝鮮人日本語文学とは相違であることは確かなのである。しかし、本論考は、在日朝鮮人文学をも視野に入れるのではなく、植民地期朝鮮人日本語文学の政治的文脈だけを問題にしようとする。

2　植民地時代の朝鮮人作家の日本語文学についての、植民地以後の韓国文学研究における自民族文化中心主義の問題に関しては、本書Ⅲ部の「韓国近代文学の母語中心主義」の「植民地以後の韓国文学研究の過去処理」での議論を参照せよ。

3　「新半島文學への要望」『國民文學』、一九四三年三月、三頁。この座談会は一九四二年末に京城を訪れた日本人文学者を招いて『國民文学』（人文社）が開いた。したがって、座談会の時期と「天馬」（一九四〇年六月）が書かれる時期が、少し離れていることから、この座談会の内容を、「天馬」が背景にしている植民地朝鮮の文化状況を直接代弁しているものとして理解することはできない。しかし、朝鮮文壇の「國語」化をテーマにしている点、参加者たちが当時「内鮮文學の建設」を主導していた文学者である点、日本人文学者と朝鮮人文学者の間の権力関係をリアルに反映している点など、この座談会が、「天馬」の物語背景を成り立たせる現実の文化状況を適切に再現していることは確かである。すなわち、引用の座談会は、「天馬」が描いている一九四〇年前後の朝鮮文壇の「國語」化が実際にどのように推進されていたのかを窺わせている点で注目に値する。

4　もちろん、両者の言葉使いの相違は、この両者の年齢の差によるものでもある。菊池寛は一八八八年生まれ、崔載瑞は一九〇八年生まれである。

5　森山茂徳「現地新聞と総督政治」『近代日本と植民地7――文化のなかの植民地』岩波書店、一九九三年、二六頁。

6　『國民文學』創刊号（一九四一年一一月）編輯後記。

7　『國民文學』一九四二年五、六月合併号「編輯を了へて」。

8　一九四〇年代の「國語」化の文化状況においても、朝鮮語雑誌が全く存在しなかったことではない。たとえば『野談』などの小規模の雑誌が朝鮮語で出版されていた。

9　金允植は『韓日文学の関連様相』（一志社・ソウル、一九七八年、三九頁参照）で、「天馬」は植民地末期に実在していた文学者をモデルとしたという。主人公の朝鮮人「國語」小説家玄龍は、大江龍之介と創氏改名し、「朝鮮民族の発展的解消」を繰り返し主張していた金文輯、時局雑誌の「U誌」の大村は、植民地朝鮮社会での皇国臣民化運動を主導していた民間団体緑旗連盟とその機関誌『緑旗』の責任者であった津田剛、満州や中国大陸への旅行途中に、一時京城に滞留している「東京文壇の作家」田中は、植民地末期京城に在住していた小説家田中英光、そして、「官立専門学校教授の」角井は当時延禧専門学校（延世大学の前身）校長であった辛島驍であると、それぞれ登場人物のモデルを特定している。

それに加えて川村湊は、「女流詩人の」文素玉は盧天命、「東京のある知名な作家」尾形は林房雄と推測している。また「東京文壇の作家」田中のモデルは、田村泰太郎の『わが文壇青春記』（新潮社、一九六三年）を参照し、一九三九年大陸開拓文芸懇話会の一人で満州を訪問して帰り道に京城で金文輯と会ったことのある田村泰太郎であろうとしながら、金允植の推定を訂正している（「金史良と張赫宙」『近代日本と植民地6――抵抗と屈従』岩波書店、一九九三年、二一〇頁参照）。もちろん、作中人物たちを実在した文学者に特定したり、そしてその関係の正誤を検証したりすること自体が重要ではあるまい。しかし、この二人の研究者が「天馬」をモデル小説として片付けるほど、この作品が植民地末期の朝鮮文壇の「國語」化状況をリアルに反映しているということを、テクスト解釈の前提として把握しておくことは大事である。

10　「天馬」の現実認識は、当時朝鮮文壇に関与していた文学者の類型を均等に登場させ、その中で朝鮮人日本語文学者を中心に、植民地末期の文壇状況を総体的に捉える方法によって行われている。こうした現実認識の方法は、本書のII部の「被植民者の言語・文化的対応」で取り上げた「草深し」が、通訳者鼻かみ先生を通して、植民地末期の「國語」化状況での異質的な言語集団の階層的関係性を把握することと類比的である。

11 京城の代表的な公娼の一つ。一九〇四年六月、日本居留民会は日本人居留地付近の韓国人土地（今日の忠武路付近の雙林洞一帯）七千坪を買収、遊郭を開業したのが、新町遊郭の始まりである。終戦後日本人の退去とともに解体された。

12 金史良全集（以下全集）I　河出書房新社、一九七三年、七二―三頁。

13 全集I、七二頁。

14 鄭雲鉉『ソウル市内日帝遺産踏査記』ハンウル：ソウル、一九九五年、二二九頁参照。

15 全集I、七七頁。

16 全集I、七七―七八頁。

17 鄭晋錫『日帝下韓国言論闘争史』正音社：ソウル、一九七五年、四一頁参照。

18 全集I、七六頁。

19 全集I、七六頁。

20 全集I、九〇頁。

21 全集I、九六頁。

22 全集I、九五頁。

23 全集I、九二頁。

24 全集I、八二頁。

25 全集I、九一頁。

26 全集Ⅰ、一〇三頁。

27 全集Ⅰ、八二頁。

28 植民地期朝鮮文学を対象にした文学賞としては朝鮮芸術賞（一九四一年、文藝春秋社が制定）、國語文芸総督賞（一九四三年、朝鮮総督府が制定）などがあった。

29 全集Ⅰ、八五頁。

30 全集Ⅰ、九七頁。

31 全集Ⅳ、二二頁。初出は「朝鮮文化通信」『現地報告』文藝春秋社、一九四〇年九月。

32 全集Ⅳ、六七頁。

III 国民文化という蹉跌——植民地以後

一　韓国近代文学における母語中心主義

コリアノ・セントリズム（Koreano-Centrism）（1）とでも呼ぶべきものだろうか。朝鮮人は朝鮮語を話し、朝鮮文化を体現する単一民族である、という民族と言葉と文化を一体化しようとする考え方は、単なる共同体の幻想なのだろうか。そして、この三位一体の意識を構築し、それに正当性を与え、記憶しつづけることが、朝鮮人の民族構成員としての責任であるという考え方は、共同体の信念にすぎないものなのだろうか。朝鮮民族を自認する人々の間で、こうした考え方は、単なる共同体内部のイデオロギーとして容認されていることではない。むしろそれは、確かな真理内容に基づく妥当な認識として受け入れられているのである。二〇世紀後半のポスト植民地期の国際社会に発信されてきた韓国（2）の精神文化を代弁・代表するのが、こうした自民族・自民族語・自民族文化中心主義であったのではないだろうか。ここでは、コリアノ・セントリズムの蔓延という奇怪で不気味な文化現象の一端を解明するために、韓国近代文学に潜・顕在する自民族語（母語、母国語）中心主義を取り上げ、それの形成や様相を問題化しようとする。

1　植民地の残滓とは

植民地被支配の状況の中で日本語文学に携わっていた数多くの朝鮮人作家が、一九四五年の民族独立をきっかけに、それまで日本の植民地文化統治によって排除、抑圧されていた朝鮮語文学に回帰するとともに、韓国文学は解放以後という新時代を迎える。その解放期(3)の韓国文学(4)が当面していた、もっとも重要な課題は、植民地期という過去の負の遺産を清算し、新たな民族文学を樹立することであった。こうした時代的課題をめぐって当時生産された韓国文学の言説は、民族の共同体文化の精髄としての韓国文学を実現するために、過去の負の遺産ともいうべき「植民地の残滓」を除去しなければならない、という遂行陳述(performative discourse)によってその全体が支配されていた。それではいったい、韓国文学における「植民地の残滓」とは何であったのだろうか。一般的に捉えるとそれは、日本帝国主義の植民地文化統治が韓国文学に及ぼした弊害といえよう。もちろん、統治する側の政治的意図や強制による直接的で、可視的な被害だけでなく、韓国人文学者の支配者への協力・抵抗の結果として刻まれるようになった精神的な傷痕も、そこには含まれるだろう。ここでまず取り上げたいのは、解放期の韓国文学が「植民地の残滓」をどのように具体化し、それをどのように処理しようとしたのかということである。

そもそも近現代における韓国文学の展開は、植民地期、解放期、そして民族分断(朝鮮戦争)以後へとつながる文化史的な時空間の相互交渉のネットワーク――過去に対する現在の認識論的方向性が、過去の歴史的状況のなかですでに定まりはじまるという関係のネットワーク――のうえに成り立っている。その意味で、解放以後の韓国文学のイデオロギー的志向とは、過去の植民地期の文学に対する認識そのものでもあり、その認識自体が植民地期の歴史的状況から生じたものに他ならない、という二重の制約によって解放以前の歴史と結ばれているのである。したがって当然ながら、解放後の韓国文学のイデオロギーの形成や様相を問題化するためには、植民地以前と以後の時間を横断しながら、その相互の関わりに注目しなければならない。

まず断言できることは、解放期の韓国文学は植民地期に対する歴史的清算問題を最大のスローガンとして掲げながらも、皮肉にも、その清算すべき過去の傷痕、植民地期の残滓について注意深く省みることはしなかったということである。周知の通り、朝鮮半島の解放とは、朝鮮民族が自己覚醒と闘争を通じて勝ち取ったものではない。それは、連合国の利害によって東北アジア地域が再編成されるという、世界史的な規模の国際秩序の変化の中で偶然にもたらされた。植民地朝鮮社会の内部の成熟とはまったく関係のない、いきなり外部から与えられてしまった社会変動だったのである。その点において、朝鮮民族にとって、解放とは、自由を獲得する契機というよりは、ただの無分別な体制の混沌状態を経験させる契機に他ならなかった。解放とともに最初に迎えなければならなかった局面が、両極化されたイデオロギーがぶつかりあう政治闘争そのものであった。解放期の朝鮮半島の政治闘争は、周知のように、民族独立から三年後にそれぞれ別の理念を掲げながら二つの国家が南と北で建国される民族分断のほうにつながるのである。解放期の韓国文学は、こうした民族対立の歴史的状況の中で、南と北、あるいは左と右が激しくぶつかり合う政治闘争の場内に性急に巻き込まれていく、という展開様相をしめしている。

近い将来に北朝鮮の建国勢力になる進歩主義と韓国の建国勢力になる保守主義とが対立する、いわゆる左右の政治闘争の最中で、自分の進むべき路線を選択しなければならないということが、文学者に与えられた時代状況からの要求であった。どちらの方の理念に基づいて新たな民族共同体の文学を建設するかを表明することが、文学者の解放後の文学的出発点そのものであったのである。こうした路線選択や現実参与を論理化することが、当時に生産された文学言説の主潮を成していることはいうまでもない。未来の使命が前面に打ち出される一方でその前提として掲げられていた植民地期の歴史的な清算問題は、極端に政治化、固定化、単純化されてしまった。解放後の文学言説において、「植民地の残滓」とは、植民地期の日本の文化統制が朝鮮文化や朝鮮語文学に与えた弊害的な影響として、一律に認識されていたといっても過言ではない。新しい民族文学を樹立しようとする解放後の韓国文学は、清算すべき過去を可視化し、規定するにあたって、それに対する必要最低限の懐疑も再考も示さなかったのが実状である。解放期の文学言説では、過去の「植民地的残滓」の具体例として、朝鮮語の創作および出版の廃止、思想統制を含めた検閲の強化、そしてこうした外部的圧力による植民地統治への協力、などが繰り返しあげられただけなのである。

ここで確認して置かなければならないのは、韓国文学の過去認識においての現在（解放後）と過去（植民地期）とは、それぞれ分離された別個の歴史空間として対峙させられている、という点である。この点は、韓国文学史などの文化史的言説で、解放以前と以後とが、それぞれ、民族文学の暗黒期と樹立期として、明確に区画されている事情からもうかがうことができる。こうした境界線が設けられたのは、いうまでもなく、韓国の文化史的な認識の中で、解放後と解放以前との相互浸透という事実をなるべく排除しようとする欲望がつよく働いたからであろう。その欲望により、解放後の韓国文学において過去は、克服しなければならない反省的対象としてではなく、ただ単に否定しなければならない対象として、位置付けられてしまう。いいかえれば、韓国文学の清算すべき過去とは、現在の歴史の一部として続けられるものではなく、文字通りすぎ去った過去のものに化されたのである。その場合、韓国文学に内在する植民地の残滓が、朝鮮語の創作および出版の廃止、思想統制を含めた検閲の強化など、他者(植民地支配者)の暴力による結果としてしか認識されないことは当然のことであろう。こうした認識論的な傾向のなかでは、過去を反省的対象として構成する痕跡を見出すことはそもそもできない。清算すべき過去は、補償を受けなければならない被害に還元されてしまう。それと同時に、過去に対するすべての責任は他者のほうに転嫁されてしまうのである。こうした加害・被害の二分法的認識による過去の再編成が、過去と現在の相互浸透性の否認を前提していることはいうまでもない。韓国文学史が過去理解の核心項目として、他者による被害、他者の補償責任などに拘泥するとすれば、それは、解放後の韓国の政治文化史が一貫して提案してきた過去清算の主張と軌を一にする現象であろう。韓国文学言説と政治文化言説の両方が、基本的に、そして最終的には、「植民地の残滓」に対する反省的な問いそれ自体を隠蔽、排除する、という条件のうえに成り立っているということである。

解放後の韓国文学言説が生産されていく、その全体の流れを、「反省的認識の不在」という特徴によって把握する際、林和の次のような陳述は、きわめて例外的に、重要な問題性を提起している。

さて、自己批判の根拠をどこに置くべきか、私はこう思います。勿論そうなるはずもなく、実際そうはならなかったけれども、これはただ単に仮令としていうのですが、この太平洋戦争で万が一日本が勝利する、このように考えた瞬間にわれわれは何を考え、どう生きていこうかとしたのかを問うことが、自己批判の根源でなければならないと思います。そのとき私に、山里に埋もれ一介の樵夫として生涯を終えようとした、一筋の良心があったのか。そうはいかなく、私の心の一角に住み着いている強烈な生命欲は、勝利した日本に妥協しようとはしなかったのだろうか。これは、私自ら感じることすら恐ろしいことであったため、言葉で、文章で、あるいは行動で表せなかったろうし、他人に気づかれることもなかったろうが、しかし私だけはそれを不問に付したまま通り過ぎることはできない。これが自己批判の良心ではないかと思います。にもかかわらず、この決定的な一点を伏せておいた自己批判とは、ただの虚偽意識にすぎないと思います。だからこそ、私たち全員が謙虚にこの誰も知る由もない心中の秘密を率直に告白することをもって、自己反省の出発点にしなければならないのです。そして、自己の反省になぜ謙虚さが要るのかとすれば、私も悪ければ他人も悪いということではなく、他人は善良なのに私だけが悪いということを、厳かに肯定するとき初めて自己を批判することができるからです。これが良心の勇気だと思います。(5)

これは、「鳳凰閣座談」という別称でより広く知られている、「文学者の自己批判」を論題にした座談会での林和の発言である。解放直後の一九四五年一二月、鳳凰閣という料理屋で開かれたこの座談会には、金南天、李泰俊、韓雪野、李箕永、金史良、李源朝、韓曉、林和という、解放後の民族文学建設運動を主導していた文学者(6)が大挙して参加した。解放後の韓国文学が無自覚的に政治闘争の言説に同化していく流れのなかで、そもそも「文学者の自己批判」という名の座談会が組まれたこと自体、文学史的には特別の意味を持っているかもしれない。この座談会での林和の発言は、終始一貫して、特に、過去の自己を批判するための認識論的根拠を提示しようとしている。林和は、日本の勝利が予想されたあの過去の時点で、われわれは何を考え、どのように生きていこうとしたのか、を問うことから自己の批判がはじまる、という。ちなみに、引用の陳述はこの座談会における林和の最初の発言である。謙虚、告白、良心、勇気などの宗教的なレトリックによって提示された、林和の自己批判の原則的な立場に、他の参加者はどのように反応していたのだろうか。林和の発言の直後に参加者一同は「同感です」との一言で応対はしているが、だれ一人、その陳述内容に積極的な関心を示したり、具体的に議論したりはしなかったのが事実である。この点は注目に値する。すなわち、林和の反省的認識は他の参加者の過去理解とは交換不可能なものであって、したがってそれに内在する問題性は、この座談会のまともな主題として一度も取り上げられなかった、ということである。林和の発言とそれを前後して出された他の参加者の発言とを対照してみることによって、それぞれの過去理解や問題提起の異質性が明らかにされるとおもう。

　林和発言の直前に韓雪野が、「われわれが一時期（植民地期――引用者）絶望的で暗澹たる陥穽にはまっていたことは事実であるが、また必ず今日（解放期――引用者）がくることを信じていたことも事実であります」と述べ、林和発言のすぐ後には、李泰俊が、「（植民地末期の――引用者）朝鮮語抹殺政策に協力し、日本語での創作に転向したことは、重大な民族的反逆以外のなにものでもなかったと思います。ですから私は、同じ朝鮮作家として最後まで朝鮮語と運命をともにしようとはせずに、あれほどたやすく日本語に筆を染めた者たちを一番恨んだのです。もちろん思想にまで帝国主義に協力した者と、ただ用語だけを日本語で表現した者とは区別しなければいけないと思いますが」と、それぞれ植民地末期の文化状況に対する自分の考え方や立場を述べている。国家権力によって日本語が強要される状況のなかで朝鮮語を守護しなければならなかった朝鮮人作家が、文化統制政策に協力して日本語を創作言語として受け入れたことは許し難い行動であるという、韓雪野と李泰俊の発言が、解放期の韓国文学の過去認識一般を代弁していることはいうまでもなかろう。そこで、二人の発言が共有する認識論的な根拠とは、一体どのようなものであったかをまず取り上げてみよう。

二人の発言は基本的に、過去と現在の客観的状況は完全に別様であること、それとは無関係に自分自身の過去と現在の意識の間には如何なる変化も介在しないこと、この二点を前提にして構成されている。朝鮮人作家を取り巻く歴史的状況がどう変われ、朝鮮語を固守するという彼らの意識は、不動のものとして示される。いいかえれば、その意識は、歴史的、時代的な変化を超越する信念なのである。前もって信念が与えられている以上、状況による選択の可能性——具体的にいえば朝鮮語か日本語かという選択状況の中で日本語のほうを選ぶ可能性——は皆無である。自分たちは植民地期に日本語による創作をまずしなかったし(7)、もししたとしてもそれは、植民地統治の政治的圧力による行動にすぎないということになる。彼らの陳述は、こうした自己合理化の判断を分有することで成り立っている。過去と現在の歴史的状況の変化には全く拘束されないこの一貫した自己意識は、現在の立場から過去の出来事を反省するという企図自体を、最初から不可能にさせてしまう。もともと過去と現在の状況の断絶を前提する立場からは、過去を、現在の意識に影響をもつ要因として想定することはできない。それと同時に、過去と現在の不動なる信念を主張する立場から、過去を、反省の対象として構成することもまたできない。もう少し極端ないいかたをすれば、二人の発言には、振りかえられる、反省されるべき過去自体が不在である。その点において韓雪野と李泰俊——実は林和以外の参席者全員——の立場からすると、「自己批判」とはただの自己合理化のスローガンに過ぎなかったのである。彼らの発言から浮かび上がる韓国文学の「植民地の残滓」とは、いうまでもなく、文学者個々人の内面世界と関係するものではない。もっぱら植民地支配者の暴力による被害、もしくは支配者に協力した他者の行為に、「植民地の残滓」は還元されてしまうということである。彼らの認識は、実は、解放後の韓国文学が提示した過去理解の典型をなすようになる。その点については次節で議論する。

一方、林和発言における過去理解は韓雪野や李泰俊のそれとは違う。その相違の根本的な点は、過去の選択地点を意識の上に顕在化するか、否かにある。林和は、過去と現在の客観的、歴史的状況が連続しているものと想定し、その過去の地点で「われわれは何を考え、どう生きていこうかとしたのか」を、まず問題化する。過去と現在の状況が完全に別様であることを前提する他の参加者の認識とは異なって、林和の場合、過去は現在の意識を成り立たせる一つの動因として現在に関与している。こう言ってみることもできる。林和にとって、状況が完全に変化した現在と状況が変わっていない過去とは、現在の自己意識を媒介に緊密につながっている。それによって自己意識は、過去を他者化する現在の位置にではなく、過去の中に立たせられるのである。過去の地点とはいうまでもなく、選択を前にした地点であろう。そして、過去の中に立たせられるということは、そのような選択——林和の表現を借りると、「勝利した日本と妥協しようとした」選択——はするべきではなかったと事後的に判断する、現在の意識による一切の介入を除去することを意味する。現在の意識が反省的に機能するためには、すなわち現在の地点で過去の行為を批判的に認識するためには、選択を前にした過去の地点での自己意識を、〈直接に〉対象化しなければならないということである。

続いて林和は、そのとき反省の対象として浮かび上がる自己像を、「山里に埋もれ一介の樵夫として生涯を終え」ようとする「私」ではなく、「強烈な生命欲」によって「勝利した日本と妥協しようと」する「私」として描いている。ここで、林和の「私」と韓雪野が提示している「私」（「われわれ」という表象の中の「私」）を照らし合わせてみよう。もちろん「私」とは、「文学者の自己批判」という座談会の議題からも判るように、原理的に自己批判の対象として提示されるべき「私」である。また、韓雪野の「私」が座談会の他の参加者全体が想定する「私」を代理表象していることはいうまでもない。「強烈な生命欲」にとらわれて「良心」のほうを失いかねない「私」と、「絶望的で暗澹たる陥穽にはまっていた」にもかかわらず未来への確信に満ちている「私」。選択状況の前で混迷している「私」と、選択状況自体を否認している「私」。それぞれの「私」を提示している林和と韓雪野の認識の間に還元不可能な差異が介在していることは一目瞭然である。前者の「私」を形象する林和の認識には、後者の「私」を形象する韓雪野の認識には欠けている、決定的な分裂の傷痕が刻まれている。林和にとって、その分裂の傷痕こそが、韓国文学の植民地的な残滓にあたるものであろう。韓雪野によって代表される他の文学者たちの認識には、反省、克服しなければいけない「植民地の残滓」は不在である。彼らにとって「植民地の残滓」とは、ただ単に日本の植民地文化統治政策が招来した客観的弊害に他ならない。その点において、「文学者の自己批判」で彼らが出している過去の行為についての言述は内容空疎な自己弁護に過ぎないといわざるをえない。過去と現在の相互交渉的（あるいは、反省的）認識は、結局、過去の選択地点に立つ「私」を批判の対象として取り上げると同時に、その選択にともなう責任を現在の「私」が引き受けなければならない、とする林和の陳述からしかみちびきだせないのである。

すなわち、韓国文学における植民地の残滓とは選択を前にした作家個人の心情に「住み着いている強烈な生命欲」と深く関わっていること、それを発見することが「新しい朝鮮文学の出発点」にあたること、などを表明した林和の陳述だけが、解放期に生産されたさまざまな過去理解の中で唯一の「反省的」構想であったといっても過言ではない。「強烈な生命欲」に囚われていた過去を発見することによって、はじめて「強烈な生命欲」に従属しない新しい選択の可能性に開かれている現在を創出することができる。こうした「反省的」構想においての過去と現在とは、「絶望的で暗澹たる陥穽」の過去の状況と「光を取り戻した」今日の状況というかたちに完全に分離することでもなければ、自己意識の不変的な一貫性が主唱される連続的関係として現象することでもない。現在を生きていき、未来を創出するためには、避けて通ることのできないのが過去である。過去を認識の対象として置く場合、もちろんここで大事なのは、過去と現在をどのように交渉させるのかということである。ハイデガーの用語で林和の「反省的」構想を整理してみると、罪深い過去の蓋然性について配慮(Sorge)することによって、現在と過去が意識上には連続的な関係にありながらも状況的には完全に断絶されている日常性(Alltäglichkeit)の世界に頽落する(verfallen)ことのない、新しい現在と未来に開かれている自己の構成(あるいは、自己存在のあり方への探求)が可能になる、ということになるだろう。

　こうした文脈において、林和の陳述でもう一つ注目しなければならない点がある。それは、「私」の意識とは「われわれ」として表象される集団意識には置き換えられえないことを明示している、という点である。「朝鮮人の中で誰を問わず協力的な態度を示さなかった者は一人もいなかったとしても差し支えない」という韓曉の発言(8)――先ほど引用した韓雪野の発言の直前でなされた――に典型的に表れているように、解放期の文学言説における過去批判の認識は、基本的にこの「われわれ朝鮮人」という集団表象によって支えられている。それとは対照的に、林和は「私も悪ければ他人も悪い」というような集団化言説による自己批判は「虚偽意識にすぎない」と規定する。もし外部からの強制という客観的状況の中で「われわれ」は同一の選択をせざるをえなかったとするのが「自己批判」の発想だとするならば、それは、過去の傷痕の発見につながることではなく、「虚偽意識」、すなわち過去の傷痕を隠蔽する意識を助成することになるという認識なのである。この林和的な認識が、「私」だけの過去の傷痕を発見しない場合、それを克服する新しい選択の自由もまた獲得することができない、という前提のうえに成り立つことはいうまでもない。「他人は善良なのに私だけが悪いということを、厳かに肯定する」地点に立つことによって、「私」だけの過去の傷痕を発見し、そこから傷痕を克服する新しい道が切り開かれるということである。「われわれ」という集団の一部に「私」を還元することではなく集団からはむしろ懸け離れている孤立無援のところに「私」を位置させること、過去の選択にともなう責任を現在の「私」が引き受けるところに自己意識を位置させること、それを林和の陳述は「良心の勇気(9)」だと断言している。

少し極端ないい方をすれば、「自己批判」という名のもとに行われた座談会で、ただひとり林和だけが韓国文学の植民地的残滓について懐疑しているということになる。李泰俊、韓雪野(もしくは他の文学者)が提示する認識論的な枠組みからすると、過去の植民地期の体験は、つねに集団化された言説によって韓国語、韓国文学の被害として浮かび上がる。治癒、克服しなければならない過去の傷痕が他者の暴力からの被害に置き換えられることによって、過去は反省の対象にではなく、補償の根拠になってしまうのである。植民地的残滓に対する清算可能性の追求が最初から拒否されているといわざるをえない。これまでの議論でも暗示されていると思うのだが、解放後の韓国文学の過去に対する処理の仕方は、不幸にも後者の立場に基づいている。すなわち解放後の韓国文学は、作家個人が選択を前にして抱いた「強烈な生命欲」――「私」の傷痕であり、その意味で植民地的残滓でもある――を発見し、それを克服する新しい選択を模索する方向にではなく、むしろその「強烈な生命欲」を隠蔽することで新しい選択の可能性それ自体を排除する方向に展開されたのである(10)。こうしてみると、本当の意味での植民地経験の負の遺産とは、韓国人作家が日本語創作に携わっていた事実――あるいは日本の植民地文化統治に協力していた事実――ではなく、そうした植民地期の選択行為とは無関係の解放期の韓国文学を想定しようとする無自覚な欲望そのものであるということが判るようになる。

2 植民地以後の韓国文学研究の過去処理

韓国文学における「植民地の残滓」の清算は、そもそもどのようなイデオロギー的企画のもとで遂行されたのであろうか。その清算企画のイデオロギー的性格は、韓国人作家による植民地期の日本語文学を解放後の文学研究（特に文学史研究）がどのように処理したのかを調べてみると、明らかになる。

解放直後の文学言説空間で植民地期の日本語文学は、さきほど取り上げた「文学者の自己批判」座談会での韓雪野と李泰俊の発言からも確認できるように、〈朝鮮人作家は朝鮮語と運命を共にしなければならない〉という言語運命共同体意識によって断固として処分された。この過程でまず一つの矛盾が生じる。過去の日本語文学を裁断する立場にあった文学者の大多数が、日本語が「國語」として強要された植民地末期の言語状況で文学活動をした、いわゆる日本語文学者だったからである。一九四五年以後行われた朝鮮人作家による日本語文学の排除は、その点において、他者の日本語創作に対する断罪や暴露にとどまらず、自己の過去に対する隠蔽行為でもあったのである。日本語文学を排除するこの時期の一刀両断的な判断は、そもそも感情的な反応として規定するべきものであって、そこから論理的配慮を確認することはほとんどできない。まず、植民地期の朝鮮人作家が朝鮮語で書いたか、日本語で書いたかを明確に区分し、そこで、日本語で書かれた文学は、不純物として、裏切りとして切り捨てられたのである。文学研究が植民地期の日本語文学を取り上げること自体を禁忌視した、当時の朝鮮語運命共同体意識は、すなわち、文学作品の美的・情緒的な価値の基準でもあったのである。このような過去処理の過程で、植民地期に日本語と朝鮮語の両言語を前にして作家たちが体験した言語選択の問題は、当然議論の対象から除外された。過去の一面を一方的に排除しようとしたこうしたイデオロギー的傾向は、一九六〇年代半ば、もうすこし正確にいうと林鐘國の『親日文学論』(平和出版社・ソウル、一九六六年)が出るまで続けられた。

その後の研究では、植民地期の韓国人作家による日本語文学が、少しずつ、しかも非常に制限的な意図のもとで、取りあげられるようになった。すなわち、韓国語文学を〈民族共同体の文学〉という理念的具現体として構築するためには、どうしても日本語文学という差別的価値について言及せざるをえなかったからである。否定しなければならない対象として過去の日本語文学を想定することは、それ自体、民族的正統性を保持する現在の韓国語文学の存在意義を強調することに他ならないのであろう。このように、過去の日本語文学の取り扱いは、全体的にみて、肯定的価値創出のために否定的価値に対して配慮しなければならないという条件に制約されていたのである。「明らかにすることは明らかにし、批判することは批判することによってわれわれの文学を発展させなければならない（中略）これから韓国の国民精神に立脚し、韓国の国民生活を宣揚する、韓国の国民文学（戦後の韓国語文学――引用者）を樹立しようとする人々のために、彼らの植民地的な国民文学（戦前の日本語文学――引用者）は良い参考資料になるだろう(11)」という林鐘國の『親日文学論』での立場の表明は、新しい民族文学の構築という課題と過去の日本語文学の否定作業が必然的に絡み合っているということを端的に示している。現在の韓国の「民族文学」と植民地期の「国民文学」を二項対立的に断絶する言説が、これまでの文学研究や教育の場を支配していることはいうまでもない。それらの言説が本当に正当な見解の表現なのかどうかという自己検証の判断が働く可能性は、民族文学樹立の企画によって最初から排除されたのである。

一方、前節で確認した林和の問題提起が、もし、解放後の韓国文学で深刻に取り入れられたとするなら、はたして過去の日本語文学はどのように処理されたのだろうか。林和の認識からすると、植民地期の日本語文学とは、文学者個々人の「強烈な生命欲」をさまざまなかたちであらわす媒体になる。したがってそれを問題化せざるをえないのだが、それを扱う場合、もっとも大事なファクターの一つとして浮かび上がるのは、もちろん日本語文学に自己同一性を見出そうとした際の作家の選択意識である。そして、日本語文学を選択する過去の意識と、韓国語の民族文学を建設しようとする現在の意識との相互関係性を明かにすることによって、はじめて韓国文学における植民地的残滓を克服、治癒する可能性が切り開かれるということになるだろう。しかし、実際に行われた解放後の韓国文学の過去処理とは、林和の認識か指し示す方向とは正反対の方向に進められた。そこには、過去と現在の相互関係性が問題化されるのではなく、むしろ過去の否定、あるいは過去の他者化が前提されているのである。過去の否定、他者化が、現在の自己意識による過去への反省的接近を根本的に不可能にさせてしまう、ということに関してはこれまで議論してきたどおりである。

こうしてみると、解放後の韓国文学の過去処理における認識論的な要を、過去と現在の相互交渉に関する認識の不在として理解することができる。ここで急いで確かめておかなければならないことは、〈韓国語による新たな民族共同体の文学〉を建設するために植民地期の日本語文学を他者化して断罪しようとする解放後の韓国文学の企画が、どれほど切実に過去との断絶を希求しようとも、結局は植民地期に確立された朝鮮語・日本語の二項対立の敵対関係を再生産することに帰着せざるをえないという点である。いいかえれば、過去を否定し、他者化することによって新たな民族文学を創出しようとする韓国文学は、まさに否定しようとしたはずの、植民地期の言語状況の遺産である、相互排他的な構造の中に退行してしまうのである。そもそも日本語文学の処理が植民地期に行われた韓国語文学に対する抑圧の反作用である、という事実からまず過去と現在の共謀が確認される。しかもその日本語文学の処理の仕方は、植民地期の日本の文化帝国主義が「國民文学」という内部性を構築するために韓国語文学を不純な物として排除した、その仕方をそのまま受け継いでいる。日本語文学によって排除される立場から日本語文学を排除する立場への位置移動を無自覚的に追求する過程で、韓国文学は同一の抑圧・対立構造を再生産してしまったのである。過去を否定し、他者化する言説によって支配される韓国文学の企画は、実は、その生成の契機だけでなく基本的な戦略までも、過去の排他的な植民地文化状況から引き出しているということになる。

その点において韓国文学という文化領域の現在とは、過去との断絶によって新たに切り開かれるものではなく、むしろ過去の単なる継承にすぎないものである。同一の二項対立構造を再生産する、こうした過去と現在の共犯関係の問題は、次節で取り上げ、具体的なテクスト分析を通してより明確にしていきたい。ここでは、韓国文学研究で植民地期の日本語文学がどのように議論されてきたのか、という韓国文学の過去処理の展開様相について、もう少し系列化して検討してみよう。これまでの研究は、おおよそ次の三つのカテゴリーに分けられる(12)。

第一の段階、すなわち植民地期を直接体験した世代による解放直後の研究では、「日本語で創作する」こと自体「反民族的」である、とする価値判断によって植民地期の日本語文学が排除された。植民地時代の朝鮮人作家には朝鮮語を守護する「民族的」使命が与えられていた、という民族共同体の情緒的、イデオロギー的利害=関心は、これまでの議論でも明かにされたように、解放期の文化状況を支配していたのである。この段階の研究の立場は、日本語が「國語」として朝鮮人作家に強制されていた植民地末期は、「韓国新文学史においては、羞恥に満ちた暗黒期であり、文学史的には白紙にしておかなければならない、ブランクの時代であった(13)」という白鐵の『朝鮮新文学思潮史』(一九四九年、上、下巻完刊)の陳述によって、代弁されている。朝鮮文学史における「羞恥に満ちた」過去を「白紙」化する企画が、現在と過去を断絶させようとする欲望の発現であることはいうまでもない。このような自己隠蔽の論理は、過去を否定しなければならない対象として位置付ける論理に、直ちに置き換えられる。「こうした空白(植民地末期——引用者)は、史家の癌であり、文学史の傷痕ではあるものの、いつかは一度整地されなければならない淀みではなかろうか(14)」、あるいは「明かにすることは明かにし、放棄することは放棄し、取り入れることは取り入れることによって、われわれはわれわれの文学を豊かにしなければならない(15)」、という認識によって植民地期の日本語文学が文学史記述の対象にされたのである。こうした自己隠蔽と他者断罪の論理に支えられながら、植民地期の日本語文学の資料調査や目録化が行われたという事態から、その後の韓国文学の過去処理の方向性を読み取ることはもちろん有効である。

第二の段階として、民族共同体のイデオロギー的利害=関心を作品内の美的な価値基準にまで拡張することによって生産された研究をカテゴリー化することができる。この段階の研究は、主に一九七〇年代に、戦後世代の研究者によって行われたが、研究の問題意識やイデオロギー的な立場は解放直後にすでに確かめられたものである。前節で取り上げた「文学者の自己批判」で李泰俊は、「日本語での創作に転向したことは、重大な民族的反逆」と規定しながらも、「思想にまで日帝に協力した者とただ用語だけを日本語にした者とは区別する」必要があるという意見を付け加え、日本語創作への批判的判断をもう少し微分化している。その発言に対し、植民地期の代表的な日本語作家である金史良は、「日本語で書いたとしても、何をどのように書いたかが議論されなければならない」という主張(16)をもって呼応する。この二人の作家の認識が合致する地点から、第二の段階における研究の問題意識の形成を確認することができる。すなわちたとえば、被支配者の切実な民族的心境を日本語読者に訴えるために日本語を選択した場合、その動機は文学作品を評価するにあたって十分に考慮しなければならない、ということであろう。一九七〇年代以後の植民地期日本語文学研究の大多数は、すこし整理してみると、〈日本帝国主義の植民地統治を象徴する日本語で創作されていたにもかかわらず、その内容は反日的で民族的である〉のような固定的な結論を提出している。その点は、林鐘國の『親日文学論』における作家・作品論、作家の反日的な性格を強調する安宇植の『評伝金史良』(草風館、一九八三年)、親日的側面を批判する任展慧の「張赫宙論」(『文学』岩波書店、一九六五年一一月)などの研究で確認される。これらの研究の立場はひとまず、日本語創作に対する盲目的な嫌悪感から多少は解放されているかのようにもみえる。しかし、日本語選択それ自体は先験的に過誤として判断されているし、日本語文学のもつその欠点を補うために、作品内容に含まれる民族主義的な性格が不自然なほど強調されているのである。その点においてこの段階の研究は、日本語＝帝国主義＝悪、朝鮮語＝民族主義＝善とする二項対立的構造をそのまま保持しているといわざるをえない。解放直後の研究が日本語であるか朝鮮語であるかをまず区別し、植民地期文学から日本語文学を切り捨てようとしたのと同様の仕方で、この段階の研究は日本語文学の「親日」的要素と「反日」的要素を区分し、「親日」的要素を排除・断罪しているからである。

第三段階の研究は基本的に、それまでの植民地文学研究が堅持していた「親日」と「反日」という対立的認識を、「あまりにも便利な観念的なもの」と批判し、「抵抗から屈従までの間には、大きな振幅があり(17)」、その中には二分法的な単純論理によっては規定しきれない作品世界が存在する、という問題意識を共有することで成り立つ。この段階の問題意識をもう少し敷衍していえば、屈従の言語として見なされてきた作品世界から逆説的にも支配者への必死の抵抗を、また逆に、抵抗の言語とされてきた作品世界からは被支配を容認する屈辱的な姿勢を、それぞれ読み取ることができるということであろう。このような視点の導入によって、従来の一刀両断的な単純論理が多少克服され、文学作品のイデオロギー的表現の特殊性に対する、より多様な議論の可能性が開かれたのは確かである。金允植の『韓日文学の関連様相』（一志社・ソウル、一九七四年）を皮切りに、これまでの研究の大多数が、「親日」と「反日」という二項対立的な認識を克服することを研究目標として提示している。しかしこの第三段階の研究もまた、植民地文学を作品の言語別に二分化して、日本語文学を否定すべき価値体系に、韓国語文学を肯定すべき価値体系に、仕立てあげている(18)。また、「抵抗」と「屈従」の二項対立を批判しながらも、その閉鎖的な枠組みの中にテクストの言語を再び閉じこめてしまう。まさにそれらの点においては、従来の認識をそのまま継承しているのである。そしてもうひとつ、この段階の研究は、「抵抗」と「屈従」の議論を多様化、精緻化することによって、むしろ解放後の韓国文学のイデオロギー的伝統を強化したといわざるをえない面もある。なぜならば、この段階の研究の背後には、「親日」行為の結果と見なされてきた日本語作品から「抵抗」の要素を積極的に読み取ろうとする主観的意図や、韓国文学史の時期的な空白とされてきた植民地末期を充実な内容で埋め尽くそうとする強迫観念が働いているからである。その心理的志向こそ、〈新たな民族文学を樹立する〉という韓国文学の集団イデオロギーの一部なのである。

こうしてみると、それぞれの段階の研究における植民地期日本語文学の処理の仕方からは、根本的な認識転換を伴わない局所的な変化しか確認できないということが明らかである。それは、異なる世代の——たとえば、戦前世代と戦後世代の——研究者が持つ過去の歴史的状況に対する感覚の相違がもたらすレベルの変化であろう。過去をまず他者化し、現在の正当性を構築するために過去の不当性を断罪するという基本的戦略は、むしろ強化・先鋭化されつつ、それぞれの段階の研究に継承されている。こうした〈民族文学の樹立〉のイデオロギー的戦略の核心に、朝鮮語(韓国語)至上主義が置かれていることはいうまでもない。解放直後に、「民族文学の樹立は、民族語による民族的性格の探求と民族精神の発揮具現にある(19)」と、金東里によって宣言されて以来、韓国文学とは韓国語による韓国精神の表現体であるという考え方が、いわゆる韓国の〈国民文学〉の理念として固定化され、定着されているのである。

ここではっきりと指摘しておかなければならないのは、解放以後の韓国文学における韓国語中心主義は、過去と現在のすべての文化体系を評価する価値判断の認識論的基盤になっているのだが、それ自体は、一度も認識の対象として想定されたことがなかったという事実である。すなわち、韓国語中心主義とはそもそも共同体社会の内部構築のイデオロギーにすぎないものではないか、それはある特定の歴史的状況のなかで発生・展開したものではないか、そして、どのような契機によってそこに本来的価値が与えられるようになったのか、などの問題はこれまで取り上げられなかったのである。原理的にみて韓国文学の韓国語中心主義とは、当然、歴史的な産物であったはずであり、その生成を可能にさせた歴史的な文脈が必ず存在したはずであろう。次節で具体的に議論するが、解放後の韓国語至上主義は大きくみて、日本語が「國語」として強要される植民地期の二言語状況で体験した傷痕と障害に対する反作用として形成された自己防衛的なイデオロギーに他ならない。にもかかわらず解放後、〈民族文学の樹立〉企画が展開される中で、韓国語中心主義は韓国文学の本来的な価値として認識されたのである。そのプロセスをもう少し分節してみると、〈民族文学の樹立〉の企画をうまく機能させるためには、どうしても韓国語中心主義というイデオロギー的信念を前提せざるをえないのだが、その韓国語中心主義に本来的価値を与えるために、韓国文学は、それが植民地期の歴史的状況の中で形成されたイデオロギーにすぎないという事実をまず隠蔽しなければならなかった、ということになる。したがって、韓国文学が、過去を他者化し、否定・断罪し、隠蔽することは、〈民族文学の樹立〉企画に含まれている虚構性そのものを隠蔽する作業でもあったのである。

3　朝鮮語（＝母語）中心主義の形成

〈朝鮮語＝朝鮮精神＝朝鮮文化〉という理念的な統一が朝鮮人にとって本来的な環境である、という朝鮮語中心主義はいったいどのような契機で形成されたのだろうか。人々にとって母語こそがもっとも固有の言語であり、あらゆる意味の基準になる言語であるという考え方は、一般には通用するかもしれない。しかし、言語というものはもともと、起原的で代替不可能な固有の場ではない。それに与えられる、生来性すなわち〈母性〉は、ある特定の状況が前提されなければ、生じえないものである。母語中心主義のイデオロギーとは、基本的に、二言語状況（あるいは、多言語状況）においての外部言語からの衝撃を前提にしてはじめて形成されるものである。その意味ですべての母語中心主義の発生や展開は、歴史的かつ状況的でしかない。すなわち、共同体の内部言語と外部言語が対立・並存する状況の中で、自言語の表現に対する無自覚的な信頼が生じ、また自言語による共通感覚の疎通が想定されるということである。ここで、発話主体の意識と言語との直接的な関係、そして言語共同体の間での等質的な交換、この二項目に対する情動的な信念こそ、母語中心主義の核心にあたるものであろう。共時的な観点からすると、標準語と地方言語、国際語と国内語、文章言語と音声言語、通時的な観点からすると、前近代における中国語（漢字）と朝鮮語、植民地期における日本語と朝鮮語、解放以後における英語と韓国語、などのケースの二・多言語状況のそれぞれにおいて、前者の言語システムにおけるさまざまな障害が前提されることによって、後者の言語システムの中で、発話意識と言語との直接的な関係、言語共同体の間での等質的な交換に対する信念の発生を確認することができる。つまり、ある言語に自然性、本来性、特権性などが与えられる〈母語化〉は、このように歴史的で、状況的で、相対的な現象なのである。もちろん本稿では、解放後の韓国文学の韓国語中心主義と直接的に関係のある、日本語と朝鮮語が対立・並存した植民地期の二言語状況の中での母語観念の形成問題を議論の対象とする。

前節で取り上げた「文学者の自己批判」座談会の参加者の中で、植民地期に日本語の創作活動をもっとも旺盛に行った作家は、周知の通り、金史良であった。その点において金史良は植民地期の韓国人日本語作家の立場を代弁する位置にあったともいえる。はたして金史良は、日本語創作を選択する地点で、朝鮮語と日本語、それぞれに対してどのような言語意識をもっていたのだろうか。この問題設定は、実は、解放後の韓国文学が過去を処理するにあたって一度も取り上げることがなかった、林和の提案を具体化したものである。すなわち、植民地期の日本語作家金史良の言語意識を対象化することは、「強烈な生命欲」に妥協しようとした自己意識を問うことによってはじめて自己批判が可能になるという林和の認識に基づいているというである。金史良は、日本語作品を集中的に発表していた一九四〇年の時点で、朝鮮語と日本語を往来する中で体験した言語意識の問題、特に言語障害の問題について、次のように記している。

第二には、朝鮮の社會や環境において動機や情熱が盛りたてられ、それ等に依つて摑んだ内容を形象化する場合、それを朝鮮語でなしに内地語で書かうとする時には、作品はどうしても日本的な感情や感覺に禍されようとする。感覺や感情や内容は言葉と結び付いて始めて胸の中に浮かんで來る。極端に云へばわれわれは朝鮮人の感覺や感情で、うれしさを知り悲しみを覺えるのみならず、それの表現は、それ自體と不可離的に結びついた朝鮮の言葉に依らねばしつくり來ないのである。例へば悲しみにしても惡口にしても、それを内地語で移さうとすれば、直觀や感情を非常に回りくどいまでに翻譯して行かねばならない。だから張赫宙氏や私など、その他多くの内地語で書かうとする人々は、作者が意識してゐるとゐないに拘らず、日本的な感覺や感情への移行に押し負かされさうな危険を感ずる。引いては自分のものでありながらも、エキゾチックなものとして目がくらみ易い。かういふことを、私は實地に朝鮮語の創作と内地語の創作を合せて試みながら、痛感する一人である。(20)

まず、本節の議論の端緒となる三つの言語認識を、金史良の陳述から確認することにしよう。第一に、朝鮮人の意識と朝鮮語が無媒介的に結合されている、という認識である。この認識が、朝鮮語共同体の発話者—受話者の間には表現された意味が直接に伝達できるという信念を、生産していることはいうまでもない。第二に、朝鮮人の意識と日本語は間接的に仲介されるしかない、という認識である。もちろんこの認識は、発話者—受話者の関係で想定される朝鮮人と日本人は、それぞれ相異なる意識表現体系を有しているということを前提する。第三には、朝鮮語の表現・伝達システムから見出される、発話意識と言語の直接性、発話者—受話者の間の意味共有性と、日本語システムとの関係の中で見出される、発話意識と言語の間接的媒介性、発話者—受話者の間の非—共有性とを、金史良は対—形象(co-figuration)的に提示している、という点を問題化しなければならない。これから取り上げようとするこの三つの項目は、結局一つの事態、すなわち植民地期の二言語状況において朝鮮語の母語イデオロギーが形成される事態を、解明する中で関連付けられる。

朝鮮語における、発話意識と言語の直接性、発話者—受話者の間の意味共有性がどのように提示されるのかを、もう少し分節して捉えてみよう。金史良はまず、「感覺や感情や内容は言葉と結び付いて始めて胸の中に浮かんで來る」と述べている。この陳述によると、「感覺や感情や内容」という経験世界は、それ自体として現象することではない。それが現象するためには、必ず言語化という解釈行為が行われなければならない。ここで「感覺や感情や内容」は〈前―言語的状態〉に、それが発見され表現を得たものは〈後―言語的表象〉に、それぞれあたるのであろうが、その前者と後者をつなぎあわせるものが言語である、ということである。このように分節してみると、「われわれは朝鮮人の感覺や感情で、うれしさを知り悲しみを覚えるのみならず、それの表現は、それ自體と不可離的に結びついた朝鮮の言葉に依らねばしつくり來ない」という、次の陳述の問題性や意味が明らかになってくる。この陳述において〈前―言語的状態〉と〈後―言語的表象〉は、それを媒体する言語として朝鮮語が想定されることによって、〈同一のもの〉として「不可離的に結びつけられている。いいかえれば朝鮮語とは、〈前―言語的状態〉と〈後―言語的表象〉の直接的な結合を保証してくれる透明な媒体になるのである。意識と表現の直接性が認定される地点で、もうすでに、朝鮮語はある特殊な状況のなかでその発話意識に相対的な親近性が与えられた媒体である、という事実は忘却されている。このような朝鮮語の直接性は、言語共同体内部での表現と伝達が想定されるとき、自然に、共同体構成員の間での等質的な意味共有性に対する信念を生じさせる。つまり、この陳述に示されているのは、「われわれ」朝鮮人と「われわれ」の朝鮮語とは分離不可能な理念的統一体である、ということへの確信に他ならない。

朝鮮語システムにおける〈前―言語的状態〉と〈後―言語的表象〉の結合とその等質的な伝達、すなわち朝鮮語の直接性と意味共有性に対する認識が、実は、想像された信念にすぎないということとをまず確かめておきたい。もともと言語それ自体は、言語行為者の意識から分離されているし、分離されているからこそ成立するものである。この事実をもっとも明確に示しているのがラカンの言語観であろう。彼の用語を借りて事態を理解すれば、発話意識と言語との直接性は、発話主体と言語との関係を「想像的なもの」(l'imaginaire)の内部に位置させることによって、そして発話者―受話者の意味共有性は、その「想像的なもの」を言語共同体全体にまで適用させることによって、それぞれ導出されるのであろう。しかしそこに虚構の操作が決定的に働きかけていることを見逃してはいけない。つまり、言語というものは本来「象徴的なもの」(le symbolique)の秩序世界に属するものであって、そこには「想像的なもの」の自己同一的な関係を不可能にさせる他者性が前提されなければならない、ということである。したがって、人が言語世界の中に進入するためには、どうしても自己自身と外部との調和というナルシス的な欲望の挫折を体験せざるをえない。挫折によって言語世界に参入するということは、同時に、言語を習得して駆使することがその言語システムと言語共同体の意識から疎外されることによって成しとげられる、ということを意味する。ある人が自分の言語共同体の言語で意識や情緒を自由に(自己同一的に)駆使し、それを共同体の構成員に自由に(等質的に)伝える者、すなわち母語を発話する者になることは、それ自体幻想なのである。すべての人間はつねに言語の外部に置かれていて、その点においてすべての言語は非―母語でなければならない。こうしてみると、発話意識と言語の直接性や発話者―受話者の意味共有性――いいかえると言語に与えられた「母性」――を徹底的に喪失することこそ、人が自分の意識を言語で表現し他人に伝える能力を獲得する出発点にあたる、ということが明らかである。

朝鮮語システムに対する金史良の認識とは異なって、実際には、〈前―言語的状態〉と〈後―言語的表象〉とは、言葉の介入によって還元不可能な地点にまで分裂させせられてしまう関係にある。ここでの還元不可能な分裂を、当然〈前―言語的状態〉を体験する主体とそれを〈後―言語的表象〉に転換する主体との間隔として理解することももちろんできる。その場合の主体間の隔たりとは、カント以来「近代的な主観のアポリア」として周知されている、経験的自我と超越的自我との間の分裂に他ならない。言語の介入によって可能にさせられる、経験的自我と超越的自我との分裂は、カント以来の近代の認識において、実は人間主体の成立の基本条件であったのであろう。このような観点からすると、朝鮮人の意識と朝鮮語が「不可離的に結び」ついているという認識は、人間の言語発話の条件そのものを否定しているといわざるをえなくなる。金史良の認識では、経験する主体と表現する主体は、朝鮮語によって媒介されることによって、分裂させられるのではなくむしろ同一体として想像されるからである。また朝鮮語で表現された〈後―言語的表象〉を朝鮮人は共有するという発話者―受話者の等質性への信念は、言語共同体の内部には如何なる他者性も存在しない、という想像的な世界に退行することによって得られるようになる。結局、朝鮮語システムの中に、発話意識と言語表現の直接な関係や発話者―受話者の意味共有性を与えようとする想像的意図は、このように虚構的な操作によって生じた幻想にすぎないということである。

それにもかかわらず金史良は、どのようにして、朝鮮語システムの直接性と意味共有性に対する信念を、獲得することになったのだろうか。あるいはどのようにして、認識論的な誤謬に依拠せざるをえないその退行的な幻想を、自らの確固たる知識として受容することになったのだろうか。この地点で、引用の陳述からさきほど確認した、朝鮮人の意識と日本語は間接的に仲介されるしかない、という第二の項目の認識が問題になる。言語が、意識の直接的な媒体として、また共同体構成員の間での等質的交換の媒体として想像されるということは、実は、ある特定の状況の中で行われる反作用なのである。すなわち、現実的に如何なる言語生活の中にも不可避の条件として与えられている言語からの疎外を、「他」言語のシステムの中で実際以上により著しく体験した場合、その反作用によって、「自」言語システムの中での直接性と意味共有性が非―経験的本質として想像されてしまうのである。ここで、人が直接的で、等質的な媒体としての「自」言語と関係を結んでいるという認識こそが、すなわち「母語」(母国語、自民族語)の想定なのである。いいかえれば、母語という観念が生成されるためには、まず、「他」言語システムの中での障害を前提しなければならないし、そしてその障害の反作用によって生じる無障害の「自」言語への想像的欲望をまた前提しなければならない、ということである。金史良の陳述は、このような「母語」想定のメカニズムを、あまりにも明確な形で示している。彼の場合、朝鮮人の意識を日本語で表現しようとするエクリチュール状況で、まず深刻な言語疎外を体験し、そしてその反作用によって、朝鮮人の意識を直接的に表現し、等質的に伝達する媒体としての朝鮮語を、一方的に想像するようになったということになる。つまり、間接的な媒介性、非―等質性によって支配される日本語システムとの関係こそが、朝鮮語を観念的、情緒的な統一体である「母語」に転換させる決定的な契機になったのである。

母語観念の形成の前提状況にあたる「他」言語との交渉、そして「他」言語からの衝撃とは、人の言語生活において一種の挫折でもあろう。たとえば人は、真似し難い「他」言語の発音を真似しようとした経験によって、以前習得した「自」言語の発音――これも習得する段階では真似し難い発音であったにちがいない――がどれほど本来的なものなのかを想像するようになる。つまり、自分にとってより円滑である言語(以前の習得言語、あるいは自言語)とより円滑でない言語(以後の習得言語、あるいは他言語）が、同時に認知対象として相対化されている言語状況の中で、「自」言語の本来性と「他」言語の非―本来性が発見されるのである。この地点の議論と、引用の陳述で朝鮮語との関係と日本語との関係が対照的に示されているという第三の項目が、直接関連していることは明らかである。金史良は、二つの言語が同時に取り上げられている状況の中で、表現・伝達におけるすべての障害や失敗を日本語という「他」言語との関係に転嫁するとともに、それらの障害や失敗から完全に自由になる関係を朝鮮語という「自」言語システムの中から確認しているのである。

母語観念を共同体の構成員が共有するという状況を可能にさせるもっとも肝心な条件とは、なにより、二・多言語の対―形象（co-figuration）である。植民地期、特に植民地末期の朝鮮社会の言語状況――政治、司法、教育、出版などの公的な言語領域はすでに日本語によって統合されていた――は、基本的に、朝鮮語と日本語という二つの異質言語が相互に対立し、差別し、共存する二言語状況であった。その言語状況は、二言語の対―形象を社会の構成員がつねに認知・体験するようになる客観的な与件であったのである。したがって、その差別的な二言語状況の中で一方の言語を選択するということは、それ自体、他方の言語によって対―形象化された言語システムの中に発話意識を参入させるということを意味する。たとえば、朝鮮人作家が日本語ではなく朝鮮語を選択して書く場合、当然ながら、表現と伝達に対する心構えは、日本語のそれとは対―形象的に構成される朝鮮語システムの内部で、作用するようになる。その場合、作家にとって朝鮮語との関係は、実際よりはるかに、直接的なものとして、等質的なものとして感覚される。朝鮮語のほうは、その結果、自覚しない内に肉化された本来たる言語、自分の共同体の聖なる記憶を保持する言語、というように崇高な美的、情緒的価値と結び付けられるようになる。この自然な成り行きのなかで、すなわち、朝鮮語は「母語」という観念的統一体に転化されるのである。「母語」という観念世界の内部では、直接的な表現と等質的な伝達に対する超経験的な先入観によって、言語からの疎外や発話―受話の非―対称性――これは言語的コミュニケーションだけでなく、あらゆる社会的交換の必須条件でもあるのだが――は隠蔽されてしまう。もちろん、朝鮮人作家の朝鮮語発話行為のなかで想定される言語との直接的、等質的関係は、それ自体として成り立つ固定的、実体的なものではけっしてない。つねに日本語の発話という蓋然的事態に対する反作用として想像されるものにすぎない、ということはいうまでもない。

まったく同じように、朝鮮人作家と日本語との関係もまた〈朝鮮語ではなく〉という対―形象的な条件づけによって制御される。当然〈朝鮮語ではなく〉という条件づけは、日本語に対する経験的認知を不可能にさせる契機として関与する。〈朝鮮語ではなく〉、日本語システムのなかで発話が行われる場合、意識と言語との間隔や発話―受話の非―対称などの、表現と疎通の不可能性という側面だけが全面に浮上することになる。言語システムにおける直接的、等質的な関係への期待が完全に崩されている状況の中で、発話やエクリチュールがすすめられることを、金史良は、「例へば悲しみにしても悪口にしても、それを内地語で移そうとすれば、直観や感情を非常に回りくどいまでに翻譯して行かねばならない」と、捉えているのである。この場合に見いだされる、直接的表現と等質的疎通の不可能性は、もちろん実際的経験から確認されるものではない。つまり、〈朝鮮語ではなく〉という条件づけによって、反作用的に過剰認知されるということである。互いを想定せざるをえない二言語の対―形象は、朝鮮語における直接性、等質性を、そしてそれとは逆に、日本語における間接性、非―等質性をより強化するようになったと、この事態を理解しなければならないのである。

こうしてみると金史良の陳述は、日本語が強制される――あるいは日本語を選択する――植民地末期の言語状況の中で、朝鮮語の「母語」観念が形成される過程を克明にあらわしていることが明らかである。朝鮮語の「母語」への転化が、日本語の使用とともに成しとげられるということは、朝鮮人と朝鮮語との同質性が、朝鮮語でものごとを表現する自然な言語生活ではなく、日本語で表現しようとするむしろ不自然な言語生活の中で発見されることを意味する。朝鮮人と朝鮮語の同質性、あるいは朝鮮語に与えられている「母性」は、即自的に与えられていると、一般には見なされがちであろうが、それこそ母語イデオロギーの偏見にすぎないものである。特に日本人、韓国人のような言語共同体を自認する集団の間には、言語的自己同一性、あるいは母語の「母性」などに、混乱が生じない状況として、次のような言語状況を想像する傾向がある。たとえば、朝鮮語しか話さない両親や家庭環境の子供が、朝鮮半島という言語共同体社会で生まれ育ち、朝鮮語以外の文化集団との接触を持たなかった言語状況の場合、その人間の言語の「母性」は毀損されないと認識しがちなのである。しかし、そのような孤立された純粋単一言語状況がもし存在するとするなら、その言語状況の中では、言語の「母性」自体がけっして想像されえないし、したがって「母語」という観念が生じえない。なぜならば、繰り返しいうのだが、言語の「母性」は、他言語との対―形象(co-figuration)的条件のもとでしか欲望されえないからである。金史良の陳述は、まさにこの点を主題化している。すなわち、朝鮮語を否定し、日本語を選択しようとする――あるいは選択しなければならない――植民地二言語状況の中で、その日本語選択の反作用として朝鮮語の同一性が構成される、ということを語っているのである。

そもそも、自言語・自文化の独自性、本質性を主張するすべての文化言説とは、発生論の点からすると、実はこうした「反作用」の契機を共有している。酒井直樹は「みずからが日本人であることを自覚するためには、日本人以外の「他」によって命令を遂行するよう脅迫されているのでなければならない(21)」と、この問題を具体的に文脈化している。したがって、朝鮮語の「母語」への転化を、植民地期の朝鮮人日本語作家、金史良の個人的な体験に還元することはできない。たとえば、朝鮮文学は民族精神の具現体であるという認識によって成立する趙潤済の韓国文学研究方法論は、帝国主義への文化統合(つまり民族精神の危機)の象徴でもあった京城帝国大学の教育環境のなかで追求された(22)し、近代学問の対象としての朝鮮語も、朝鮮語が公的コミュニケーション領域から完全に排除された植民地末期の文化状況(民族語の危機状況)のなかではじめて本格的に研究されたのである。「母語」イデオロギーの形成とまったく同じように、こうした文化現象からも、もちろん、挫折と障害の状況の中で自文化、自言語中心主義が形成されるプロセスを確認することができる。繰り返しいうのだが、朝鮮文化や朝鮮語が危機にさらされた植民地末期の文化状況は、朝鮮人と朝鮮文化や朝鮮語が無媒介的に結ばれる決定的な契機であったのである。

これまで主に、二つの文化言説、すなわち解放期の林和の発言と植民地期の金史良の陳述を取り上げ、それらの問題を時代性とは逆方向に追跡してみた。前者が、植民地期の選択地点での作家意識を問題化する過去理解についての主張であるとすれば、後者は、選択地点に立っている作家意識に対しての自己分析的な記述である。こうした二つの、相互対照的なテクストの分析を通して、まず、解放後の韓国文学における韓国語中心主義が歴史的かつ状況的な産物にすぎないということ、そしてそれの起原は日本語使用が要求された植民地期の文化状況にあるということが明らかにされた。いいかえれば、植民地的残滓の清算の基準になった韓国語中心主義は、逆説的にもそれ自体もっとも顕著な「植民地の残滓」の一つであった、ということが明らかにされたのである。解放以後の韓国文学は、これらの事実を隠蔽しながら展開された。過去の日本語文学と現在の韓国語文学とを断絶するイデオロギー的な戦略によって、植民地期における韓国語中心主義の形成の契機そのものが隠蔽された。その隠蔽によって韓国語中心主義は、解放後の韓国文学の自己認識の出発点となり、自然に「本来的なもの」に転化されたのである。もちろん、文学教育、国語教育などの分野の、組織的で、持続的なイデオロギー的操作によって、韓国語中心主義が本来化されたことはいうまでもない。

今日の韓国文化論における、いわゆるコロニアリズムへの批判には、現代の韓国社会に内在するさまざまな不条理が過去の日本の植民地支配にその起原をもつ、という議論が主流を成している。解放期の韓国文学の過去認識が示した「自己反省の不在」というイデオロギー的伝統は、そのまま言説化され、踏襲されているのである。現在と過去を切断し、過去という他者を断罪するという傷痕隠蔽は、韓国文化論という国民国家単位の文化論のもっとも顕著なイデオロギー的戦略なのである。それが植民地被支配の体験によって固着した被害意識の、転倒されたかたちのあらわれであることはいうまでもない。克服すべき、清算すべき過去がある、あるいは、植民地は未だに終結されていない、というコロニアリズム批判の標語的言説の本当の意味はいったい何であろうか。「植民地の残滓」の克服を掲げている解放後の自文化・自言語中心主義が、実は克服すべき過去の負の遺産にすぎない、ということを浮き彫りさせる文脈のなかで、その意味を理解しなければならない。

そして、その自文化・自言語中心主義に対するわれわれの批判は、それが形成された過去の歴史的状況と現在の意識との共謀関係を根本的なレベルで問題化することによって行わなければならないのである。

（注）

1 韓国の自民族、自民族語、自民族文化中心主義を押しなべて指すために、論者が適宜使う用語である。

2 「朝鮮」、「韓国」、「コリア」とは、もちろん同じ対象を指示する、公平無私な用語ではない。植民地期以前までは、それらの用語が大きな概念的混乱を招くことはなかった。だが、周知のごとく、朝鮮半島出身の人々が経験した植民地期の歴史的展開によって、それらの用語の概念的、イデオロギー的布置は非常に複雑になってきたのである。したがって、それらの用語を文脈に応じて適切に使用しなければならないが、本稿では、基本的に文脈の意味をそこなわない限り、植民地期以前の歴史的状況の場合は「朝鮮」、それ以後の場合は「韓国」を用いる。

3 解放期という用語は、朝鮮半島が解放される時点から南と北の分断が固定される時点までの歴史を特定する時期設定の概念として、今日韓国で通用している。一般的に一九四五年八月一五日の太平洋戦争の終戦から一九四八年八月一五日の大韓民国、同年九月九日の朝鮮民主主義人民共和国の樹立までの約三年間を指す。

4 本稿では、作者と読者の集団的動向をあらわすために、意図的に「韓国文学」という範疇を主語として用いる場合がある。

5 「文学者の自己批判」『人民藝術』、一九四六年一〇月。

6 座談会に参加している文学者の面々をここで詳しく紹介する必要はないが、全員がいわゆる左翼文学運動に加担していた「朝鮮文学建設本部」の重要メンバーで、社会主義的民主主義のイデオロギーに基づいて、新しい朝鮮の民族文学を建設しようとした文学者である、という点だけは指摘しておきたい。

7　日本語創作が強要された植民地末期に、絶筆という形でその状況に抵抗した作家として知られてきた李泰俊の場合、時局協力の日本語小説「第一号船の挿話」(『国民総力』、一九四四年九月)が一九九六年に発掘、公表され、汚名を着せられたこともある。

8　『人民藝術』、一九四六年一〇月。

9　解放期に発表された林和の詩が、はたしてこの「良心の勇気」を主題化したことがあるのだろうか。この問いは非常に意味が深い。それは解放期の韓国文学(林和自身の作品も含めて)が林和の問題意識を一度も形象化しなかったという事実を逆説的に物語るからである。たとえば、「一九四五年、また十字路にて」という副題が付いた、解放期の林和の代表作「九月一二日」(朝鮮人民共和国樹立の日)の最後の行は、「願わくは勇気である」で締め括られる。そこでの「勇気」は何を意味するのだろうか。過去日本の帝国主義に協力した者が新しい民族の未来を切り開こうとするとき必要になる「勇気」なのか。それとも、政治的集団意識から自己の意識を孤立させる決断に必要な「勇気」なのか。いうまでもなく、解放期の文学者たちが求めた「勇気」とは前者のものである。

10　ちなみに、こうした韓国文学ないしは文化論の領域での過去処理の仕方は、植民地期に支配権力集団であった、いわゆる親日派が解放後の新しい政治、経済的状況のなかで自分たちの現実的なヘゲモニーを獲得、維持するために、過去を隠蔽しながら他者を断罪していく、その仕方にきわめてよく似ていることを確認しておきたい。

11　林鐘國『親日文学論』平和出版社:ソウル、一九六六年、四六九—七〇頁。

12　それぞれのカテゴリーにおける認識の差を感知するためには、研究者の歴史的価値観の世代間の変化を想起する必要があるかもしれない。各々の世代が持つ価値観を参照することは、それぞれの立場から根本的な認識転換を発見することはできないという事態において、そのなかに介在している一連の異なる局面を浮き彫りにしてくれるからである。

13　白鐵『新文学思潮史』(改定版)新旧文化社:ソウル、一九八〇年、五七三頁。

14 張徳順「日帝暗黒期の文学史——一九四〇年から四五年までの非様式の国文学」『世代』、一九六三年九月、一七七頁。

15 林鐘國『親日文学論』平和出版社・ソウル、一九六六年、四六九頁。

16 金史良は、この自己弁護的な主張の後に「いまの時点で反省してみると、その内容は如何なるものであれ、やはり一つの誤謬を犯したのではないかと思っていることを、率直に告白するところです」と付け加えることによって、自分の日本語創作それ自体は過誤であったことを認めている。『人民藝術』、一九四六年一〇月。

17 川村湊「金史良と張赫宙」『近代日本と植民地6——抵抗と屈従』岩波書店、一九九三年、二〇六頁。

18 朝鮮語文学と日本語文学を切り離して捉えることはできないということを理論的に立証し、両言語の相互関係性の問題に注目した議論として、拙著『韓国近代の植民地体験と二言語文学』(アジア文化社・ソウル、二〇〇〇年)、特に序章の「植民地期言語　状況と二言語文学」を参照せよ。

19 金東里「朝鮮文学の指標」『青年新聞』一九四六年四月二日。

20 金史良「朝鮮文化通信」、金史良全集Ⅳ　河出書房新社、一九七三年、二七頁。初出は『現地報告』文藝春秋社、一九四〇年九月。張赫宙が「朝鮮の知識人に訴ふ」(『文藝』、一九三九年二月)で朝鮮人作家の日本語への同化の当為性を主張したことに対し、金史良が「朝鮮文化通信」で異議を申し立てている。特に金史良の主張は、日本語のほうに進んでいくときの、言語意識においての反作用を問題にしている点で示唆に富む。

21 酒井直樹「ナショナリティと母(国)語の政治」酒井直樹ほか編『ナショナリティの脱構築』柏書房、一九九六年、二〇頁。

22 趙潤済の自民族中心主義が学問的方法論として確立される過程に関しては、金允植『韓国近代文学思想批判』一志社・ソウル、一九七八年、一二一—三一頁。

二　「抗日闘争文学」というイデオロギー——金史良の中国脱出紀行『駑馬萬里』

1　「抗日闘争文学」の構築への意志

「一九四五年八月一五日」は、韓国人にとっては「終戦」ではなく、「解放」、あるいは「光復」として記憶されている。「解放」という用語は、朝鮮の人々が植民地主義の暴力から自由になったということを意味しており、「光復」は、朝鮮の社会が被支配の暗黒を乗り越え、光の時代を迎えるようになったということを意味している。このような極めて精神的な、情緒的な概念であるはずの「解放」、「光復」が、周知の通り、韓国では「八月一五日」を指示する客観的な、価値中立的な用語であるかのように使われている。「八月一五日」が韓国文化全般にわたって「解放」、「光復」にステレオタイプ化されるまで、実はさまざまなジャンルの韓国文学がもっとも中心的なメディア装置の役割をはたしてきた。「八月一五日」を語る、詩、小説、映画、大衆歌謡などは、その自由、歓喜、光明、希望、回復などの固定的かつ画一的イメージを繰り返し生産してきたのである。

朝鮮民族にとって「八月一五日」とは一体どのような事態であったのか、その主観的な意味について、韓国のキリスト教思想家の咸錫憲は『聖書的立場から見た朝鮮歴史』（一九五〇年、『苦難の韓国民衆史』（新教出版社、一九八〇年）と日本語訳された）で、「この解放というのは、盗人のようにやってきた解放だ」と述べている。すなわち、「盗人のように」という『新約聖書』の比喩を用いて、朝鮮民族は「八月一五日」という客観的変化に対して主観的な準備をしてはいなかったということ、すなわち、日本の敗戦という事態の到来を予想しなかったということを強調しているのである。海外の、特に連合国側の情報に詳しかった知識人などの特別な階層の人々以外の一般の韓国人にとって、「八月一五日」の意味というのはまさに咸錫憲のいう通りであったのではないだろうか。端的にいうと、朝鮮民族にとって「解放」は、自分たちの意志と闘争によって勝取ったものではない。終戦後の連合国の利害に基づいていた東北アジア地域の再編成の過程で、朝鮮民族の独立は、朝鮮半島の南北分割とともに、その副産物として与えられたものである。しかし、韓国文学において「解放」および「光復」は、朝鮮民族が〈予見し、待ち続けていた〉かのように、歴史的帰結として〈来るべきものがきた〉かのように、そして〈朝鮮民族の自力闘争によって勝ち得た〉かのように、表象されているのである。すなわち、朝鮮民族共同体の精神の外部にあった「八月一五日」が、精神の内部である「解放」、「光復」に転換されている、ということである。その「八月一五日」の精神的かつ情緒的転換に、決定的に関与しているのが韓国文学であったことはいうまでもない。

実際、解放期の韓国文学は、植民地被支配の状況の中で「八月一五日」まで日本語文学に携わっていた数多くの朝鮮人作家が、「八月一五日」以後、それまで植民地文化統治によって排除、抑圧されていた韓国語の文学にいきなり回帰することによって、展開されることになる。「解放」直後に、朝鮮文学建設本部（八月一六日）、朝鮮文化建設中央協議会（八月一八日）、朝鮮プロレタリア文学同盟（九月一七日）、朝鮮プロレタリア芸術同盟（九月三〇日）、朝鮮文学同盟（一二月一三日）、一九四六年には朝鮮文学家同盟（二月八日）、朝鮮文筆家協会（三月一三日）などの文学団体が結成され、文壇の主導権をめぐって競い合った。それぞれの団体によって相次いで発行された文学雑誌、解放記念作品集は、祖国解放の熱狂と興奮を語る生硬な表現を多量に生産することになる。こうした混沌たる文化状況の中で生産された非文学的な、政治プロパガンダ的な文学言説は、「八月一五日」に「解放」、「光復」という固定的、画一的イメージを与えるようになったのである。

ここで問わなければならないのは、朝鮮民族文学の（再）出発の始まりの段階で何が抑圧されていたのか、ということである。その点に関して、解放期の韓国文学には、過去に対する後悔や未来に対する不安などを扱う文学的表現が稀少である、という現象にまず注目しなければならない。いきなり訪れた状況の変化の中で作家たちは必ず個人的な、情緒的な揺れ、恥じ、問い、反省などを体験したはずである。なぜなら、「八月一五日」以後民族文学・文化建設という革命的事業に参加しようとした韓国人作家は、実は、過去の植民地期を日本語作家、植民地エリート、あるいは土着ブルジョアとして生きていた作家でもあったからである。生の方向性を転換する状況の中で生じる、個人的、内面的、あるいは精神病理的コンプレックスが、「解放」、「光復」の集団的言説によって抹消されていたのである。その点において、解放期の韓国文学の「解放」、「光復」言説は、自己抑圧的であると同時に、自己分裂的であらざるをえない。

解放期の韓国文学が当面していた、もっとも重要な課題とは、植民地被支配経験という過去の負の遺産を清算し、新たな民族文学を樹立することであった。こうした「民族文学樹立」の時代的課題は、主に、二つの方面に追求された。一方では、解放後の韓国文学で、一九四〇年から四五年までの文学状況が「文学史における暗黒期」として片付けられている（張徳順『韓国文学史』同和文化社：ソウル、一九七五年）ことからも分かるように、親日文学の排除、あるいは断罪が行われた(1)。そしてもう一方では、「反日抵抗文学」の構築が積極的に試みられるようになったのである。ここでまず注目したいのは、なぜ解放期の韓国文学は、植民地期の「反日抵抗文学」を発掘して評価するのではなく、それを新たに構築しなければならなかったのか、いいかえれば、植民地期の韓国文学にはなぜ「反日抵抗文学」が不在であった――あるいは、不在に近い状態であった――のか、ということである。

韓国文学に「反日抵抗文学」が不在であった直接的な要因は、植民地期の朝鮮半島の政治、文化的状況が基本的に反帝国主義の闘争によって造成されているものではなかった点にあると判断される。日本の朝鮮併合（一九一〇年）以来、朝鮮総督府の行政、司法、教育組織は、近代官僚主義に基づき、朝鮮半島の地方の隅々までを効率的に支配したのである。その結果、植民地期の韓国文学を取り巻いていた環境、すなわち作品が生産・消費される環境は、植民地文化支配政策によって統制されていた。そして決定的には、植民地期に公的に活動をしていた朝鮮人の作家群、あるいは知識人階層は、特に日中戦争以後の植民地末期には、植民地体制を維持しようとする支配権力に何らかのかたちで協力的に関わることによって成り立っていた。それ故に、植民地期に朝鮮文壇で発表された文学の中には、「親日」のカテゴリーに属しうる作品は多大である反面、「抗日」的なものは極めて少ないのである。したがって解放期の韓国文学は、「反日抵抗文学」を、植民地期に存在した文学の中から取り出すのではなく、新たに再構築しなければならなかったということである。たとえば、むしろ人間普遍的で超越的な、極めて個人的で主観的な情緒を非常に繊細に歌ったと解釈したほうが妥当であろう、植民地期の詩人、李陸史、尹東柱らの作品を、代表的な民族抵抗詩として評価している(2)こと、解放後の一九四九年に遺作として発表された沈熏の「その日が来ると」を抵抗文学の典型として文学分野の中等教科書に載せていることなど、解放後の韓国文学研究が「反日抵抗文学」に対する過剰なまでの希求によって、事後的にそれを再構築した例はいくらでも確認することができる。

ところが、こうした「反日抵抗文学」の発掘と構築という展開において、韓国政府の文化政策によって一九八〇年代に実施されたいわゆる越北作家の解禁措置は、韓国文学研究に大きな転機をもたらした。すなわち、解放後に越北した作家の文学、北朝鮮出身の作家の文学が多量に紹介され、流通する一九八〇年代以後、植民地期「解放闘争」文学の再評価が活発に行われるようになったのである。この段階の文学研究の目標は、もちろん、それ以前に「反日抵抗文学」として評価されてきた文学群における「反日抵抗」的要素の不明瞭性、曖昧性を克服することであったと見られる。こうした文脈において越北作家の文学の中でもっとも注目されるようになったのが、金史良の中国脱出紀行『駑馬萬里』であった。金史良と『駑馬萬里』の文学史的意義について、金在湧は『抗日中国亡命記駑馬萬里』(実践文学社・ソウル、二〇〇二年)の単行本出版に当たって、「金史良は尹東柱とは違って、積極的な抵抗をすることによって「暗黒期」の韓国近代文学史に光を当てた文学人である。(中略)しかし、韓国では彼が解放以後北朝鮮で活動をしていた点のために、北朝鮮では彼が延安の朝鮮義勇軍と独立同盟に密接にかかわった点のために、高い評価は与えられなかった。抗日の輝かしい抵抗文学が冷戦の状況の中で失われていたのである。金史良の生と文学を復元し、正しい位置づけをしなければならない(3)」と述べている。すなわち、以前までの消極的な非協力文学とは異なる、積極的な、より確かな「反日抵抗文学」を金史良の文学から発見した、ということである。

本論考では、解放後韓国文学における「抵抗文学」構築というイデオロギー的企画を批判的に問題化するために、一九八〇年代以来新たに「抗日闘争文学」の象徴として位置づけられていた金史良の『駑馬萬里』をとりあげ、その作品に対する今までのテクスト解釈と評価には、どのような意図的誤謬が介在しているのかを分析してみたい。

2 テクストの成立

まず、『駑馬萬里』という紀行文学の成立過程と発表経緯を確認してみよう。周知の如く、金史良は、終戦直前の一九四五年五月、朝鮮義勇軍の抗日闘争の根拠地であった太行山地区に脱出した(4)。『駑馬萬里』は、そのときの路上の見聞、作家自身の経験や回想のもとで書かれた記録文学である。国民総力朝鮮聯盟の兵士後援部の要請で「朝鮮出身兵の情況宣伝報道団」の一員として中国戦線に派遣された金史良は、そこで機会をえて、延安地区への脱出を敢行したのである。一九四五年五月九日、平壌を出発してから、「宣伝報道団」の任務をはたしてから、南京、徐州を訪問する。延安地区へ脱出するために北京飯店に滞在し、二九日午前に北京駅を出発してから、三〇日に、日本軍の封鎖線を突破して、中国共産党の八路軍傘下で抗日闘争を展開していた華北朝鮮独立同盟の朝鮮義勇軍の根拠地である太行山中の南庄村に、三一日の未明に到着する。その抗日脱出の体験が、この作品の素材になっている。ただ、一九四七年版、一九五五年版の『駑馬萬里』の冒頭には、作家が「帝国主義日本の金冕冠のうえに太陽が沈みゆく一九四五年三月の北京」を出発する場面が描写されている。そのため、『駑馬萬里』を実体験の記録として理解しようとする際に、多少の混乱が生じていたのも事実である。しかし、混乱の原因になっている「一九四五年三月」は、このテクストに散在する実際体験の虚構的構成によるものでもなく、単に「五月」の誤植とみられる。中国抗日地区への脱出体験記録を最初に連載した『民聲』の『駑馬萬里——延安亡命記』(一九四六年三月―四七年七月)には「ファッショ日本の太陽が沈みゆく一九四五年五月の北京」という表現が確認できるからである。したがって「一九四五年三月の北京」に作家がいたという情報に基づいている、安宇植による伝記記述(5)や作品解説(6)は訂正の必要がある。

作家自身の脱出体験は、はじめには雑誌『民聲』(一九四六年一月、二月)に「延安亡命記——山寨記」として二回連載された。解放直後、平壌で活動していた作家が朝鮮文学同盟結成式に参加するため、ソウルを訪問、その際、左翼系列の雑誌『民聲』の要請で、二回分をソウルの旅館で回顧形式に書き綴ったとされている。その後、書き方を現場記録のスタイルに変え、『駑馬萬里——延安亡命記』という題名のもとに『民聲』に一九四七年七月まで七回連載した。『駑馬萬里——延安亡命記』の冒頭には、回想風に書いた「山寨記」とは異なって、脱出当時に記録したものを連載すると、記されているのである。後に議論されるが、作家自身のこの説明は、『駑馬萬里』が〈日本の帝国主義の弾圧の最中で書かれた〉「抗日文学」として位置づけられる客観的根拠になっている。

この『駑馬萬里——延安亡命記』が書き直され、また約五倍の分量が加えられ、一九四七年八月、朝鮮解放二周年を記念し、『駑馬千里』(良書閣・平壌)という題名で単行本として刊行された。作家は序言で、中国抗日地区への脱出の記録としては「脱出路上記」、「山寨生活記」、「帰国日録」などの原稿があるが、その中で「脱出路上記」だけを『駑馬千里』に収録したとしている。ちなみに「山寨生活記」、「帰国日録」などがその後発表された形跡はない。この一九四七年版の『駑馬千里』が、金史良の死(一九五〇年)後の一九五五年、国立出版社刊の『金史良選集』の中に『駑馬萬里――抗日中国亡命記』と改題され、収められている。一般的には、『駑馬萬里』というテクストは、後者の二種である。今日韓国語読者が読むことのできる『駑馬萬里』は、一九四七年の単行本と一九五五年国立出版社刊の二種であり、安宇植によって日本語に翻訳されている『駑馬萬里』(7)(朝日新聞社、一九七二年)は、一九五五年版を底本にしている。『民聲』連載の『駑馬萬里――延安亡命記』は、テクストの成立過程で重要な位置を占めてはいるものの、内容と分量の両面において後者とは相違なるテクストなのである。しかし、一九四七年の『駑馬千里』の単行本としての刊行、そして作家死後の一九五五年の『金史良選集』への再収録を通して、テクストは再三〈書き改められる〉のだが、その過程に注目しようとする、本論考では『民聲』連載分も参照テクストとして取り入れることにする。

一九四六年三月から連載された『駑馬萬里――延安亡命記』には、「この記録とその他のいくつかの創作物だけでも、わが勇士たちが鞭打ち疾駆する兵馬の背にはこぼれ、ソウルへ入城することを望んでやまない」と、作品のエクリチュールが脱出当時に行われていることを暗示的に強調している。そして「一九四五年六月九日　太行山中　華北朝鮮独立同盟　朝鮮義勇軍本部」と末尾に記しているこの序文は、一九四七年版と一九五五年版の序文の一部に、多少加除され、再収録されている。ここで見逃してはならないのは、この序文で『駑馬萬里』の記録過程に関して作家自身が特別に説明を施しているということは、実は、この序文以外の文章、すなわち『駑馬萬里』の本文が〈書き改められた〉ことを間接的に裏づけている、という点である。もちろん、『民聲』連載のテクストが、解放直前の脱出当時に書かれ、また解放直後に書き直される過程に関しては、その比較の根拠になるテクストが存在しないがために、確認することはできない。しかし、一九四七年版と一九五五年版が、作家自身の手によるものであれ、編輯者の意図によるものであれ、〈書き改められた〉テクストであることは明らかなのである。

すなわち、このテクストを、太平洋戦争末期の植民地支配の暴力がきわみに達した状況で、平壌の専門学校で教鞭をとっていた知識人作家が国内から中国の抗日闘争地区に脱出する、その当時の記録として読むか。それとも、その脱出経験を、祖国解放と社会主義国家建設の熱気に包まれていた北朝鮮の社会状況の中で、回想し、報告するものとして読むか。どちらの観点に立つかによって、作品の意味が大きく変ってくることはいうまでもない。今までの韓国文学研究では、一方的に、植民地末期の脱出経験がその当時に記された作品として、『駑馬萬里』を理解してきたのである。テクストが解放以後の社会状況の中で〈書き改められている〉、という後者の観点を解釈の前提から排除すること自体、韓国文学研究が「抗日抵抗文学」構築のイデオロギーに囚われていることの現われであろう。いいかえれば、いままでのこの作品に関する評価は、より確かな「抗日抵抗文学」を発掘することを目指していた、一九八〇年代以後の韓国文学研究の欲望によって提出された、ということである。

たとえば、『金史良作品集駑馬萬里』（東光出版社・ソウル、一九八九年）の編者、李サンキョンは、植民地期の親日文学を反省するための、重要な契機を提供する作品であると紹介している。この作品は、「日本植民地支配下の抗日武装闘争の重要な流れであった華北朝鮮独立同盟の活躍を伺わせる貴重な史料であると同時に、日帝末期の植民地朝鮮の知識人の心理と行動軌跡を鮮明に見せている点で非常に意味深い」と、『駑馬萬里』というテクストの資料的価値を確かめ、「敵の悪辣さと醜さを告発するとともに、国外の抗日武装闘争勢力の正義たる美しさを生き生き報告した文学的業績(8)」

であると、「抗日闘争文学」としての文学史的な意義を高く評価している。

それ以来韓国文学研究では、先ほど金在湧の作品解説からも確認できるように、一九八〇年代以後新たに発掘された「反日抵抗文学」の典型として位置付けられるようになる。そして、『鴛馬萬里』の日本語翻訳者、安宇植も「(前略)戦乱の巷と化した遊撃地区をもくぐり抜けながらつづけられたのであった。このような過程で書きつがれたものであってみれば、この「鴛馬万里」がたんなる旅行記というよりも脱出の記録というべきである(9)」と言及している。つまり、これまでこの作品を韓国と日本の読者に紹介したすべての論者が、『鴛馬萬里』が脱出当時に書かれたという観点から、作品の意義を「抗日闘争文学」として固定化しているのである。

しかし本論考は、『鴛馬萬里』は金史良の延安地区への脱出経験が一九四七年、あるいは一九五五年の北朝鮮社会の政治的状況の中で再構成されたテクストである、という側面を重要な解釈的前提として取り入れようとする。あまりにも当然のことであるが、書かれる内容は過去に属するものであり、書く行為は現在に属するものである。過去の経験をそのように構成するのは作家の現在の意識であり、書いていく作家の意識そのものは、現在のさまざまな社会的条件や読者との関係の中にある。したがって、テクストの言語がどのような〈発話―受話〉の環境の中で成り立ち、生産されているのかは、その言語の意味を定める決定的な契機になるのである。

3　再構成される過去――金日成エピソードの挿入

今日の朝鮮語、日本語読者にもっとも一般的に知られている、一九五五年版『鴛馬萬里』の序文には、「重畳たる山岳のなかの根拠地へたどりついてみると、何はさておき紙がなかった。（中略）結局のところ、この紀行文も、ようやく懐中時計と引換えに手に入れた便箋二冊に記録されてきた」と、記されている。しかし、この「便箋二冊」の「記録」を今の時点で確認することはできない。実際、雑誌『民聲』に連載されたものが、一連の『駑馬萬里』の中では現存する最初のテクストにあたる。もちろん、作家自身の改稿によるテクスト変化が当然介在しているであろう『民聲』連載のテクストからは、比較対象できるテクストが不在であるがために、テクストの変化内容を具体的に示すことはできない。しかし、『民聲』に最初に連載した「延安亡命記――山寨記」を終え、『駑馬萬里――延安亡命記』に改題してあらためて連載する際に、作家が述べた次のような説明から、テクスト変化の前後状況を推察することができる。

祖国に帰ってきて上京するやいなや、編輯者につかまれ「山寨談」二回分を仕方なく書いたが、これからのものはそこ（中国抗日地区――引用者）の中から出ながら書いた文章であるがために、前の二回分のような回想風のものではないことを断わっておきたい。そして、当時の筆者の心情をより如実に伝えるために、序言から原型そのままをここに収録することにする。(10)

すなわちここで、第一、「延安亡命記――山寨記」は書く時点から書かれる内容を回想することによって成立したテクストである点、第二、『駑馬萬里――延安亡命記』の七回分が脱出当時に書いた「原型そのまま」のテクストである点、そして第三、『民聲』連載が中断されるため、その「原型そのまま」のテクストといわれるものも、『駑馬萬里』の前半の一部以外は確認することができない点などが把握される。したがって、明らかに捉えられるテクストの変化とは、『民聲』連載の七回分と一九四七年版と一九五五年版の比較によって示すしかないということになる。この三つの種類の対比を通して確認されるもっとも顕著なテクストの変化は、金日成エピソードの挿入である。『駑馬萬里』前半の一部に該当する『民聲』連載には一度も現われなかった金日成エピソードが、一九四七年版では「白頭山の遊撃隊」の活動として暗示的に紹介され、一九五五年版では「わが民族の栄誉を四海にとどろかしめた人民の太陽・金日成将軍に、一衛星部隊の従軍作家として最大の敬意を表する次第である」と序文に語られていることからも分かるように、テクストの前面に明示されるようになるのである。

金日成エピソードの挿入が、なぜ、『駑馬萬里』というテクストの再編成のもっとも中心的事柄にあたるのだろうか。その全体文脈を浮かび上がらせるためには、どうしても金史良の延安地区への脱出をめぐる植民地末期の社会状況やその政治的選択の意味合いを、まず理解する必要がある。日中戦争以後の植民地末期において朝鮮民族の海外抗日闘争は、大概三つの流れを形成していた。すなわち、中国国民政府の支援下で行われた重慶の臨時政府組織の活動、中国東北地域のパルチザンの遊撃戦争、そして華北朝鮮独立同盟の朝鮮義勇軍の抗日闘争がそれである。その中で金史良は朝鮮義勇軍が根拠地にしていた延安地区へ脱出したことになるが、その政治的選択について『駑馬萬里』で、「蔣介石のテロ団として名高い藍衣社やC・C団が投げかけてくれるあぶく銭で咽喉をうるおしている、借家住まいの臨時政府[11]」より、「この人たち（抗戦する中国人民――引用者）とともにわが朝鮮のすぐれた革命家と愛国青年たちもまた、銃剣を手にとり戦っている[12]」延安地区に脱出しようと決心したと、回顧している。いいかえれば、金史良は、中国の国民党系列の反帝国主義路線ではなく、共産党が指導する革命勢力に、政治的立場の自己同一化を求めていたのである。ここで注目しなければならないのは、金史良にとって、より危険で、激しい抗日戦闘が展開されていた中国東北地域への脱出は選択の対象として考慮されなかったということである。

周知の通り、満州事変以後持続的に展開されていた中国東北地域での抗日闘争は、日中戦争期に至ると一層激しさを増すことになる。その抗日闘争集団の中で、間島とも呼ばれていた東満州地域で、パルチザン遊撃戦争を繰り広げていた代表的な朝鮮人軍事組織は、金日成指揮下の抗日連軍部隊であった。日中戦争勃発の約一ヶ月前の一九三七年六月四日に起きた、いわゆる普天堡作戦と知られている、金日成部隊の国内襲撃作戦(13)は、六月から七月にかけて『東亜日報』などの国内新聞に連日大きく報道されるようになった。それによって、東満州地域での抗日戦争、特に金日成部隊の存在は朝鮮人の間に広く知られていたのである。しかし、金史良の抗日脱出の行路が出発地であった北京から南西に向けられていることからも明らかであるように、中国東北地域の金日成部隊の抗日闘争へ参加することは最初から政治的選択肢から排除されていたのである。

したがって、作家自身の「抗日中国亡命」の体験記である『駑馬萬里』に金日成部隊や金日成を巡るエピソードが散在しているという不自然な物語構成は、少なからぬ違和感を読者に抱かせるといわざるをえない。それでは「金日成エピソード」がどのように書き込まれているのかを確認してみよう。実は、金日成の「抗日」業績が作品の中で直接語られるということは、一九四七年版ではなく、一九五五年版テクストの顕著な特徴である。テクスト再構成の明確な証拠であろう。一九五五年版の『駑馬萬里』には、華北朝鮮独立同盟の朝鮮義勇軍の活躍を称える文脈の中に、「金日成部隊を、わたしたちの祖国をあまねく照らす太陽系になぞらえるならば、これら数多くのパルチザンこそはまさしく、その太陽系をめぐる衛星群といえるのであった(14)」と、抗日戦争の連帯と朝鮮独立軍の位階的構造を、まず紹介している。続いて、「金日成部隊は、白頭山の密林をつき抜け、鴨緑、豆満の長江を上下しながら日本軍の後方を攪乱し、敵の肝胆を寒からしめているばかりでなく、一方では、国内の人民をこのうえなく鼓舞し、指導し、影響をおよぼしているのであった(15)」と、国外と国内の抗日勢力を総括する指導力を高く評価しているのである。ちなみに一九四七年版テクストのこの部分では、「東北の反ファッショの闘争」について簡単に触れる程度であって、金日成や金日成部隊が直接取り挙げられることはない。この部分以外にも一九五五年版には、「八路軍も尊敬する英雄」、「われらが将軍」、「偉大な指導者」など、金日成を英雄視する表現とともに、金日成の「抗日」戦争業績やそれを巡った逸話が、語りの所々に長々と披瀝されている。

抗日地区での朝鮮義勇軍の活躍描写や、作家自身の脱出体験報告の途中に挿入されている、こうした「金日成エピソード」がどうしても前後文脈の中に馴染まないのは、いうまでもなく、それが作家の脱出当時の体験印象ではなく、テクストの発表時の作家(あるいは編輯者)の政治的スタンスの表明に過ぎない(16)からである。たとえば、中国共産党の抗日戦闘部隊の幹部によって「太陽のごとき存在である金日成将軍」の指導に「みちびかれる朝鮮民族の幸福な将来」が祝福される(17)という挿入エピソードからは、朝鮮民主主義人民共和国建国(一九四八年九月)以後の政治的状況や雰囲気がテクストの中に反映された、決定的な証拠を確認することができるのである。

作家の死後に出版されたテクストにまで続いたこうした内容の再構成において、どの程度までが金史良自身の手によって行われ、またそれはいつ行われていたのだろうか。これは、解放後に行われた「抗日文学」の構築の具体的プロセスを明らかにするために、調査しなければならない課題であろう。現在の時点で確かなことは、『鴛馬萬里』のテクスト変化には、植民地期の「抗日闘争」の記憶を解放以後の政治的状況の中で事後的に再構築しようとする作家のイデオロギー的欲望が強く反映されているという点である。それを裏付ける重要な根拠として、『鴛馬萬里』というテクストの変化と解放以後の金史良の政治的な路線変化とが実は軌を一にする現象であるということを挙げてみることができる。

植民地末期の延安地区への脱出という金史良の政治的な選択が持つ意味は、まず共産主義革命勢力への自己同一化として浮かび上がる。植民地朝鮮出身の代表的な日本語作家であった金史良が、中国脱出以前に共産主義思想やプロレタリア革命への傾倒を示したことはほぼ全無であるということは、作家年譜や作品年表を調べると明らかである。その点において、脱出体験記である『鴛馬萬里』は作家自身の共産主義革命勢力への転向を宣言する記録にもなるのである。『鴛馬萬里』以後の金史良文学の全ては、いわゆるプロレタリア革命文学に属するものである。解放直後、金史良の創作活動は当時北朝鮮での社会改革運動と密接にかかわっていて、特に北朝鮮文芸総聯盟の大衆文化運動の一環として展開された。土地改革が象徴的に告げるように、労働者、農民階級による革命的変化が展開される中、作家にはその勤労大衆の生活や意識の改革を作品化することが要求されたのである。『馬息嶺』（一九四八年）、『チャドリの汽車』（一九四八年）、『七弦琴』（一九四九年）などがこのような〈政治＝文学〉状況の中で創作されたものであり、特に『七弦琴』は、地方の製鉄所に平壌作家同盟から派遣された作家が文学的才能のある労働者を導き出すという、作家の大衆的役割を問題化した作品である。

こうした解放以後の文学活動において、ここで注目しなければならないのは、北朝鮮プロレタリア革命作家としての金史良の政治的足場が、最初は、華北朝鮮独立同盟出身の共産主義勢力、いわゆる延安派におかれていたという事実である。金史良は、植民地末期に延安地区に脱出したことを、『駑馬萬里』を通して直接報告する以外にも、さまざまなところで自身の「抗日」の経歴として積極的に表明したのである。解放直後の一九四五年一二月ソウルで開かれた「文学者の自己批判」座談会での「国内の主体的革命勢力とは連絡することができなかった私としては、海外の革命勢力に対する美しい憧れと、そこに身を投じて一緒に戦おうとした情熱と、そして彼らが艱苦に戦っている事実を国内の同胞に伝えようとした作家的野心、こういったものが私の延安行の動機でありました[18]」という発言は、解放直後の金史良の政治的な自己主張を明確に示すものである。植民地被支配の時期に支配者の言語を選択して数多くの作品を書き残した作家としては、祖国の国作りの革命的事業の第一線で活躍するためには、どうしても〈私、祖国解放闘争に身を投じました〉という類の自己合理化の表明が必要であったのではないだろうか。

しかし周知の通り、解放以後北朝鮮の建国期の政治権力闘争のなかで、その主導勢力として急浮上したのは、いわゆる満州派として知られている、金日成を中心とした東北抗日闘争出身グループであった。一九四八年の北朝鮮、朝鮮民主主義人民共和国の樹立過程での権力闘争で最終的に勝利したのは、ソ連軍政の支援を得た東北抗日聯軍に所属していた共産主義者、すなわち金日成派である。金日成派は建国期の権力掌握以後にも、朝鮮戦争を遂行する中で、南労党の土着共産主義者を粛清することに成功した。ソウル中心の旧共産主義革命家たちとの政治闘争段階では、金日成派は延安グループと協力したが、朴憲永中心の土着共産主義者の粛清に成功した後には、金斗奉、崔昌益らの延安グループをまた除去することになったのである。こうした一連の粛清作業は朝鮮戦争以後に完結されるのだが、共産主義者同士の、主に、東北抗日戦争出身のグループ、華北朝鮮独立同盟の延安派、そして国内の民族主義的共産主義者という三つの派閥間の対立は、解放直後から激しい政治闘争の局面として現れた(19)のである。

金日成派を中心に展開された北朝鮮の政治権力闘争の流れに、金史良文学は、金日成を英雄化する要素を作品の中に積極的に取り入れるかたちで、政治的な方向転換を試みることになる。その方向転換の決定的な契機となったと思われる事件が、李基奉の『北の文学と芸術人』(思社研・ソウル、一九八六年)に証言されている。すなわち、一九四六年一二月、延安地区の朝鮮義勇軍の胡家荘戦闘での活躍を称え、武亭将軍を英雄化する宣伝劇、金史良の『胡蝶』が平壌劇場で上演されたが、作品のその後の公演が金日成の要請によって中止されるようになった(20)のである。確かにこの事件は、金史良に、金日成派と延安派の政治的な対立だけでなく、金日成の権力掌握というあらたな政治的構図の変化を、直接体験させる契機だったろう。こうした政治的状況の変化の中で、金史良は、金日成の抗日経歴の宣伝を、プロレタリア革命意識を鼓吹する作品の中に積極的に取り入れるという、北朝鮮での創作活動の方向性を確かめていたと判断される。

つまり金史良は、まず、植民地朝鮮を代表する日本語作家が直面せざるをえなかった解放直後の危機状況を、植民地末期に延安地区に脱出したことを自分自身の「抗日」経歴として強調することによって、乗り越えようとした。そして、かつて延安派とつながっていたことを宣伝する作品を多数発表したが故に招来された政治的危機を、今度は金日成の英雄化を作品の中心的なイデオロギー的戦略に位置させることによって、克服しようとしたのである。ここで見逃してはならないのは、解放以後激しい政治闘争の中で生き残りを図る作家金史良のこうした現実対応方式の変化、すなわち日和見主義的な政治的立場の変化は、実は、『鴛馬萬里』というテクストが発表され、再構成されていく現実的、イデオロギー的条件であったということである。もちろんそれは、北朝鮮での金史良の文学活動全体の流れを特色付けるものでもある。

4　二項対立的ユートピア物語

『鴛馬萬里』を、基本的に作家の政治的イデオロギーの表現である、という観点から読み返してみる場合、物語のもっとも著しい構造的特徴として浮かび上がるのが、ディストピア／ユートピア的空間の二項対立的な配置である。『鴛馬萬里』の語り手は、帝国主義国家日本によって支配される、朝鮮国内と中国の日本軍占領地を脱出し、当時華北朝鮮独立同盟の抗日闘争地区に向かっていくのだが、すなわちその物語展開において、前者の脱出地がディストピア的空間に、後者の到着地がユートピア的空間に、それぞれ設定されているということである。ここでは、対立的な二つの空間を描いていく語り手の態度に注目しながら、それぞれがどのように対照化されているのかを取り上げる。

まず、ディストピア的空間として示される、中国の日本軍占領地と朝鮮国内である。たとえば、語り手は、独立同盟の朝鮮義勇軍の一人に、朝鮮国内の事情を次のように伝えている。

物価は殺人的に暴騰し、賃金は飢餓的であり、収奪はいよいよ強化され、すべての人民の反日感情が極度に尖鋭化していることだけはまぎれもないところであった。いわんや、やれ徴用だ、報国隊だといっては労務を強制的に供出させ、農民たちが奴隷にひとしいありさまで狩りだされていっては、工場や鉱山などで鞭打たれており、これに加えて徴兵や学徒兵制度の追い撃ちまでかけられ、おびただしい生命が戦場へ狩り立てられるようになっていた。その結果、深い山中には脱走兵や徴兵忌避者が群れをなして潜むようになり、いまや国内ゲリラ前夜のありさまを呈するばかりであった。(21)

社会構成員の将来への希望や人間としての価値などがすべて壊されている点で、まさに朝鮮国内はディストピア的空間なのである。日本帝国主義の植民地統治がもたらしたその険悪な現実が、語り手の鳥瞰的な視点によって捉えられている。語り手はその記述の中に、社会の経済状況から朝鮮人のそれぞれの階級の動向にいたるまでの、破片的な情報を網羅的に盛り込んでいる。いいかえれば、語り手は、社会的な、経済的な時事知識を通して事後的に構成する、非感覚的な解説的表現によって、朝鮮国内というディストピア的空間を描き出しているのである。こうした語り手の解説的態度は、日本軍占領の中国地域における絶望的な状況を伝えるときも、そのまま維持されている。

日本軍の足取りのおよぶところ必ずや死の翳が、それにつきまとったのであった。悪魔のごとき日本軍の惨虐をきわめた行動は、彼らのいわゆる「三光」政策のうちにもののみごとに表現されている。焼・殺・搶の「三光」――それが中国人のものであったらことごとく焼きつくせ(焼)、それが中国人であるならば残らず殺戮せよ(殺)、そしてあらゆるものを奪い去り、すっからかんにしてしまえ(搶)という、それである。

この村もやはりどこにでもあるようなこれといった特徴のない――ちっぽけなそれにすぎな

かったが、たび重なる日本軍の侵攻作戦による道路の荒寥ぶりと、人通りの少なさときたら、ほとんど廃墟と異なるところがなかった。(22)

日本軍占領地域の中国人に対する日本軍の暴力が、「いわゆる「三光」政策」という当時のジャーナリズムで一般化されていた用語によって総括的に説明されている。このように『駑馬萬里』の語り手は、前もって先験的に与えられている既存の価値認識を通して日本帝国主義の占領地域の状況を描いている。それによって、朝鮮国内と中国の日本軍占領地がディストピア的空間として示される際、ステレオタイプ化されてしまうのである。

一方、それに比べて、ユートピア的空間と設定されている抗日闘争地区は、まったく異なる語り手の態度によってステレオタイプ化されている。たとえば、当時解放区と呼ばれていた、中国共産党の八路軍の抗日闘争地域の生活を、語り手は次のように描写している。

わたしはここで、兵士たちが小さなグループに分かれて車座になり、討論する光景をみることができた。クラブは、熱心に読書するもの、新聞に読み入るもの、学習に打ち込むものたちでいっぱいであった。また裏庭では、中央にネットを張り両側に分かれてバレーボールの試合がたけなわであった。(中略)芝生のあたりでは兵士たちや村民たちが膝をつき合わせて腰をおろし、にこにこ笑いながらこれを見物している。もっとも、兵士たち自身が農民出身であってみれば、兵農一致というよりは少なくともここでは、それこそ兵農一体というべきところであった。垣根の近くの芝生では女性兵士たちが子供らを相手に花輪などをこしらえこれを振りながら蝶の群れのように踊っていた。どうやら、何かの遊戯らしかった。子供たちはにこにこしながら、ひらひらと舞っては互いに顔を合わせ、こっくりうなずくと、こんどはくるりと向きを変え、花輪を持った手で円を描く。(23)

兵士と農民が、そして女性兵士と子供たちが調和の中で至福の時間を享受しているこの場面は、まさにユートピア的空間であろう。語り手が経験した具体的な出来事や人物が描写されていることからも分かるように、この場面は、出来事と同時進行するエクリチュール、すなわち紀行文の特有の感覚的な表現によって描き出されているのである。しかしここで見逃してはならないのは、こうした現場感あふれる装飾表現が、実は、読書、学習する兵士、兵士と討論する農民、子供達に踊りを教える女兵士、そして踊りを楽しむ子供達など、いわゆる幸せな人民像という模範的手本をつくるために、施されているということである。いいかえれば、語り手は、社会構成員の間にはいかなる差別も対立も存在しない、無葛藤、無矛盾な社会を、具体的かつ経験的形象を通して提示しているのである。社会主義的、共産社会の理念の感覚的表現による形象化が、共産主義プロパガンダ文学の創作方法のもっとも基本的な項目であるとするならば、『鴛馬萬里』のこの部分の語りはその典型的な例にあたるのではないだろうか。金史良の脱出の目的地である朝鮮義勇軍の根拠地太行山寨もまた、同一の語りの手法によって描かれている。

爛漫と花を咲かせた黄菊畑のはずれをよぎるところには、奥ゆかしい香りが風にはこばれて漂いはじめる。遠くでわが義勇軍の吹き鳴らすラッパの音が嚠喨とひびく。高梁畑の畝間を農民たちが農具を肩にして家路をたどりながらうたを口ずさみ、菊の花畑では若い娘が両腕いっぱいに白い花を抱えて立ったまま、わたしたち一行をもの珍しげに眺める。（中略）清彰河の澄んだ流れはわが義勇軍の本拠である南庄村の丘の麓へとつづいていた。河床はかなり広いものであったが、砂礫地と草むらを縫うように流れるせせらぎであった。南庄村からせいぜい二、三百メートルあるかなしにへだたった台地では、軍政学校の学生たちが、バレーボールに打ち興じながら騒ぐ光景がかすかに眼に止まる。河のほとりの砂地を耕してこしらえた菜田に降り立ち、トマトや茄子をもぐ学生たちの影もちちほらみえ、胡桃の木の繁みのあいだを散策する若者たちの姿も眼に映る。夕べの微風が心地よく吹きつけ、水は測り知れぬくらい冷たかった。(24)

語り手はまるで真正の価値が形象を得ているかのように、視覚、臭覚、聴覚、触覚などの感覚を総動員して対象を描いている。美しい自然と、男女老幼の調和した生の営みが、場面と人物の具体的な描写を通して示されるようになっている。ここでも、こうした感覚的表現によって、自然と人間の調和、労働と遊戯の一体化など、いわゆる共産社会へのユートピア的幻想が形象化されているのである。

すなわち、『鴦馬萬里』の語り手は、日本帝国主義の支配地域と抗日闘争地区とを、ディストピア的空間とユートピア的空間という教条主義的な観念世界として二項対立的に提示する。そのとき、前者の場合は、既存の非経験的認識に基づく解説を、後者は経験的感覚を動員する描写を、それぞれ語りの手法として用いているのである。語り手の態度をこのように対比してみると、ユートピア的空間の抗日闘争地区をよりあざやかに浮き彫りにすることが『鴦馬萬里』の語りの意図であったことが明らかである。その点において、『鴛馬萬里』は二項対立のユートピア物語なのである。

ここで、ユートピア物語『鴛馬萬里』の現実認識の欠如を批判することはそれほど難しいことではない。たとえば、『鴛馬萬里』は八路軍と朝鮮義勇軍の抗日闘争地区を無階級、無産の万民平等社会として描いている。しかし、その語り手の認識がどれほど非現実的な楽観主義の幻想に囚われているのかはすぐ判明するからである。実際、陝西、甘粛、寧夏の三省の共産党抗日闘争地区の現実は、階級社会、差別社会の秩序によって支配されていた。すなわち、知識人、軍隊、農民との、あるいは女性と兵士たちとの関係は、『鴛馬萬里』で描かれているような、調和に満ちているものではなかったのである。もちろん一部の解放区地域は、金史良が記述している通り、「無葛藤」、「無矛盾」社会であったかもしれない。しかし全体的にみると、共産党内部の差別、組織間の不和、自我批判、強制労働、投獄、監視など、日常生活の暴力と葛藤と矛盾が他地域社会のそれに比べてより顕著だったのも事実である。共産党員、党派遣の要員、八路軍の兵士、農民は、厳しい支配・被支配関係によって階層化されていることは、「宣伝、指導、教育、禁止、摘発」などの言説がその階層間を媒介していることからもうかがうことができる。たとえば、陝・甘・寧の共産党抗日闘争解放地区での社会的矛盾を批判した文学者として広く知られている王實味は、「野百合花」(『文藝』、一九四二年三月一三日、一三日)、「政治家・芸術家」(『穀雨』、一九四二年三月一五日)などで、民衆の生活レベルでの不条理を、こう指摘している。平等主義を標榜する共産党や軍隊が実際は不平等主義を実践しており、現在延安の人民の衣服は三種に区分され、食類は五等級に分けられている。党員だけが特殊に優遇され、革命青年は挫折し、失望に陥っている、と辛辣に告発しているのである。

にもかかわらず、『鴛馬萬里』の語り手にとって、その抗日闘争地区の社会が、共同体の理念と個人の価値観を調和の中に現実化した空間として認識されていたのは、いったいなぜであろうか。そこには、『駑馬萬里』というテクストが発表される時点の状況においての作家の政治的な立場、すなわち、朝鮮民主主義人民共和国の建国期における作家の対社会的なイデオロギーが生硬に反映されているのである。ディストピア／ユートピア的空間を二項対立的に設定し、ユートピア的価値が支配する社会を建設するという非現実的楽観主義の幻想は、実は解放以後の金史良文学の全体に共通するイデオロギー的基盤である。ここで明確に批判しなければならないのは、ユートピア的価値の実現というのが全体主義プロパガンダ文学のもっとも有害な要素に他ならないということである。そもそもすべての全体主義文学というのは、ユートピア的単一価値によって、ディストピアの混沌状況を克服しなければならない、という二分法的世界観に基づいているのではないだろうか。たとえば、「大東亞思想」、「アジアの新秩序」の実現というプロパガンダを基調とする植民地末期の日本帝国主義の国策文学も、「ここに正義あり」、「ここが地上楽園」、「民主主義共産社会の建設」を主張する解放以後の北朝鮮の国家建設文学も、結局ユートピア物語という同じ美学的基礎の上に成立しているからである。植民地期の全体主義的な暴力に抵抗することをもっとも重要な目標として掲げた金史良の解放以後の文学は、このように、もう一つの全体主義イデオロギーの主張を無批判的に表現するようになったのである。

ユートピア物語という全体主義プロパガンダ文学へのこうした陥没は、金史良文学の全体的な流れにおいて、決定的な破綻といわざるをえない。なぜなら、植民地期の金史良の日本語小説の最重要な意義は、ユートピア像の拒否(25)に他ならなかったからである。金史良の第一小説集『光の中に』（小山書店、一九四〇年）の跋文の一部を引用する。

私の心はいつも明暗の中を泳ぎ、肯定と否定を縫ひながら、いつもほのぼのとした光を求めようと齷齪してゐる。光の中に早く出て行きたい。それは私の希望でもある。だが光を拝むために、私は或はまだまだ闇の中に體をちぢかめて目を光らしてゐねばならないのかも知れない。(26)

植民地期の金史良文学の実存的な問いは、常に、この「まだまだ闇の中に體をちぢかめて目を光らしてゐねばならない」場所で、行われていた。その場所(トポス)とは、ユートピア的空想のうちに逃避することが最後まで拒否されている場所、またある場所への安住が決して許されえない場所であることはいうまでもない。すなわち、解放以前の金史良文学は、「闇」の世界の中で「光」を求めていく不安意識を表象することで成り立っていたのである。かつてアドルノは、遺著『美の理論』(一九七〇年)で、アウシュヴィッツ以後の芸術の、いいかえれば、反ファシズム芸術の、最も重要な美学的価値は、不確実な葛藤、問い、失敗への不安などで代弁される、と述べていた。ユートピア像の禁止こそ、全体主義に抵抗する芸術の唯一のイデオロギー的基盤であるとするならば、まさにその点において、植民地期の金史良の日本語小説の意義は、反ファシズム芸術の価値への追求に見出すことができるのである。こうした文脈からすると、北朝鮮の共産主義社会、ひいては金日成独裁体制の中での理想実現を表現する、解放以後のユートピア文学への転換は、金史良文学の精神的破綻を決定付けるものである。そして『駑馬萬里』という作品は、解放以後の金史良文学の展開において、北朝鮮の全体主義イデオロギーの生硬な主張への転換を告げる第一作として位置づけられるのである。

それでは、いままでの韓国文学研究はなぜ『駑馬萬里』を「抗日抵抗文学」の標本たる作品として評価するようになったのか、その認識の成り立ちを簡略に振り返ってみよう。植民地期の韓国文学の中で、植民地支配に協力する親日文学は多様かつ多数に存在する反面、朝鮮民族の独立への欲望を表現する抵抗文学のほうはそれほど顕著ではないという事実は、解放以後の韓国文学にとって、それ自体隠蔽しなければならない「過去の傷痕」として認識されていた。いいかえれば、親日文学を清算し、「抗日抵抗文学」の発掘、構築することが、韓国文学が「過去の傷痕」を克服し、新たな民族文学を建設していくための、最も重要な課題として設定されたということである。本論考で議論してきた通り、「抗日抵抗文学」の記念碑的な作品という『駑馬萬里』への評価は、こうした韓国文学の〈隠蔽＝構築〉企画によって生産、流通されるようになったのである。

そもそも、朝鮮民族の精神的自由を「抗日抵抗」闘争によって勝ち取った経験が、韓国文学にはない。「抗日抵抗」の精神的闘争をした植民地期の記憶が乏しいからこそ、むしろ、植民地以後の「抗日抵抗文学」の構築への欲望はより強く働いていたのではないだろうか。こうした〈隠蔽＝構築〉企画の論理構造は、フランツ・ファノンが分析した植民地住民の精神的病理現象と非常に類似していることをここで見逃すわけにはいかない。ファノンが「ニグロと認知」（『黒い皮膚・白い仮面』、一九五二年）で提示した植民地被支配者の精神文化の分析概念——もう少し正確にいうと、ヘーゲルの『精神現象学』の概念をファノンが援用して用いている概念——を通して、韓国文学の〈隠蔽＝構築〉企画を理解すれば、自分の存在に対する「認知」を、「闘争」を通じて獲得することができなかった、すなわち、外部の他者によっていきなり自由を与えられ、一方的に認知された者が、あたかもその「認知」をえるために自ら「闘争」をしてきたかのように、自己と他者に向かって主張し続けようとする、という論理構造が明白に見えてくるのである。

韓国文学の「抗日抵抗文学」構築への意志とその実践は、それ自体大きな蹉跌であらざるをえない。「過去の傷痕」を隠蔽、忘却するための虚像を作ることによって、それを克服することは最初から不可能だからである。そして、真の克服への道は、「過去の傷痕」を隠蔽することではなく、「過去の傷痕」を露出させると同時に、現在の〈隠蔽＝構築〉企画の幻想を覚醒させることによって、進むしかできないからである。

(注)

1　植民地期の「親日文学」の存在を排除、断罪しようとした、解放後の韓国文学の「民族文学樹立」イデオロギーに対する批判については、本書Ⅲ部の「韓国近代文学における母語中心主義」を参照。

2　もちろん本論考が、植民地期の李陸史、尹東柱の文学においての政治的問題を軽視、否認することではない。しかし、彼らの文学が含有する政治性を、協力と抵抗という二項対立的な植民地・反植民地言説に還元することはできないということである。

3　『抗日中国亡命記鴛馬萬里』実践文学社・ソウル、二〇〇二年、二〇頁。ちなみに、韓国で『鴛馬萬里』は李サンキョン編『金史良作品集鴛馬萬里』(東光出版社・ソウル、一九八九年)ではじめて紹介された。

4　金史良の当初の目的地は延安であったが、実際は朝鮮義勇軍の太行山根拠地のほうに脱出した。

5　安宇植「金史良年譜」金史良全集(以下全集)Ⅳ　河出書房新社、一九七三年、三七七、三九〇頁。

6　安宇植『評伝金史良』草風館、一九八三年、二〇四―六頁。

7 後に全集Ⅳに収録された。本稿の作品引用文は、基本的に全集から引いた。
8 李サンキョン『金史良作品集鴛馬萬里』東光出版社：ソウル、一九八九年、四〇六、四〇八頁。
9 安宇植「解題」全集Ⅳ、三七八頁。
10 『民聲』、一九四六年三月。
11 『鴛馬萬里』全集、一四一頁。
12 前掲書、一四三頁。
13 普天堡作戦の展開とその反響については、和田春樹『金日成と満州抗日戦争』平凡社、一九九二年、一八三―九頁参照。
14 『鴛馬萬里』全集Ⅳ、一七八頁。
15 前掲書、一八〇頁。
16 安宇植は、テクストの再構成の問題を考慮しなかったがために、金史良が脱出当時に中国抗日地区で金日成の闘争と活躍についての詳細な情報を得るようになったと認識している。『評伝金史良』草風館、一九八三年、二二五―七頁参照。しかし、金史良が「異国の山中において」、「金日成とそのパルチザンにかんする知識をはじめて得」て、感動を覚えていたと、安宇植が解説している引用文は、実は、一九五五年版の『鴛馬萬里』に新たに書き加えられた部分なのである。
17 『鴛馬萬里』全集Ⅳ、二六〇頁。
18 『人民藝術』、一九四六年一〇月。
19 徐大粛「金日成の権力掌握過程」『韓国現代史の再照明』ドルベゲ・ソウル、一九八二年、二〇八頁参照。
20 李基奉『北の文学と芸術人』思社研・ソウル、一九八六年、一六三―七頁参照。李基奉は、金史良の『胡蝶』が、一九四六年一〇月にソウルの團成社で初演され、大盛況だったと伝えているが、金在湧が作成した年譜は、この作品は一九四六年一月にソウルの大陸劇場で公演されたとしている（『抗日中国亡命記鴛馬萬里』実践文学社・ソウル、二〇〇二年、三一六頁参照）

いずれにせよ、『胡蝶』は解放以後、海外の抗日武装闘争を宣伝する劇として最初に公演された作品であることは確かである。

21 『駑馬萬里』全集Ⅳ、一七九―八〇頁。

22 前掲書、一九二―三頁。

23 前掲書、二五五―六頁。

24 前掲書、三〇七―八頁。

25 植民地期の金史良小説におけるユートピア像の拒否というテーマについての議論は、本書Ⅱ部の「血と名前の存在拘束とそれへの抵抗」参照。

26 「小説集跋文」全集Ⅳ、六七頁。

三　「恨」言説における自民族中心主義

二〇世紀後半の韓国文学・文化論(1)が、自国の文学・文化の本質的な所与内容として認識し、国際社会に向かって送り出してきた民族文化の諸要素の中で、もっとも顕著なものが「恨」ではないだろうか。たとえば、「生きることが恨を積重ねることで、恨を積重ねることがまさに生きることである」という映画「西便制(2)」(一九九三年)の標語的台詞は、この頃の海外の韓国文化受容者の間にも広く知られている。自民族文化というものは、そもそも、他民族文化との相対的、比較的関係によって構成される。したがって、ある文化が民族文化になるということは、国際社会からの認知をも前提するのである。「恨」はまさに、韓国内外で、対自的かつ即自的に、その文化的価値が認められているということができる。すなわち「恨」は、韓国文化理解においてもっとも中心的なキーワードなのである。その「恨」が韓国民族文化に内在する本質的情緒として認知されるまで、「恨」の概念定義や「恨」に関する議論がどのくらい繰り返されてきたのだろうか。

まず、「恨」の辞書的な概念定義から確認すれば、『韓国民族文化大百科事典』(韓国精神文化研究院：ソウル、一九九一年)の「恨」の項目では、基本的に、「恨」は「もっとも韓国的な悲しみの情緒」という規定の中で記述されている。「恨」はたとえば、regret 遺憾、pity 憐憫、resentment 恨み、rancour 敵意、resentfulness 憤慨などの西洋の情緒とは根本から異なり、また、同じ漢字文化圏の中国と日本には「怨」、「冤」などの情緒は存在するが「恨」は存在しない、と「恨」という概念の民族固有文化としての特殊性を強調している。続いて、「なぜ韓国人にだけ恨が多いのか」、または「民族感情としての恨が発生した原因は何か」について、第一、内乱と外侵に点綴された朝鮮半島の歴史、第二、儒教的世界観が生んだ厳格な階層意識、第三、男尊女卑の偏見と社会的抑圧、第四、官僚士大夫による民衆への暴力などを、「恨」という情緒を発生させる主な要因に挙げ、説明している。つまり、朝鮮半島の歴史的、社会的状況とその状況の中で形成された韓国人の意識と価値観によって「恨」という感情が生じており、したがって「恨」は韓国人の特殊な感情だということである。

韓国文学・文化論の領域で常識化されている、こうした「恨」の概念定義を前にして、まず、本論考の問題意識を明らかにしておきたい。すなわち、これまでの「恨」に関する議論が示している通り、「恨」は果たして韓国の民族共同体の固有情緒なのか。それとも、さまざまな辞書に定められるほど一般化されている「恨」の概念自体が、度重なる議論の結果として事後的に構築されてきたものなのか。本論考はもちろん、「恨」は、韓国人の実際的な情緒経験によってではなく、言説の効果によって形成された概念であるという観点から、韓国文学・文化論における〈恨は民族固有の情緒である〉という自民族中心主義を批判的に考察し直そうとする。

その際、浮上するもっとも重要な課題は、「恨」に関する言説がどのような状況の中で発生し、どのような歴史的展開を通して、「韓国民族固有の情緒」という実体的な意味を獲得するようになったのか(3)、ということを明らかにすることである。こうした課題は、第一、二節で議論される。続いて本論考は、閉鎖的で、自己中心的な実体性を獲得した「恨」を、どのように認識論的に解体することができるのだろうか、という問いのほうに議論を進めようとする。すなわち第三節では、これまでの韓国文学・文化論で「恨」の典型として評価されてきた金素月の「つつじの花」における詩的情緒を言語横断的な解釈空間に開放することによって、「恨」の民族固有性、そして翻訳不可能性を主張する自民族中心主義的な文化イデオロギーの脱構築を試みる。

1 「恨」言説の発生と由来（4）

これまで「恨」に関する言説はいったい何を対象として取り上げているのだろうか。「恨」言説の対象テクストの範囲は、通時的にかつ共時的に、韓国文学という領域の全体にわたっているといっても過言ではない。「恨」の言説によれば、韓国最古の記録文学である「黄鳥歌」、「箜篌引」などの高句麗時代の歌から、「怨歌」などの新羅の郷歌、「カシリ」、「鄭瓜亭曲」などの高麗時代の俗謡、そして数多くの漢詩、時調、歌辞などの朝鮮時代の詩歌を経て、近・現代詩に至るまで、その「恨」という情緒の脈は連綿と繫がっている。そして、詩歌だけでなく、説話、小説、随筆などの散文文学、パンソリ、仮面劇、音楽、踊りなどの舞台芸術、美術、彫刻、建築などの空間芸術など、ありとあらゆる韓国文化のジャンルが「恨」の情緒を表象している、とされている。千二斗の『恨の構造研究』（一九九三年）によると、「恨」の概念もまた、「怨」、「哀」、「冤」、「嘆」、「悲」などのネガティブな内包、「情」、「願」などのポジティブな内包、そしてその両方を複合した感情に、実にその種類は多様に示されてきた（5）。これまで議論されてきた「恨」の言説は、「民族固有の情緒である恨」という上位範疇を一枚岩的に設定し、「被支配民族の恨」、「民衆の恨」、「女の恨」、「障害者の恨」、「死者の恨」などの集合的な下位範疇や、多岐に分かれている個々の特殊な「恨」を、その内部に包含する。「恨」が発現するメカニズムについても、恨を経験する主体によって、またそれを描いた個別作品ごとによって、各様各色に取り扱いつつも、結局はそれを民族共同体の固有情緒の現象の一部に編入しているのである。

このように広範囲にわたる「恨」に関する言説が、持続的に再生産される中で、「恨」は対象的な実体性を自明の価値として得ることになる。理論的に、「恨」が「実体性を得る」ということは、逆説的に聞こえるかもしれないが、「恨」に関する言説が「実体性を得ていく」プロセスそのものについては完全に忘却しなければならないということを前提にする。もし度重なる言説効果によって実体性が得られていくプロセスを意識するとすれば、当然その実体性の根拠が不在であった状況もまた意識しなければならないからである。「実体性を得ていく」過程を忘却することによって、「恨」は、韓国文化に本来的に内在するものとして認識されることになる。

ここでもう一つの認識論的転移が見出される。それは、「恨」が韓国文化の本来的価値を獲得することによって、韓国文学・文化テクストを語る認識基準、いいかえれば、「恨」はそれ自体の概念的領域の中で韓国文学・文化テクストを語ることのできる正当で有力な認識基準になっているということである。たとえば、「恨」の世界を深く掘り下げ、豊かな表現を追求したという、ある作品についての評価は、その作品が優れた韓国文学であるということと全く同一の意味として流通しているのである。「恨」が認識の対象の領域を越え、認識基準そのものになったということは、「恨」の実体性が疑うことのできない確固たる地位を得たことを意味する。こうした現象の帰趨は、韓国で発表される韓国文学・文化論だけでなく、韓国以外の地域で流通する韓国文化論の多数が、韓国文学・文化を代弁=表象（リプリゼンテーション）する作品世界には「恨」という民族情緒が内包されている、という評価を示していることを思い出すと容易に理解できる。

それでは、「恨」に関する言説は、はたしていつ発生し、どのように展開されてきたのだろうか。その発生や展開について考えてみることにしよう。現在の韓国文学・文化論においては、先ほども述べたように、「恨」は長い時間蓄積されてきた民族固有の情緒として認識され、その認識は自明なものとして受け容れられている。しかし、明確にしなければならないのは、「恨」そのものは、二〇世紀半ば以後の韓国文学論で、はじめて議論の対象として取り上げられるようになったという点である。いいかえれば、さまざまな韓国文化や韓国人の日常生活の中の用語として広く使われていた「恨」が、二〇世紀後半の韓国文学論で、はじめて韓国文化のキーワードとして学問的議論の対象になったということである。ここで、疑問が一つ浮かび上がる。なぜこの点がいままでの韓国文学・文化論で不問に付されたままで来たか、である。「恨」言説の始まりの現象が隠蔽されてきた理由もまた簡単であろう。もし「恨」の言説の発生を問題化するとするならば、実体的対象としての「恨」の成立自体が危機にさらされざるをえないからである。すなわち、「恨」の構築を目標にして展開される「恨」の言説は、その目標を達成するためには、どうしても「恨」言説の発生の状況と展開の過程そのものを、忘却しなければならなかったのである。

周知の通り、解放直後の韓国の文学(6)・文化状況において何より最重要な課題とは、植民地期に抑圧、排除されていた朝鮮(語)文学を再建し、新たな民族文学を樹立するということであった。解放とともに新しく構築していかなければならなかったのが韓国民族による国民共同体だったとするならば、その民族共同体構成においてもっとも肝心な精神的所与内容として与えられたのは当然韓国語・韓国文化であった。そこで韓国語と韓国文化の両者の総体的な結合体として想定されたのが民族文学であったのである。「正当な民族文学」をこれからどのように建設していくべきかという問題をめぐって、解放期の韓国文学は多様な方法論的路線を示しながら複雑な展開を見せている。植民地期の文学・文化運動の左右対立の延長線上で台頭した解放期の文学・文化運動は――このような二分法的、単純図式的な捉え方が許されるなら――左翼の進歩的民衆主義と右翼の保守的民族主義に分離され、結局、朝鮮文学家同盟（一九四五年一二月発足）、北朝鮮芸術総同盟（一九四六年四月発足）系列と青年文学家協会（一九四六年四月発足）系列に、政治的、文化的に両分されるようになった。一九四八年以後には、前者を中心にして朝鮮民主主義人民共和国の、後者を中心にして大韓民国の、それぞれの国民共同体の「民族文学」樹立運動が展開されていく、その流れが形作られていたのである。

解放期の右翼系列の民族主義文学運動の代表的組織であった青年文学家協会と、それを拡大再編する韓国文学家協会（一九四九年一二月発足）の主導文学者であり、後に大韓民国の国民文学を代弁するようになるいわゆる「文協正統派」の代表論客として登場したのが金東里であった。金東里の「朝鮮文学の指標(7)」での、「現段階の朝鮮文学の指標は朝鮮的性格の探求と民族精神の発揮具現にある。そしてこれはわれわれの民族文学の樹立の道になる」という宣言は、解放期の韓国文学の課題認識と展開様相を象徴的に告げるものである。金東里は、こうした文学運動のイデオロギー的宣言から二つの問題を引き出し、それを明確に提示している。すなわち、韓国文学の「朝鮮的性格」と「民族精神」とは一体どのようなものなのか、また、それを「探求」、「発揮具現」するにはどのような方法が想定されるのか、という問題がそれである。解放以後の韓国文学には、この二つの問題をめぐってさまざまな議論が繰り返し展開されていくのだが、結果的にみると、それらの議論そのものが韓国の「民族文学論」の根幹となったということができる。そして、これまで生産された民族文学・文化論の中で、「韓国文学の民族精神は一体どのようなものなのか」についてのもっとも典型的な議論が「恨」の言説であったのである。

民族文学樹立のイデオロギー的指標を示し、解放後と分断以後の韓国文学の形成に主導的な役割を果たした文学者である、金東里、徐廷柱らによって、初期段階の「恨」論が提出されるということは、こうした文脈を考慮するとけっして偶然ではない(8)。

金東里は「青山との距離――金素月論」(『文学と人間』白民文化社・ソウル、一九四八年)で、金素月の詩の情緒について、「イム(恋の対象――引用者)は離れている。離れているから常に探し求め、呼びつづけ、恋い慕わなければならない」とし、この「如何なるものによっても永遠に満たすことのできない」「恋い慕わしさの感情」を「情恨」と規定している。こうした「情恨」は、対象の行為によってではなく、主体の心性によって生じるものであり、まさにその点のために「個人的な特殊な感情から一般的な普遍的な情緒に通じ合うようになった」と評価し、金素月の詩の情緒の普遍性を強調している。素月の詩「山有花」(詩集『つつじの花』、一九二五年)を主な分析対象として扱うこの論文の主旨は、こうした「如何なるものによっても永遠に満たすことにできない」「主体的感情」を「情恨」として定義しながら、その詩的情緒が「山有花」の「あそこに」という詩語に集約されているということである(9)。こうしてみると、金東里が「情恨」の特質として把握している、〈イムと離れることによって生じ〉、〈取り返しがつかない〉、〈代理補償を求めることもできない〉、〈永遠の喪失感〉であり、〈対象を怨むことではなく〉、〈主体がその内部で抱きつづけなければならない〉

という項目は、今日の韓国文学・文化論で常識化されている「恨」という情緒の原形質的要素のすべてを包含していることが明らかである。つまり、解放後の代表的な民族文学論者である金東里によって、はじめて「恨」は韓国文学の中心概念として浮上するようになった。そして「恨」の情緒をもっとも典型的に表現しているのが金素月の作品世界であるという認識の発生もまた、金東里の「青山との距離――金素月論」であった、ということである。

こうした金東里の議論の延長線上で、徐廷柱は「素月詩における情恨の処理」(『現代文学』、一九五九年六月)において、「情恨」を「情が尽くされたところで生じる恨(10)」と規定し、それが「民族固有の」、「心の底」の情緒であることを述べている。徐廷柱は金素月の「悲しみの塊」(詩集『つつじの花』、一九二五年)という詩を評釈する中で、詩人の心の底に沈殿しているこの「悲しみの塊」は、「朝鮮の人々の持たずにはいられなかった善美を尽くそうとした努力の象徴のように、おぼろげに掛かっている五日月の陰に、雨の音の中に、この胸の底に、悲しみの塊が置かれている(11)」としている。ここでいう「悲しみの塊」こそ、徐廷柱が情恨と規定した「情が尽くされたところで生じる恨」の物質的比喩であることはいうまでもない。

金東里、徐廷柱の「情恨」論を契機に、韓国文学・文化論の新たな主流ジャンルに急浮上した「恨」の言説は、一九六〇年代に入ると、より本格的な民族情緒・精紳論として展開されるようになる。たとえば、河喜珠は「伝統意識と恨の情緒」(『現代文学』、一九六〇年一二月)で、徐廷柱の「情恨」論を引用しながら「私はこの「悲しみの塊」を恨と呼んできたのだが、この恨こそ、悠久の昔からわれわれの血脈の中に絶え間なく流れてきた詩歌上の正統的伝来情緒であらざるをえない(12)」としている。ここで確かめなければならないのは、この段階の「恨」に関する主張が初期の「情恨」

論のそれとは微妙にニュアンスを異にするところである。金東里の「恋い慕わしさの感情としての情恨」、徐廷柱の「悲しみの塊」とは、それらが民族固有の情緒であることを暗黙的に認めてはいるものの、議論の中に言表化されたレベルからすると、あくまでも金素月詩の世界の情緒であり、また人間本然の感情の一種であった。それに比べて河喜珠の議論では、「恨」は「我が民族」の一般的、集団的情緒としてのアイデンティティを確実に獲得している。つまり河喜珠の議論は、個別的な作品論、作家論として発生した「恨」論が民族精神文化論に転化していく具体的様相を示しているということである。

「恨」の言説は、一九六〇年代以後、民族固有の普遍的情緒としての「恨」を確認するために、すなわち「恨」の自己構築のために、積重ねられていくことになる。第一、「恨」という概念の用例がどのように分布しているのか、第二、「恨」の情緒が表現されている文学テクストをどこまで探し求めることができるのか、そして、第三、「恨」の表象を文学以外の領域、たとえば音楽、舞踊、美術、建築などの芸術文化一般、宗教、思想などの精神文化一般からどのように導き出すことができるのかという問題系をめぐって、一方では具体的な資料を提示しながら、他方では「恨」の論理を広範囲に一般化してきたのである。たとえば、第一の「恨」の概念の分布に関して、千二斗は、金東里、徐廷柱らによって「情恨という用語の登場する以前にも、金億の『花束・朝鮮女流漢詩選集』という詩集には「離恨」という語彙が頻繁に使われている」、また、「朝鮮時代の数種の時調集にも「離恨」、「別恨」という用語が使われている。『古今歌曲』、『槿花歌曲』（朝鮮時代の時調選集—引用者）には、（中略）個別作品を「離恨」、「別恨」という用語で分類する」と指摘し、「恨」の用例を示しながら情恨—「離恨」—「別恨」の連続性を主張する(13)。第二の追求の結果としては、

「恨」に関する議論が繰り返し展開される(14)なかで、古代の詩歌、高麗時代の民謡、朝鮮時代の時調、歌辞、現代詩などの詩歌ジャンルだけでなく、神話、民話、説話、伝説、現代小説などの叙事ジャンル、パンソリ、古典劇、仮面劇、演劇、映画などの劇ジャンルに至るまで、韓国文学ジャンル全体が自然に「恨」のテクストとして対象化されるようになったとみられる。そして第三の、「恨」の情緒を文学以外の世界、たとえば人類学、民俗学、宗教学の対象としている研究事例としては、崔吉城の『恨の人類学』(平河出版社、一九九四年)を挙げることができる。崔吉城は、巫俗信仰の農耕共同体であった朝鮮半島の古代社会から発生した「恨」は、韓国人の宗教意識、思想、心性などの精神文化の形成にさまざまなかたちで影響を及ぼしたと主張しているのである。

一九五〇年代の文学領域の議論から発生した「恨」の言説が取り扱う対象は、このように、時代的には、植民地期、朝鮮時代、高麗時代、そしてより古い時代にまで遡り、分野、あるいは領域的には、ありとあらゆる朝鮮の文化表象体にまで広まることになる。その結果、「恨」は、「離恨」、「別恨」、「悔恨」、「情恨」という変種概念に、そして「情」、「願」、「怨」、「哀」、「冤」、「嘆」、「悲」、「悔」、「憾」などの隣接情緒に、多様化されるとともに、韓国文化の核心部分には必ず含有されている情緒という文化的価値を獲得してきたのである。すなわち、「恨」の言説は、「民族情緒」による民族文学・文化論を樹立しなければならないという韓国文学・文化論のイデオロギー的要求を充足しながら、自然にかつ容易に実体論へと転化することができたのである。

2　民族固有性＝翻訳不可能性という幻想

「恨」という情緒が民族固有のもの、すなわち他言語・他文化には翻訳不可能なものであるという自民族中心主義的な認識が、実は、一九五〇年代の韓国民族文学論において初めて提出され、その後繰り返し展開された「恨」言説の効果によって形成されてきたということについては、以上の議論で明らかになったと思う。ここでは「恨」の言説が、「恨」の固有性と翻訳不可能性をどのように構築してきたのか、その過程を具体的に考察しようとする。

「恨」を韓国人固有の情緒現象として、暗黙的に、情緒的に、そして無理論的に、認めてきた一九六〇年代までの議論とは違って、一九七〇年代にはいると、「恨」の固有性を理論的に究明しようとする議論が、「恨」の言説の主流となる。

まず、フロイトの精神分析学の観点から「恨」の心理現象を分析しようとした金鍾殷の「素月の病跡――恨の精神分析」(『文学思想』、一九七四年五月)を、議論の導入部から取り上げてみよう。

漢字字典に拠れば、ハン(恨)の字意は、「(忄)こころと、音をあらわすとともに、深く根を下ろす(根)の意をあらわすための(艮)コンで成される」とされている。そこには英語のgrudge(怨恨)ないしはhostility(敵対意識)の意味が入っているし、pity(遺憾)の意も入っているようにみえる。その他、regret(後悔)の意も入っているとみられる。こうしてみると、われわれのタームとしての恨の奥妙な意味を、一つの語で適切に表現する英語、ドイツ語はありえないようにみ

えるし、したがって西洋で発達した精神分析学的な解釈を無作法に適用する際にはその都度の問題が生じうると思われる。(15)

「恨」という合字の構成を示すところから、議論をはじめている。ここでまず確認しておきたいのは、この最初の一文が「恨」の概念を陳述するものではないということである。「恨」という漢字の分解によって、「忄」と「艮」の結合イメージはおぼろげに浮かぶかもしれないが、「恨」という情緒の意味を把握することはできないからである。次の文章で、「恨」を西洋語に翻訳することができるかどうかという「恨」の言語横断の可能性が、grudge, hostility, pity, regret などの概念を通して打診される。こうした言語横断可能性への打診は、もちろん、「恨」という概念を他言語に置き換えるためにではなく、むしろその翻訳不可能性を立証するために試みられた操作であろう。それは続く文章で、「われわれのタームとしての恨の奥妙な意味」というように「恨」のシニフィエが示され、すぐ翻訳不可能性を前提している点からも明らかである。

金鍾殷の「恨の精神分析」議論の導入部でもっとも注目しなければならないのは、「恨」に関する概念定義も出されず——論者は「恨」という合字の構成が「恨」の概念をあらわすと判断するようであるが——に、翻訳不可能性が前提されているということである。すなわち、翻訳しようとする言葉の概念について無知な、あるいは曖昧な段階で、どのようにして、翻訳不可能性について先験的に確信することができたのだろうか。そこには、必定ある種の認識論的転倒が含まれているといわざるをえない。

原理的にみると、ある概念の他言語への翻訳が可能か不可能かは、自言語の内部でその概念が認知されることによって、いいかえれば、その概念が認識の対象に設定されることによって、はじめて確認することができる。導きだされた概念の定義に基づきながら、その翻訳先の他言語システムにおける類似概念を参照し、また翻訳語を探し当てることができるからである。こうしたプロセスに拠らない限り、翻訳可能・不可能性を確認することができないのはいうまでもない。それにもかかわらず、金鍾殷の「恨の精神分析」議論は、「恨」の概念が把握される前に、すでに「恨」の翻訳不可能性を主張しているのである。

矛盾的かつ倒錯的にも、金鍾殷は「恨」の翻訳不可能性を前提した後に「恨」の概念を規定している。フロイトがかつて「悲哀とメランコリー」（一九一七年）で提示した「悲哀」を取り上げ、それが「恨」とほぼ同じ意味を示していると理解したのである。

（前略）「恨」の精神力動を中心に考える時には、意識的に現実への不満を諦念と忍従の形式などに認めると同時に、これを支えている無意識圏内には所願成就（wishfulfillment）の念願が強く働いている、という点については容易に納得のいくことであろうと思う。(16)

（前略）「恨」を悲哀（Trauer、Mourning）とほぼ同じ意味のものとして考える時、フロイトが指摘した悲哀と「恨」の底には無意識的に絶えまなく噴出する強い敵対意識と、また尊敬し、当然愛しなければならない人に敵対意識を向けることによって、二次的に伴われる罪意識（guilt）が力動することを度外視できない。(17)

すなわち、金鍾殷はここで、フロイトの精神病理学的概念「悲哀」に照らし合わすことによって、「恨」の概念を定義している。「恨」の他言語への翻訳（不）可能性について打診することは、いうならば、この段階ではじめてできたはずである。こうしてみると、この議論に含まれているもう一つの認識論的転倒が確認される。「恨」をフロイトの精神病理学的概念である悲哀（Trauer）と対比しながら、そしてそれとほぼ類似した概念として「恨」を定義することができたとするならば、この段階でもうすでに「恨」は翻訳可能な概念になったのではないだろうか。それにもかかわらず、この議論ではなぜ、終始一貫「恨」の翻訳不可能性が主張されているのだろうか、ということである。「恨」の民族固有性に対する無自覚的な執着がこうした認識論的転倒を惹起し、そのもとで概念規定も行われる以前の段階ですでに翻訳不可能性が性急に前提されていたのである。

一九七〇年代の代表的な「恨」言説の中で、「恨」をフロイトの「悲哀」に近似する感情として理解した、もうひとつの論及として、呉世榮の「恨の論理とその逆説的意味——「つつじの花」と「招魂」を中心に」（『文学思想』、一九七六年一二月）が挙げられる。

呉世榮は、「韓民族の代表的情緒として、その共感領域の核心に内在するだろうと思われるものが、果たして恨なのか」という問いとともに、「恨」が韓国人の固有の情緒であることを証明する、いくつかの根拠を示しながら議論をはじめる。その議論で示された根拠とは、第一、「韓国文学が普遍的情緒として恨を主題にしている」、第二、「恨を扱う金素月の詩が韓国人の共感領域を最大に拡大した」、第三、「我が民族の美的感受性をあらわす他の表現（中略）の深層的な意味構造は恨と深く関わっている」、第四、「恨という語彙が専ら我が国語だけの所有物である[18]」、などである。「恨」がはたして民族固有の情緒であるかという問いに対して、韓国文学の普遍的情緒が「恨」であり、「恨」

を主題にしているのが金素月の詩であり、それが韓国人の共感領域を拡大しており、その共感領域の深層には「恨」があり、「恨」は韓国語固有の語彙であり、したがって「恨」は民族固有の情緒である云々、というような陳述の展開が、非論理的な尻取り文句、あるいは同語反復（トートロジー）に過ぎないことはすぐ判る。まず、「恨」は韓国語の固有語彙であるという主張が偽であることはいうまでもあるまい。そして、韓国文学が「恨」を主題にしており、韓国人が「恨」を共有している、というような主張などが仮に事実であるとしても、それらが「恨」の固有性を立証する如何なる根拠にもなりえないことはあまりにも明確である。なぜなら、「恨」は韓国民族の固有情緒である、ということを証明するためには、原理的にかつ基本的に、他民族文化の情緒との比較、対照を先行させなければならないからである。にもかかわらず呉世榮の議論は、その冒頭ですでに、「恨」は「わが民族の独特で代表的な情緒」であり、「もし外国語、特に西欧語に翻訳しようとすれば、その意味伝達が不可能であるという事実をすぐ発見することになる。恨は漢字語である。だがこの漢字に表記された意味、あるいは情緒は純然たる韓国の土着性に基礎していることを注目しなければならない[19]」と、民族固有性と翻訳不可能性を生硬に披瀝しているのである。呉世榮による「恨」の固有性、翻訳不可能性への主張は、つまり、韓国文学・文化の内部的認識、いいかえれば自民族文化中心主義的な先入観以外のなにものでもなかったのである。

続いて呉世榮は、金鍾殷の議論で行われた「恨」とフロイトの「悲哀」との対比を引用しながら、「恨」と「悲哀」の類似性に同意を示している。そして、次の見解を付け加えている。

（前略）恨はたいてい互いに矛盾する二つの衝動の葛藤に存在すると思われる。

それは、第一次的葛藤としては挫折と未練という互いに矛盾する感情の衝突であり、第二次的な葛藤としては怨みと自責という互いに相反する感情の衝突である。(20)

「第一次的葛藤として」の「挫折と未練という互いに矛盾する感情の衝突」とは、感情主体にとって望ましくない状況——金素月の詩の世界でそれを理解すれば、相手との別れという状況——が既定の現実になってしまったことを知りつつ、深層意識の世界ではこの現実を受け容れようとはしない態度であろう。また、「第二次的な葛藤として」の「怨みと自責という互いに相反する感情の衝突」とは、挫折に陥っている情緒主体はその挫折の責任を相手に転嫁し、相手に対する憎悪と怨みを抱くことになるが、実際には、相手に対する愛の感情に閉じ込められている情緒主体としては、結局、相手への憎悪、怨みを抱いていた自分に対して自責の念を抱かざるをえなくなるという状態である。すなわち呉世榮は、「恨」の発現過程を「第一次的」、「第二次的」な「感情の衝突」として、分節的に捉えている。

ここで確かめなければならないのは、呉世榮の「恨」の分析は、基本的にはフロイトの「悲哀」との対照を通して、そして「欲動の葛藤」あるいは「反動形成」というフロイトの精神分析概念を借用する(21)ことによって、行われているという点である。こうしてみると、呉世榮の「恨」議論におけるもっとも決定的な論理構造上の矛盾は、第一、「恨」の概念規定が行われる前の段階で「恨」の固有性と翻訳不可能性が前提されており、第二、フロイトの精神分析概念との対比を通して「恨」の概念を認知しながらも「翻訳」の不可能性を主張している、というところから確認することができる。すなわち呉世榮の議論は、金鍾殷の「恨」論の認識論的矛盾を、まったく同じ形で露呈しているといわざるをえない。

このように、金鍾殷と呉世榮の議論によって代表される一九七〇年代の「恨」の言説は、主に西洋の精神分析学的概念に照合することによって「恨」を分析している。一方、「恨」が西洋情緒と同一線上で比較されることを批判しながら、同時に「恨」が朝鮮民族の固有情緒であるという図式的理解には、多少の留保をつける必要があるとの認識を示す議論も提出されている。千二斗の『恨の構造研究』（文学と知性社・ソウル、一九九三年）を取り上げることができる。

恨というのは誰の感情にも、どの民族の感情にもありうる。問題はその恨を超克する過程において、ある人（または民族）は怨み払いや仇討ちの行為としてそれを表現する場合もありうるし、ある人（または民族）はそれを「ほぐしながら」新しい生の地平を切り開く場合もあるということである。韓国人の場合は後者に属するというのが筆者の観点である。少なくとも、春香、沈清のような、パンソリ伝来物語に登場する韓国人の生の軌跡からそれを確認することができる。(22)

千二斗によれば、「恨の韓国的」特殊性、いいかえれば「恨」の民族固有性＝翻訳不可能性は、恨を超克する方法である「ほぐし」にあり、まさにこの「ほぐし」の機能によって、「恨」は、「怨」、「哀」、「冤」、「嘆」、「悲」などのネガティブな性格から、「情」、「願」などのポジティブな性格に転換されるということである。すなわち、千二斗の議論では、「恨」の固有性が、批判されるどころか、むしろより具体的なものとして、分節、限定、強化されていることが確認できる。こうした認識論的操作は、もちろん、民族固有の情緒と位置付けられていたものが、固有のものと主張しえなくなることによって、一般化される危機にさらされたとき、その実体をより特殊化することによって固有性を守ろうとする試みとして行われたものである。図式的に理解すると、自文化中心主義的な特殊主義から文化普遍主義に向かって発信した自己防御の言説なのである。ここでもう一つこの議論で看過することのできないのは、「恨」という感情領域においてそのカテゴリー全体が民族固有のものではなく、「恨」の中でのポジティブな領域だけで「恨」の民族固有性を構成している、という点である。「恨」という民族固有の情緒が美的対象に転化されていく具体的過程を、ここで読み取ることができるからである。

自己充足的な国民、あるいは民族共同体の文化を構築するためには、どうしても国民文化の所与内容に対する美化を媒介しなければならないということは、おそらくすべての国民文化論において共通する項目であろう。その美化もまた、他国民文化の所与内容との比較、対照によってはじめて可能になることはいうまでもない。「恨」という民族感情の美化に徹底している議論として、ここでは、李御寧の『韓国人の心——恨の文化論』(一九八二年)の「恨とうらみ」を取り上げる。李御寧は、議論の導入部から「恨」と「うらみ」を対照しながら、恨を分析している。

日本語では「恨」も「怨」も訓読すれば、同じ「うらみ」になる。別にその違いを区別しないのである。しかし韓国の場合、「恨(はん)」は「怨」とまったく違った意味でさかんに使われている。「怨」といえば、他人にたいして、または自分の外部の何かについての感情である。「恨」はむしろ自分の内部に沈澱し積もる情の固まりといってよい。(23)

ここで、「恨」と「怨」という漢字に対する、日本と韓国の言語生活においての語用論的な意味の差異は、無媒介的に、日本人の情緒と韓国人の情緒の対立についての認識として提示されている。すなわち、「恨と怨（うらみ）」が他人に対しての感情である反面、「恨（ハン）」は自分の内部に積もる感情であるという対照的な認識がそれである。ここで注目しなければならないのは、「情の固まり」という韓国文化論で常識化されている「恨」の定義がそのまま使われている点である。それは、この議論が「恨」、「怨」＝「うらみ」という情緒体系との対照を通して「恨」の概念を見出しているかのように語られてはいるが、実はそれ以前にすでに「恨」＝民族固有の情緒という固定観念を前提している、ということを窺わせている。認識論的にみるとこの議論は、分析と演繹という推論過程を装いつつ構成された主観的主張言説、個人的趣味言説に過ぎない。「恨」と「うらみ」の対照は、専ら「恨」の美化の議論のほうへ進むために行われた事前作業だったのである。このような美化言説への傾倒は、もちろん、李御寧の「恨」論に限られる現象ではあるまい。ただ、李御寧の議論が「恨」の美化言説のもっとも典型的な例にあたるということははっきり指摘しておきたい。

李御寧はこの議論で、「外への感情」と「内への感情」という二項対立を、まず文字の意味論的配分という一見客観的な根拠に基づいて提示した後、続いて「怨みは熱っぽい、復讐によって消され、晴れる。だが「恨」は冷たい。望みがかなえられなければ、解くことができない。怨みは憤怒であり、「恨」は悲しみである。だから、怨みは火のように炎々と燃えるが、「恨」は雪のように積もる(24)」と、主観的先入観による印象を自由奔放に展開する。こうした自由奔放な印象批評によって、「うらみ」と「恨」はそれぞれ、「復讐に向かう感情」と「望みつづける感情」として対比されるようになる。

それとともにこの議論は、今度は「恨＝望みの感情」と「うらみ＝復讐の感情」という二項対立を、両民族文化の全体的性格にまで拡大適用する方向に展開される。まず、韓国と日本のもっとも代表的な――さまざまなジャンルで繰り返し再受容されるロングアンドベスト・セラーという点において――文化表象体である『春香伝』と『忠臣蔵』が取り上げられる。この二つの作品世界を、「春香の李道令に対する恋」と「主君の死への怨み」として、要約的に対照しながら、内向きの「所望の感情」である「恨」と外向きの「復讐の感情」である「うらみ」を抽出していくのである。こうした議論の展開に一貫性が欠けていることは誰がみても明らかである。恋愛と敵討という主題が、まったく質が異なるがために、そもそも比較と対照の対象としては適切ではないからである。李御寧の「恨」論はそれにとどまらず、「李道令への恋の心であり、ふたたび会う望み」である「恨がポジティブといえば、怨みは仇を討てばまた討ち返されるといった恨みの復讐を繰り返す闘いとしてネガティブな行動である」と語ることによって、二つの作品世界に対する、善・悪、美・醜、あるいは優・劣の価値判断までをも暗示している。そして、『春香伝』と『忠臣蔵』を楽しんでいる――これからも楽しんでいくだろう――韓国人と日本人の民族情緒は、「恨」と「うらみ」によって代弁（リプリゼンテーション）＝表象される(25)ということである。

李御寧の「恨」論が、自民族、自文化中心主義にどのぐらい徹底的に囚われているのかは、「恨とうらみ」という文章の最後の一段落を取り上げるだけで充分明かになる。

韓国人が「恨」を解く日、その日こそ、世界はもっと清らかな平和にあふれるだろう。いまの韓国人の心につもる「恨」は、互いに憎しみあう世界の対立と矛盾、あやまった歴史の暴力から

出た苦しみと、そのなかで作りきたえられた新しい世界への希望から成り立っているからである。(26)

ここまで進められると李御寧の「恨」論での論理的な破綻はもう取り抑えることができない。そこには、韓国人の民族共同体の集団的な誇大妄想が濾過されずにそのまま吐露されているのである。滑稽なことに、李御寧の「恨」論のこうした側面に対して、千二斗は『恨の構造研究』(一九九三年)で、「恨」の特徴の一つである未来志向性を的確に捉えていると論じている(27)。それは結局、論者たちの認識が自民族、自文化中心主義に完全に囚われていることを示す以外の何ものでもない。李御寧の「恨」論の最終的な目標は、端的にいうと、「恨」という民族情緒の優越性を、他民族のそれと対照することによって立証し、民族共同体の道徳的、美的価値を高めることであった。この点において李御寧の「恨」論は自民族中心主義のイデオロギーによる「恨」の美化言説に他ならない。擬似学問的な言説による美的価値の構築というパターンは、実は、李御寧の「恨」論だけでなく、「恨」の文化論全体の構造的な特徴の一つである。たとえば千二斗は、「恨」を、ニーチェやシラーが概念化している「ルサンチマン」、または日本文化の中の「物のあわれ」などの情緒と対比し、「恨」の「美学的、倫理的位相」の高さを確認しようとしたのである(28)。こうした「恨」の美化言説を繰り返し生産する中で、「恨」の特殊性(民族固有性、翻訳不可能性)と美的優越性は自明的、本質的価値として構築されてきたのである。

翻訳不可能な民族固有情緒として認識されてきた「恨」の概念的、道徳的、そして美的価値は、逆説的にも言語横断的実践を通してしか対象化することができないということは、今までの議論で明らかである。そもそも民族固有の感情について考えるとは、どのようにして可能になるのだろうか。それは、いうまでもなく、他民族感情との違いを考えることによって、すなわち他民族感情との対比を媒介することによって、はじめて可能になる。「恨」も、これまでの「恨」論が示している通り、フロイトの悲哀、メランコリー、ニーチェやシラーのルサンチマンなどとの比較によって、あるいは日本の「恨み、怨み」、「物のあわれ」などとの対照によって、説明可能な対象になったのである。他言語世界の中での参照行為、すなわち翻訳行為を前提せずには、その概念規定そのものが不可能であることは当然である。それにもかかわらず、いっぽう、民族文化の固有性を主張するためには、また、その文化的価値の他言語への翻訳不可能性を想像し、構築しなければならないのである。こうしたプロセスをもう少し短絡的に捉えると、翻訳不可能性を構築するためには翻訳から出発しなければならないという論理循環の矛盾を確認することできる。それが韓国の代表的な民族文化論、「恨」論の自家撞着的構造なのだ。

そして、その翻訳不可能性の構築が民族文化の美化言説によって行われることは、李御寧の「恨」論が典型的に示している。原理的に、自己の民族文化はつねに他者の国民文化――もう少し正確にいえば、他者の国民文化と想定されるもの――との対照と区別を通して構想されるとするならば、この自国の民族文化の翻訳不可能な価値を構築しようとする欲望も、また他者との関係から生じるしかないものである。自文化を美化する言説は、他者の民族文化の価値との対―形象（co-figuration）的な状況で発生した競争意識が持続する中で、繰り返し生産、流通されるということである。こうした観点から二〇世紀後半の韓国文学・文化論で生産されてきた「恨」論の展開を振り返ってみると、「恨」の固有性＝翻訳不可能性と美的優越性が構築されてきた過程(29)そのものが、批判的議論の対象として新たに浮かび上がるのである。

3 「つつじの花」の言語横断性、あるいは「恨」の翻訳可能性

ここでは、金素月の詩集『つつじの花』(一九二五年)の標題詩「つつじの花」(『開闢』、一九二二年)を取り上げる。周知の通り、「つつじの花」はこれまでの韓国文学・文化論が「恨」という情緒をもっとも典型的に表象するものとして評価してきた作品である。

つつじの花 (三枝壽勝訳、「韓国文学を味わう」報告書(一九九七年)所収)
私に会うのがいやで/行かれる時には/何も言わずにそっと送りましょう
寧辺には薬山/つつじの花/ひと抱え摘んで行かれる道にまきましょう
行かれる歩みごとに/置かれたその花を/そっと踏みつけて行きなさいませ
私に会うのがいやで/行かれる時には/死んでも涙を流しはいたしませぬ

これまでの韓国文学論は「つつじの花」について、第一、恋人との離別の悲しみを克服していく女人の「恨」を描いている(30)、第二、この「恨」は「カシリ」、「鄭瓜亭曲」、「西京別曲」、「アリラン」など伝統詩歌においての詩的情緒に連綿と繋がっている、そして第三、韓国民族の伝統的感情の「恨」を切実に表現する代表的な民族詩の一つである、という三つの認識を共有している。すなわち、「つつじの花」の詩的内包は、民族固有のものと規定された「恨」という情緒世界の中に閉じ込められ、まさにこの点のために、この詩の情緒を他言語に翻訳することは根本的に不可能である(31)とされ

ていたのである。前節まで議論されたように、「恨」の固有性＝翻訳不可能性を主張した韓国文学・文化論の大半が、金素月の詩、なかでも金素月の代表作「つつじの花」を取り上げ、翻訳不可能の具体例として示していることは、こうした文脈からすると当然であったろう。

以下では、「つつじの花」における意味や雰囲気などの詩的世界の他言語への翻訳可能性をテクストの解釈を通して確かめることによって、韓国文学・文化論が固執してきた「恨」の固有性＝翻訳不可能性という閉鎖的な認識を解体することを試みることにする。

詩の解釈をどこからはじめるのか、またはその解釈の限界はどこまで許容されるのか、ということを意識しつづけることによって、テクスト読みの方向性を自己反省的に制御することは、すべての解釈行為の基本であろう。ここでは「つつじの花」の読みを、次の二つの解釈的前提を設定することからはじめることにする。すなわち、第一、この詩の話者「私」は女性であり、第二、この詩のテーマである〈相手との別れ〉は相手の死によってもたらされたものである、ということである(32)。

詩の語り手が女性であるという点は、語りの語調や全体的雰囲気からも断定することができる。ここれに関してはこれまでの金素月詩研究も一般的に承認している。しかし、この二つの解釈的前提の中で後者の「相手男性の死による別れ」という設定は、多少は恣意的に見えるかもしれない。もちろん、この前提が果たして正当であるかどうかは、議論が進むにつれ、明らかになるだろう。ここでこうした解釈的方向を定めるにあたって、詩の題名にもなっている詩的素材「つつじの花」はその客観的根拠を提供してくれる。「つつじの花」はいったいどのような想像世界を読者に示すものなのだろうか。

周知の通り、朝鮮半島には地方ごとに「つつじの花」にまつわる数多くの伝説や民話が伝来する。

それは、動物、植物、地名、そして人物などの由来談のかたちで口伝され、また採録されているものも少なくない。それぞれの伝説や民話が、朝鮮半島の人々が共有する多様な記憶の層を形成していることはいうまでもない。そして多くの場合この詩の第一読者であるはずの朝鮮語所有の人々は、「つつじの花」という詩的素材が喚起する想像世界をその記憶の層の中から思い浮かばせることから、詩を読みはじめることになるのであろう。

まず、「つつじの花」にまつわる口伝説話のさまざまな変種を、物語展開、特にプロットの連鎖を中心に再構成して示すことにする。物語の主人公は、愛の対象（恋人、家族など）に至極の愛情を抱いている。同時に主人公は、愛が成就あるいは持続できない、悲劇的な状況の中で人生を送る。主人公は、敵対する者の嫉妬、虐待、憎しみなどの暴力によって死ぬ（殺される）。しかし、愛の対象を生の世界に遺したまま、死の世界に渡っていくことができない。主人公は、愛の対象に自分の愛情を伝えるために、また敵対者に対しての恨みを生の世界に伝えるために、杜鵑（ホトトギス）になる。杜鵑になり変わった主人公は毎日一晩中、山の中で鳴きつづける。杜鵑（主人公）が吐き出した血が、つつじの花として咲き、山を赤く染める。「つつじの花」を杜鵑花とも呼ぶのはその所以である。つまり、こうした「つつじの花」にまつわる記憶を共有する朝鮮半島の人々は、詩「つつじの花」の別れというテーマを〈相手の死がもたらした〉離別として具体的に想像するようになるのである。

この段階でもう一つ明らかにしておかなければならないのは、「つつじの花」が喚起するこうした想像世界とは、朝鮮半島の人々が専有するものではなく、中国、韓国、日本の人々、あるいは漢字文化圏の人々が共有するものであるということである。人物、事件、エピソードなどは種々多様ではあるが、物語の連鎖構造を共にする「つつじの花」と杜鵑の説話は、漢字文化圏の全体にわたって数多く分布するからである。おそらく、漢字文化圏の読者にもっとも広く知られているのが、蜀の望帝が主人公として登場する伝説群であろう。治水、農耕を指導し、蜀を再興した望帝杜宇は、帝位を奪われ、国外に追放された。死んだ望帝は、杜鵑に化身し、「帰蜀途」(蜀に帰る道)、「不如帰去」(帰り去くに如かず)と、血を吐きながら鳴きつづけた。こうした望帝の伝説が「つつじの花」と杜鵑の伝説の原形かどうかはもちろん定かではない。しかしそこには、死者の思いや恨みをこの世に伝える媒体としての杜鵑と、吐き出された血が恨みの痕跡として可視化された杜鵑花、すなわち「つつじの花」をめぐる出来事の連鎖が、朝鮮半島各地に伝わるさまざまな伝説のそれとまったく同形で内包されている。朝鮮半島の人々の間でも杜鵑が「帰蜀途」、「不如帰」などの別名でも呼ばれているのだが、それは、望帝説話の記憶が朝鮮語所有の読者に伝わっていることを裏付けているのである。ちなみに中国と韓国の漢字文献には、杜鵑の名称は十数種類も登場する。杜鵑、杜宇、子規、子鵑、周、杜魄、蜀魂、蜀鳥、蜀魄、望帝、怨鳥、寃禽、不如歸、思歸、催歸、思歸樂、歸、子歸、盤鵑、周燕、田鵑、謝豹、陽雀、仙客などがそれである。朝鮮半島の人々の間には、ジョプトング、ジョプトングセなどの朝鮮語名称も一般化されている。「つつじの花」の名称としては、杜鵑花、山石榴花、石榴花、山榴花、山躑躅、紅躑躅、そして朝鮮語の名称ジンダルレがある。呼び方の数と記憶の層の厚さが比例していることはいうまでもあるまい。

漢字文化圏の長い文学の歴史において、杜鵑と杜鵑花が中心素材として登場する作品は数えきれないほど多くあるのだが、その中でも李白の「宣城見杜鵑花」、杜甫の「杜鵑行」、白楽天の「山石榴寄元九」などは特に有名である。漢詩の世界ではほぼ固定化されている「つつじの花」と杜鵑という素材をめぐる詩的感受性を、朝鮮半島の人々、特に文字解読層であった詩人や読者は共有していた。韓国最古の詩歌である「黄鳥歌」、「鄭瓜亭曲」に杜鵑が登場して以来、「つつじの花」と杜鵑という素材は、漢詩、時調、歌辞、小説、随筆などさまざまなジャンルの作品で、作者、話者、登場人物の感情を移入させる媒体として頻繁に取り上げられてきたのである。そして、近・現代詩の中からは金素月の「つつじの花」だけでなく、金永朗の「杜鵑」(『永朗詩集』、一九三五年)、徐廷柱の「帰蜀途」(『帰蜀途』、一九四八年)など、杜鵑と「つつじの花」を中心素材とする作品が、韓国の文学教科書に載せられるほど、その素材の詩的意味やイメージは現代の韓国人読者に馴染み深いものとして継承されているのである。文学が繰り返し生産され、受容されるこうした環境を考慮すると、杜鵑と「つつじの花」が喚起する想像世界とは、漢字文化圏の多様の文化・文学テクストの読み、特に詩のテクストの読みにおいて、共通して適用することができる解釈のコードになっているということである。

このような想像世界を示している「つつじの花」は、詩「つつじの花」の全体構図の中でどのように配置されているのだろうか。その図柄の輪郭は、話者「私」の語りが行われる状況を把握することによって浮き上がる。この詩の発話—受話場面には、別れて行く「イム」(愛の対象)とそれを送る「私」(愛の主体)、二人が登場する。しかし、この二人が発話場面の中で、実際、どのように描かれているのかについては、もう少しの説明が必要である。基本的に、この議論の解釈的前提にしたがえば、愛の対象である「イム」は死んだ——あるいは語り手によって死んだと想定されている——はずだから、発話場面には「私」しか登場しないということもできる。またそれとは逆に、この詩がそもそも死んだ「イム」との別れがまだ終わっていないということを前提する上で成り立っていることを考えると、二人が一緒に登場しているともいえるのである。つまりこの詩の発話場面には、「イム」を送る「私」が可視的存在として明確に、別れて行く「イム」が（不）可視的存在として不明確に、描かれているということである。したがって、この詩は、「私」の属する可視空間としての生の世界と「イム」の属する（不）可視空間としての死の世界が二分される構図になっている。そしてその構図の中心に一本の道が何より鮮明に描かれていることが分かる。詩の全景を両分しながら、生者の世界と死者の世界をつないでいる、この道は、見送る「私」と別れて行く「イム」とを結ぶと同時に切り離しもする空間的媒体である。この詩の中心素材「つつじの花」はこの道の上に撒かれるものとして描かれている。生者の世界から「私」は「つつじの花」を撒き散らし、死んだ「イム」は撒かれた「つつじの花」を踏みながら死者の世界に旅立とうとする。こうしてみると、詩の全体的構図の中のどこかに「つつじの花」が配置されているというよりは、むしろ道の上に撒かれる「つつじの花」を浮き彫りにするために全体の構図が配置されているというほうが、この詩のイメージに関する表現として適切であると思われる。すなわち、この詩の構図は詩語に対する読者の物質的想像力のすべてが「つつじの花」に集められるように構成されているのである。この点は「つつじの花」という詩の構図のもっとも重要な特徴の一つであろう。

それでは、読者の想像の焦点対象であるこの「つつじの花」に、詩人は、どのような詩的情況を設定しているのかを確かめてみよう。まず、この詩の「つつじの花」は、生と死の世界の間の道の上に撒かれるものとして描かれている点(33)。それによって読者は、「私」が生の世界のこちらから「つつじの花」を撒き散らし、「イム」はその花を踏みつけて死の世界のむこうへ旅立つ、というような文脈を詩的情況に与えながら「つつじの花」が喚起する想像世界を享受することになる。次にもう一つ、詩人は「つつじの花」を「寧辺には薬山」のそれに特定している点。寧辺は、北朝鮮の平安北道の南部にある地方で、詩人の故郷である定州に隣接している。薬山はそこにある名山で、春、満山に咲きほこるつつじは有名である。このように、中心素材の「つつじの花」が具体的に限定されることによって、朝鮮語読者あるいは朝鮮半島の人々は「つつじの花」が喚起する想像世界のイメージをより鮮明に浮かべることになる。

「つつじの花」に与えられているこうした詩的情況を連想しつつ、もう一度、詩「つつじの花」を読み返すことにする。まず、第二聯の「寧辺には薬山　つつじの花」。この詩の中心素材「つつじの花」は、死んで杜鵑になった「イム（愛の対象）」が、「私」を愛したあまりにこの世を離れきれず、鳴きつづけることによって、咲かせたものである。いいかえると、死んでいく者が生き残った者へ送るメッセージの物質的比喩なのである。同時に、次の行で表現されている、「つつじの花」を「ひと抱え摘んで行かれる道にま」く「私」の行為には、死んだ「イム」からのメッセージが、〈杜鵑の鳴き声〉――詩語として言表化されてはいない想像世界――と「つつじの花」という媒体を通じて、「私」に充分に伝わったというメッセージを、今度はまたこの世に生き残っている「私」が、死んだ、あるいは死んでもあの世にはいけない「イム」のほうに伝え返す、という文脈が含意されている。つまり、第二聯には死者の呼びかけと生者のそれへの答えが形象化されているということである。

この詩の第二聯が、生き残っている者の応答の表現によって構成されているとするならば、第三聯「行かれる歩みごとに／置かれたその花を／そっと踏みつけて行きなさいませ」では、死んだ「イム」に送る「私」の強い願望が表現されている。第三聯のこうした表現の性格は、他の聯での「私」の発話が自身に向かって行われている反面、第三聯での発話の聞き手は「イム」に想定されているという点からも明確にあらわれる。ここでの「私」のメッセージとは、いうまでもなく、杜鵑になって鳴きつづけながらこの世のどこかで彷徨う「イム」の魂を死の世界に無事に導こうとする、すなわち鎮魂への祈願である。花を撒き散らして死者を送ることは仏教的な散華供養のイメージをも思い浮かばせる。こうした文脈からすると、第三聯は「イム」に伝える「私」の、本当の意味での、最後の言葉にならざるをえない。なぜなら、その言葉によって彷徨っていた「イム」の魂は鎮まり、死の世界に導かれるようになるからである。その意味でこの詩の第三聯は鎮魂詩なのである。「イム」の魂を死の世界に無事に引導することによって、すなわち鎮魂が行われることによって、第一聯の「何も言わずにそっと送りましょう」と第四聯の「死んでも涙を流しはいたしませぬ」で語られているように、「私」は諦めることのできない「イム」への愛を諦めようと覚悟することになる。いいかえれば、死がもたらした別れの状況を受け容れながら（第一聯）、噴出する悲しみの感情を心の深い場所に埋めておく（第四聯）ことになるのである。こうした第一、四聯の「私」の語りは、自分自身に諦念を促しているというより、もちろん、実際には愛の対象を諦めきれない心情を逆説的に伝える、もっと切実な愛の表現として解釈されるのである。

このように、詩「つつじの花」は、直接には行われることのできない「イム」の魂と「私」とのコミュニケーションが、「つつじの花」という素材によって可能になる、という意味を詩語に刻印している。死者と生者の精神的交感というのは、「つつじの花」の詩語の特徴でもあり、金素月の詩全体の重要なテーマの一つでもある。たとえば、杜鵑の鳴き声を伝える「ジョプトングセ（杜鵑の朝鮮語名称——論者）」（詩集『つつじの花』）、死者の魂を呼び戻す「招魂」（詩集『つつじの花』）などの金素月の代表作は、死者と生者との間で行われた声や思いの交換を形象化したものとして読み直されるのである。死と生の境界を越え、互いに、向こう側に〈届けなければならない思い〉を抱きつつ、一方は死んでいき、もう一方は生きていく、という生の営みを形象化したのが金素月の詩であるとするならば、その〈届けなければならないが届けられない（incommunicable communicabilty）思い〉こそ、これまで「素月の詩における恨」と評価されてきた詩的情緒のもっとも深部に置かれているものではないだろうか。

死者からの思いと死者への思いを交差させる詩的素材としての「つつじの花」――金素月の詩世界の意味を決定的にあらわす素材――に対するこうした認識は、これまでの議論でも明らかにされたように、東アジア漢字文化圏の人々が共有する文学的、文化的想像世界を参照することによって、はじめて構成されるようになったものである。そもそも、伝説や民話などのさまざまな有形無形の文化表象体が移動し、交流することによって、人々の記憶の層が形成されるという現象には、当然、他言語と自言語の交換が前提される。まさにその点において、積層された文学的、文化的想像世界とは原理的に、異種混交的であり、それを共有することはそれ自体翻訳行為なのである。この地点で、「翻訳不可能な」、「民族固有の」情緒のもっとも典型的な例として認識されてきた、金素月の詩の情緒世界は、逆説的にも、さまざまな文化表象体への言語横断的な参照によってより具体的に把握されるということが明らかになる。

もちろん、「恨の情緒」によって代弁＝表象される金素月の詩世界を他言語に翻訳しようとする場合、言語間の翻訳を妨げるさまざまな難点が一度に浮上する事態は充分予想される。しかし、それが、朝鮮語という同一言語内において、たとえば歴史的時間の隔たり、社会的階層、文化的な感受性や地域、性別、職業に基づく感性、などの相違を超えて、いわゆる「素月詩における恨の情緒」

を一緒に交感しようとした場合、遭遇するようになるコミュニケーション的な困難とは異なる特別なものとして承認することがはたして可能であろうか。異言語間の交換の難点に絶対性を与えようとすることは、自文化、自言語中心主義（cultural and lingual absolutism）のもっとも基本的なイデオロギー的戦略であろう。これまでの金素月詩の研究は、「素月詩における恨」を韓国人、韓国文化に内在している特殊かつ固有の情緒的な共感領域として規定することによって、それを他の言語に翻訳することは不可能であるとの主張を正当化しようとした。他言語の文化世界では疎通されえない「素月詩における恨」が、韓国文化の内部では普遍的に、また均質的に配分されている情緒であるという、金素月詩の研究での認識は、まさに韓国文学・文化論における自民族中心主義の具体例にあたるものであろう。

ここで、二〇世紀後半の「恨」の言説が、韓国文化内部の普遍的情緒という「恨」の絶対的な価値を、どのような表現を通して提示しているのかをもう一度想起してみよう。「生きることが恨を積重ねることで、恨を積重ねることがまさに生きることである」という『西便制』の標語的台詞、「「恨」は、互いに憎しみあう世界の対立と矛盾、あやまった歴史の暴力から出た苦しみと、そのなかで作りきたえられた新しい世界への希望から成り立っている」という李御寧の主張などから把握することができるように、「恨」の言説は、指示対象が明確でない、意味不明の曖昧な表現によって構成されているのである。「恨」を民族共同体の構成員全体が共有する情緒として一般化するためには、それ以外の別の表現方法が見つからなかったろう。「生きることが恨」あるいは「苦しみと希望の感情」というように「恨」を規定するこの場合の「恨」の言説が、その自己規定の中に既に「恨」という情緒が、言語・文化・民族共同体の内に閉じ込められているものではなく、人間の生と死のいとなみ全体に関わる普遍的なものとして与えられているということを、みずから語っていることは明らかである。民族固有の文学・文化的価値を構築することを至上の目標としてきた「恨」の言説は、逆説的にも、「恨」をもはや具体性を内包する実体的対象としては提示しえないこと、したがって、「恨」に民族固有情緒としての特殊性を与えられないことを、もっとも充実に暴露してしまう。すなわち、民族文化の所与内容を〈構築〉しようとした自文化中心主義の企画、その展開の真中から〈脱構築〉の可能性を確認することができるのである。

（注）

1　本論考では、韓国文化論、韓国人論、韓国文学論、作品論、または作家論と呼んだほうが適切な場合にも、同じ問題意識によって取り上げるという点から便宜上、韓国文学論あるいは文化論と記述する。

2　李清俊の連作短編小説「南道人々」（一九八七年）が映画化され、日本では「風の丘を越えて」という題名で上映された。

3　本論考のこうした問題提起はミシェル・フーコーの言説理論に基いている。広く知られているように、フーコーは、言説分析の方法として、ある言説が内包する真正の意味を追求するのではなく、ある言説に意味が存在するようになる条件を分析することを提案した。すなわち、フーコーのいわゆる「系譜学的分析」とは、与えられた言説がいったいどのようにして実体性――それに関連する命題の真偽を判断することができる対象領域――を得るようになるのかを研究対象にする。そこには当然、言語学的分析だけでなく、システム、制度、階層、概念装置などのメディア的効果も、言説分析に含まれるのである。『言葉と物』（ミシェル・フーコー、渡辺一民ほか訳、新潮社、一九七四年）の第九章「人間とその分身」、『言語表現の秩序』（中村雄二郎訳、河出書房新社、一九七二年）、などを参照。

4　ここで言説分析用語の選択について確認しておく必要がある。今日の文化論分野の記述には、それがフーコーの系譜学的言説研究の方法論に基づいていることを表明しながらも、たとえば「近代文学の起原」、「ナショナリズムの起原」などのように、「起原」という語を用いる傾向がある。フランス語の origine の訳語として使われていると思われる。しかし「起原」という用語が適切な概念なのかどうかは、多少制限的に理解しなければならない。フーコーは「ニーチェ、系譜学、歴史」(一九七一年)で「Entstehung とか Herkunft とかのような用語は Ursprung よりもはっきり系譜学固有の対象を示している。これらの語は一般に origine (起原) と訳されるが、それぞれに固有の用法をとり戻されるようにしなければならない」(伊藤晃訳)(『ミシェル・フーコー思考集成』Ⅳ　筑摩書房、一九九九年、一七頁) と提案している。すなわち系譜学的言説研究は、もともと、「起原」から、観念や出来事の本質、あるいは真理を求めようとする形而上学的妄想を祓うために、歴史を問題化する。そのことを表明するためには概念的適用を厳密にしなければならない、というのである。フーコーの系譜学的言説研究の方法論を援用している本論考では、こうした認識にしたがい、Entstehung (発生)、Herkunft (由来) という概念を用いることにする。

5　千二斗『恨の構造研究』文学と知性社：ソウル、一九九三年、一五一―五二頁参照。

6　本論考では、韓国の文学者集団と文壇の全体的動向をあらわすために、「韓国文学」を主語として用いる場合がある。

7　『青年新聞』一九四六年四月二日。

8　分断以後の北朝鮮の文学では「恨」に関する議論がどのように展開したのかという問題は、同一言語文学圏である南・北韓文学の間の重要な比較文学的課題の一つであろうが、本稿では取り上げることができなかった。

9　金東里「青山との距離――金素月論」『文学と人間』(白民文化社：ソウル、一九四八年)、金東里全集7　民音社：ソウル、四二―五頁参照。

10　徐廷柱「素月詩における情恨の処理」『現代文学』、一九五九年六月、一九七頁。

11　徐廷柱、前掲論文、二〇四頁。

12　河喜珠「伝統意識と恨の情緒」『現代文学』、一九六〇年一二月、六七頁。

13 千二斗、前掲書、五六頁。

14 「恨」に関する議論が始まった一九五〇年代以来今までどのぐらいの「恨」論が生産され、どれほどの読者に受容されたのだろうか（そしてこれからどのぐらい再生産され、再受容されていくのだろうか）。正確な統計や調査に基づいている理解ではないが、十数冊の本やその数をはるかに超す論文、エッセイなどが生産され、その中には数多くのベストセラーも含まれている。そして、その「恨」に関するさまざまな議論そのものが現代韓国文化論の本流を形成しているということは確かである。

15 金鍾殷「素月の病跡――恨の精神分析」『文学思想』、一九七四年五月、二〇一頁。

16 金鍾殷、前掲論文、二〇一頁。

17 金鍾殷、前掲論文、二〇三頁。

18 呉世榮「恨の論理とその逆説的意味――「つつじの花」と「招魂」を中心に」『文学思想』、一九七六年一二月、二六一―二頁参照。

19 呉世榮、前掲論文、二六二頁。

20 呉世榮、前掲論文、二六三頁。

21 呉世榮、前掲論文、二六七頁。

22 千二斗、前掲書、五二頁。

23 李御寧、裵康煥訳「恨とうらみ」『韓国人の心――恨の文化論』学生社、一九八二年、二六七頁。

24 李御寧、前掲論文、二六八頁。

25 李御寧、前掲論文、二六八―七〇頁参照。

26 李御寧、前掲論文、二七一頁。

27 千二斗、前掲書、七二頁参照。

28　千二斗「恨の美学的、倫理的位相」『韓国文学』、一九八四年一二月、千二斗「韓国的恨の逆説的な構造」『円光大学校論文集』、一九八七年、千二斗「韓国的恨と日本の物のあわれ」『朝鮮学報』一三一輯、一九八九年参照。

29　解放以後韓国文学・文化論で構成された「恨」の翻訳不可能性は、たとえば、「感覺や感情や内容は言葉と結び付いて始めて胸の中に浮かんで來る。極端に云へばわれわれは朝鮮人の感覺や感情で、うれしさを知り悲しみを覚えるのみならず、それの表現は、それ自體と不可離的に結びついた朝鮮の言葉に依らねばしつくり來ないのである。」（「朝鮮文化通信」金史良全集Ⅳ河出書房新社、一九七三年、二七頁）と、金史良が宣言した植民地文学の言語認識から確認される植民地期朝鮮文化の翻訳不可能性と、構造的にはまったく同じ問題性を示している。植民地的二言語状況という自言語と他言語の対―形象(co-figuration)的条件の中で、朝鮮人の情緒と朝鮮語は無媒介的に結合されると同時に、これとは対照的に、他言語への翻訳不可能性が実体化、可視化されるのである。この点に関しては、本書Ⅲ部の「韓国近代文学における母語中心主義」参照。

30　こうした第一の認識を否定する解釈もある。その解釈は、詩の第一、四聯の「私に会うのがいやで／行かれる時には」における未来形の推定表現に注目しながら、この詩全体が未来の離別の仮定を通して現在の熱愛の状況を描いていると主張する。それによって「離別」というテーマ自体を否認するようになる。もちろんこうした解釈も一つの読みの可能性として十分ありうる。しかし、こうした解釈に基づいているテクスト読みは、部分的詩語の文法特徴に拘泥することによって、詩における仮定、推定、未来の表現を通して生産できる非文法的逆説、アイロニーなどの多様な意味世界を単純化、固定化してしまう。この点において、こうした読みにおける解釈妥当性は極めて制限されているといわざるをえない。

31　ロシア生まれの言語記号論者ローマン・ヤコブソンは、「翻訳の言語学的様相に関して」（一九五九年）で「詩は定義上翻訳不可能である」と宣言したことがある。それほど一般的に詩は、文学の中で翻訳されることにもっとも抵抗的なジャンルと見なされる。しかし、本論考で問題にする翻訳不可能性を、こうした文学翻訳についての一般的認識を参照しながら理解してはいけない。本論考は、繰り返しいうのだが、民族文化樹立のイデオロギー的企画として生産された文化言説の持続的、反復的効果によって、自民族文化の固有性、本来性が構築される過程の中で、それに伴って想像されるようになった翻訳不可能性を問題化するのである。

32　ある種の解釈的前提を設定することからテクストの解釈をはじめるということは、原理的に、次の二つの側面による緊張を招来せずにはいれられない。すなわち、一方では、詩語の意味を一定に提示することによって、解釈の範囲を制限することになる。同時に他方では、これまで通用しなかった新たな意味を提示することによって、解釈領域を拡大しているのである。こうした緊張は、結局、詩の言語活動、あるいは言述における意味の固定的価値を不安定にするだけでなく、かつてロラン・バルトが『テクストの快楽』（一九七三年）で述べた〈テクスト読みの位置を移動させる〉作用をする。

33　「つつじの花」が生と死の世界をつなぐ道に巻かれるという詩的情況は、たとえば、徐廷柱の「帰蜀途」（『帰蜀途』、一九四八年）には「つつじの花の雨が降る西域三万里」と具体的に表現されている。

あとがき

植民地期とその前後の朝鮮半島の文化現象を、現在の国民共同体のシステムとイデオロギーの条件の中で、どのように対象化し、書き直すことができるのだろうか。また、一九七〇、八〇年代の韓国で軍事独裁体制、反共・反日教育、民主化革命などをほぼ無防備の状態で体験し、一九九〇年代の初頭に来日留学して以来、異邦の者として日本社会に住み着いている私自身の流動的かつ分裂的主体性の位相を、どのように把握することが可能だろうか。そして、過去の研究対象と現在の認識主体を相互介入させながら、新たな文化の場所を模索し、顕示することは、はたしてどのようにして可能だろうか。

本書は、こうしたポストコロニアリズム的な問題設定のもとで、主に植民地期の朝鮮人作家と独立以後の韓国人作家の文学テクストを、日・韓の近代文化の比較研究という観点から評釈した論稿を収めたものである。しかし、各章の論考は、統一的なテーマに従って網羅的に組織したものでもなければ、鳥瞰的な結論をメタ言説として再生産したものでもない。テクストの具体的な分析作業を通して浮上するそれぞれの問題を、感覚的な形象として明瞭にあらわすことを目標にしたものである。

本書は、一部の例外はあるが、私の既発表の論稿の中から選択し、大幅に変更、修正するかたちで構成された。既発表論稿の初出一覧を記しておく。

I―二「近代初期韓国作家の言語横断的実践」（『比較文学研究』、二〇〇四―〇月）
II―一「被支配者の言語・文化的対応」（『比較文学研究』、一九九九年八月）
II―二「血と名前の存在拘束とそれへの抵抗」（『比較文学研究』、一九九九年二月）
II―三「植民地「國語」作家の内面」（『現代思想』、二〇〇一年一月）
III―一「韓国近代文学における母語中心主義」（『国際学レヴュー』、二〇〇四年三月）
III―二「抗日抵抗文学というイデオロギー」（『桜美林世界文学』、二〇〇七年三月）
III―三「韓国文学・文化論における自民族中心主義と「恨」言説」（『桜美林世界文学』、二〇〇六年三月）

東京大学比較文学研究室の故大澤吉博先生のゼミで比較文化研究の基本と、テクスト・エクスプリカーションの面白さを教えられた。この場をかりて感謝を申し上げるとともに、先生の冥福をお祈りしたい。

本書は、桜美林大学の学術出版助成金を得て刊行される。桜美林大学の太田哲男先生からは厳正な日本語表現について的確なご指摘をいただいた。草風館の内川千裕さんにはいろいろお世話になった。深甚の感謝を捧げたい。

二〇〇七年九月

著者

コロニアリズムの超克
——韓国近代文化における脱植民地化への道程

著者　鄭百秀　© Jung Beak Soo
一九六二年、韓国大邱生れ。東京大学大学院総合文化研究科比較文学比較文化コース博士課程修了。現在、桜美林大学国際学部・リベラルアーツ学群准教授。主要著書、『韓国近代の植民地体験と二重言語文学』(単著・韓国語、二〇〇〇年)、『日・中・韓近代文学史の反省と模索』(共著・韓国語、二〇〇四年)

発行日　二〇〇七年一〇月一五日初版
発行者　内川千裕
発行所　株式会社 草風館
浦安市入船三―八―一〇一
装丁者　金田理恵
印刷所　株式会社　シナノ

Co.,Sofukan 〒 279-0012
tel/fax:047-723-1688
e-mail:info@sofukan.co.jp
http://www.sofuka.co.jp
ISBN978-4-88323-178-2